KB021897

사라숲 바람의 말

사라숲 바람의 말

1쇄 발행일 | 2023년 01월 18일

지은이 | 곽정효
펴낸이 | 윤영수
펴낸곳 | 문학나무
편집 기획 | 03085 서울 종로구 동숭4나길 28-1 예일하우스 301호
이메일 | mhnmoo@hanmail.net

출판등록 | 제312-2011-000064호 1991. 1. 5.
영업 마케팅부 | 전화 | 02-302-1250, 팩스 | 02-302-1251
ⓒ 곽정효, 2023

ISBN 979-11-5629-156-5 03810

사라숲 바람의 말

곽정효 장편소설

문학나무

무형의 고맙고 든든한 힘에게

사라숲은 처음에는 사라나무들이 살고 있는 숲이었다. 그러다가 우리가 살고 있는 생명의 장場으로 그 다음은 죽음까지도 포함하는 생명의 장으로 넓어졌다. 소설 속 인간관계 역시 그러하다.

넓은 의미의 사라숲에도 어떤 열망이 존재할까?

이 세상 모두는 눈에 보이는 세계에 모습을 드러내기 전에 안 보이는 상태로 존재할 것이니 그곳에도 분명 무형의 열망이 존재하리라 믿는다.

땅 바람 물 불로 이루어진 인간의 몸은 보이는 상태로 존재하다 사라진다. 백 년도 안 되어 다시 안 보이는 존재로 돌아간다. 돌아가는 길도 물 불 바람 흙을 통할 것이다.

사람이 만물의 영장이고 사람만이 귀하다는 생각으로 쌓은 인간 문명이 모든 생명체가 어울려 공존할 수 없게 만들고 있다. 자연의 입장에서 볼 때 자연의 균형을 파괴하는 것이다. 자연적 인간을 배반하는 자기모순이기도 하다.

그럼에도 인간은 살아있는 한 자연을 연구하고 파헤치며 달라져갈 것이다. 뇌과학자들이 하는 일은 그 중 특별해 보인다. 그들의 자취를 따라가면서 지금은 눈에 보이지 않지만 곧 눈앞에 나타날 결과물들이 궁금해졌다. 발전일 수도 있고 재앙일 수도 있겠지만 제동을 걸거나 어떤 식으로든 방향을 틀 것 같다. 많은 자료들을 끌어왔는데 출처를 일일이 밝힐 수가 없다. 그저 전문서적의 도움을 받았다는 정도로 밖에는.

『열반경』에서 사자후보살이 어떤 비구가 이 사라숲을 빛나게 하겠는가 묻는다. 부처님의 대답 중에 오로지 중생을 위해 공덕을 쌓을 뿐 자기 이익 때문에 공덕을 쌓지 않는 비구라면, 중생에게 모두 불성이 있음을 말하고 걸림 없이 자유로운 비구라면 이 숲을 빛나게 할 것이라는 답이 있다.

마음을 찾는 사람들 이야기를 쓰기로 마음먹으면서 묵상이 깊어졌다. 그들의 꿈을 사라숲과 이어 보았다.

사라숲이 가지고 있는 무형의 열망에 맞갖은 생명일 때 사라숲을 빛낼 것이라는 생각을 해본다. 바로 그것이 물질체에서 마음이 탄생하게 되는 것이리라.

『사라숲 바람의 말』을 응원해 주는 딸이 고맙고 계절은 항상 든든하다. 부디 사라숲 바람의 말이 모든 이의 위안이 되기를 소원해본다.

2022년 12월
곽정효

차례

사라숲 바람의 말

꿈의 숙주

"거는 사람 살 데가 몬 된다고 난린데 와 그런 데를 갈라 카노?"

민자영이 펄쩍뛰었지만 평미 고집을 꺾지는 못했다. 대신 조심 또 조심하고 자주 나와야 한다고 당부를 거듭했다.

"제가 얼마나 소중한 존재인지 잘 알고 있어요. 충분히 조심하고 삼갈 테니 걱정 마세요."

그래 놓고 평미는 옥수에게 고개를 돌려 엄마, 내가 누군지 계속 비밀로 하는 건데 잘못한 거 같아요, 하고 소곤거렸다.

"아무리 조심한다캐도 몸에 해로븐 기 드갈 낀데 우짜자고 그래 고집을 부리노? 그 발전소라 카는 기 내나 이전의 그 원자폭탄이랑 같은 거 아이가. 그기 얼매나 무서븐 긴데. 그라고 강식이 가는 와 지 있던 데 놔뚜고 거 가 있을라 카노?"

더 말려봤자 소용없다 싶었는지 서금지는 강식에게로 화살을 돌렸다.

"걱정 하실 일이 아니에요. 가려고 하는 회사는 오염 지역과는 멀리 떨어진 곳에 있어요. 또 그 일이 터진 지가 언젠데요. 벌써 몇 년이나 지났잖아요. 그리고 설마 강식 오빠가 평미를 해로운 곳으로 오라고 하겠어요?"

옥수도 걱정이 안 되는 건 아니었다. 평미는 엄마 말이 맞다고, 전혀 상관없다고 맞장구를 쳤지만 오염지역에서 얼마나 떨어진 곳인지, 아무도 모르는 그 어떤 해로운 물질이 평미의 몸속으로 들어가지는 않을지 이것저것 마음이 쓰였다.

민자영은 헤어지기 전날 밤, 평미의 가방 속에 매일 아침 저녁으로 읽으라며『법구경』말씀을 넣어 주었다. 민자영이 평생 읽고 외어 온 것이었다.

— 원수가 하는 일이 어떻다 해도
적들이 하는 일이 어떻다 해도
거짓으로 향하는 나의 마음이
내게 짓는 해독보다는 못한 것이다.

— 부모 형제가 어떻다 해도

친척들이 하는 일이 어떻다 해도
정직으로 향하는 나의 마음이
내게 짓는 행복보다는 못한 것이다.

민자영을 지켜보고 있던 평미가 도로 꺼내 큰 소리로 한 번 읽고는 무슨 부적이라도 되는 양 가방 깊숙이 모셔 넣었다. 토닥거리기까지 했다. 가슴에 새기겠다는 뜻이었다.

공항에서 기다리고 있는 건 이치로뿐이었다. 강식의 모습은 보이지 않았다. 이치로는 평미를 보자마자 로봇 이야기부터 꺼냈다.

"치타2의 움직임이 정말 부드러워졌어."

"아, 얼른 가서 확인하고 싶다~."

평미와 이치로의 관심은 오로지 로봇에 있었다. 방사능 같은 건 두 사람 다 신경도 쓰지 않는 분위기였다. 아무렴, 사람 사는 세상인데. 방비가 되어 있겠지.

막상 현지에 도착하고 나니 이상하게도 마음이 편해졌다.

"근데 바이러스가 심상찮아. 이번 건 목숨에는 치명적이지 않지만 전파력이 엄청 강한 거라서 말이야. 어쩌면 로봇이 그쪽으로도 한몫해야 할 거 같아."

"응. 나도 그런 생각을 하고 있었어. 무서운 속도로 번지고 있는데다가 변이가 일어나는 게 또 문제일 거 같아. 애써 개발한 백신이나 치료제가 소용없게 될 수도 있으니까 말이야. 게다가 잠재적 발원지인 야생동물은 또 어쩌구?"

"박사님은 어쩌면 방사능보다 더 큰 재앙이 될 수도 있다고 하시더라구."

"지금은 시작에 불과하다는 말이겠지. 서울에서는 현대문명에 대한 비평문을 바이러스가 쓰고 있다는 말까지 돌고 있더라구. 하지만 현대문명도 어떻게든 대응을 해야겠지. 우리 로봇도 할 일이 많아질 거야."

"어쩌면 우리가 늦었는지도 몰라. 상황이 오래 가고 비대면으로 전환하는 현장이 많아지면 빠르게 늘어나는 요구에 부응하기 역부족일 거 같아."

신종 바이러스가 퍼지고 변이까지 나타나고 있다는 소리를 몇 번이나 들었지만 평미가 로봇의 쓰임까지 생각하고 있는 줄은 몰랐다.

"너희는 만나기만 하면 로봇 타령이구나."

이치로가 옥수의 말에 머리를 긁으며 다가와 얼른 짐을 받아 들었다. 두 사람은 가방을 차에 실으면서도 연신 로봇 이야기를 주고받았다. 시동을 걸고 차가 움직이고 나서야 로봇 이야기는 겨우 방향을 틀었다.

"박사님은 민규 형이랑 현장에 가셔서 저 혼자 나왔습니다. 이틀 후에나 오실 것입니다."

공항을 벗어나자 속도를 높이며 이치로가 말했다.

"현장? 그 위험한 곳엘?"

"뭐 갈 수 있는 곳까지만 가는 거니까요. 그리고 계약한 집은 내일이나 들어갈 수 있습니다. 여기서 멀지는 않습니다. 차로 한 삼사십 분 거리입니다."

묻지도 않은 소식까지 전해 주었다. 그러니까 적어도 오늘 하루는 자신의 작업장에서 지내든가 아니면 호텔로 가야 한다는 말이었다. 옥수는 호텔이 편할 것 같았지만 펑미가 이치로의 작업장을 고집했다. 로봇을 살펴볼 생각이었다. 어차피 옮겨야 할 짐들도 제법 있으니 동선을 줄이는 효과도 있을 것 같기는 했다.

이치로의 작업장은 작업장이라기보다 오래 된 시골집 같았다. 아늑하고 정갈했다. 실내가 생각보다 넓었다. 로봇들이 한쪽 벽면에 늘어서 있었다.

"마당에도, 들어오는 골목에도 로봇이 잔뜩 있더니만 집 안에도 이렇게나 많이 있네."

"아, 골목에 있는 건 로봇이 아닙니다. 마을에서 만들어 놓은 인형들입니다."

"어두운데다가 얼핏 지나쳐서 난 또 로봇인 줄 알았네. 그런데 마을에서 그렇게 많은 인형을 왜?"

"마을에 사람이 점점 줄어들어서 지금은 사람이 별로 없거든요."

"사람 대신이란 말이야?"

"그렇게라도 온기를 불어넣고 싶은 간절함이겠죠. 전 로봇이 동반자가 되어주길 기대하고 있지만요."

"오염지역이 가까워서 사람들이 떠난 거지?"

"그보다는 전국적인 현상이라고 봐야겠죠. 점점 출산율이 줄어드는데다가 젊은이들이 여차하면 도시로 떠나고 돌아오지 않으니까요. 이런 시골엔 노인들만 남아 있고 빈집도 많습니다."

"우리나라도 비슷한 실정이라던데 여긴 더 심각하구나."

한때 강원도 절경 앞에 전원주택을 지어놓고 붕붕 떠서 주말마다 수선을 떨던 명은이 떠올랐다. 요즘은 한 달에 한 번 가기도 힘들어 비워놓는다며 도깨비집이 따로 없다고 했다. 팔고 싶은데 팔리지도 않는다고 울상이었다. 방치되어 있는 그 집에도 인형이나 로봇을 놓아두면 어떨까 싶은 생각이 들었다.

"엄마, 이치로는 열정이 정말 대단해요. 이것 좀 보세요. 이건 특별한 로봇이에요. 양서류의 줄기세포를 활용해서 만들었대요."

평미가 창문 앞에 있는 작은 로봇을 보며 말했다.

"아무리 특별해도 로봇은 로봇 아니냐?"

"아니, 이건 달라요. 자연 속 유기체가 죽으면 썩는 것과 마찬가지로 시간이 지나면 소멸되는 거예요."

"흠, 사람에 한 발짝 더 가까이 왔다는 말이네."

그 옛날 펑미가 강식과 함께 민달팽이 로봇을 만들던 모습이 떠올랐다. 그때가 언젠가. 펑미의 로봇들은 이제 훨씬 진화했다.

"그럼요. 사람에게 한층 가까워졌지요. 이건 자체 동력으로 움직입니다. 배아에서 피부와 심장세포를 긁어내 조립해 만들었거든요. 유기체지요. 앞으로 신경체계와 인지능력을 갖춘 살아있는 로봇이 만들어질 겁니다."

이치로가 보충 설명을 했다.

"얼마 동안 살아있는데?"

"요건 한 열흘 정도 생존할 수 있어요. 점점 생존 기간이 늘어나는 중이고요."

윤리적 논쟁이 일어날 텐데? 싫었지만 재를 뿌리는 것 같아서 말을 아꼈다.

강식이 말했었다. 기술적으로야 인간을 복제하여 사람을 만들 수 있다고. 하지만 지금 상태에서는 윤리적으로 불가능하다고. 강식과, 민규, 이치로는 도대체 신의 영역 어디까지 나아가 있는 걸까? 펑미는 지금 그들과 함께 옥수가 모르는 다른 세상으로 나아가고 있는 중이었다.

강식이 구한 집은 그래도 제법 규모가 큰 지역에 있었다. 이치로의 작업실이 있는 마을보다는 훨씬 사람 사는 냄새가 났다. 오염지역과는 아무 상관이 없어 보였다. 몇 시간만 가면 죽음의 땅이 되어버린 곳이 있다는 사실은 전혀 실감할 수 없었다. 평미가 이리저리 짐을 옮기고 배열을 바꾸고 하는 모습을 보고 있자니 또 헤어져 살아야 하는구나 싶은 생각이 들어 울적해졌다.

"그렇게 오래 떨어져 지냈는데 이제라도 함께 살면 좀 좋아?"

자신도 모르게 한숨이 섞여 나왔다.

"엄만, 벌써 내 문어 로봇이 나보다 먼저 여기서 활동을 시작했단 말이에요. 그리고 여기서 부산 가는 건 일도 아닌데 뭘 그래요?"

"일이지 왜 일이 아니야? 벌써 나라가 다른데. 공항까지 가자면 두 시간은 족히 걸리겠구만."

"아직 정해진 건 아무 것도 없어요. 워낙 특수한 분야라 사실 나를 오라는 곳이 있을지도 모르겠고요. 나라나 조건 같은 걸 떠나서 나를 필요로 하는 곳에 가서 일하고 싶어요. 글구 엄마가 여기 와서 함께 살면 되잖아요? 왜 그렇게 부정적으로만 생각하려고 해요?"

"어이쿠 또 그 소리. 하긴 내가 언제 널 이겨본 적이 있었니? 근데 문어 로봇이 벌써 활동을 시작했다는 건 또 무슨 소리냐?"

"흠, 이건 아직 발설할 단계가 아닌데… 실은 삼촌이 박청준 할아버지를 찾고 있는 거 같아요."

"뭐어? 그분이 일본에 계신단 말이야? 북에 갔다고 들었는데?"

"삼촌도 그런 줄 알았는데 갔다가 돌아오셨다는 말이 들린대요."

"거기가 어디라고 그렇게 쉽게 갔다가 돌아온단 말이냐?"

"그분이 당신 아버지를 찾아갔다고 했잖아요? 물리학자였다는데 핵 관련 해서는 꽤 실력자셨나 보더라구요. 돌아가시기 전에 힘을 써서 내보내 준 것 같대요. 이치로 집안에 기자들이 몇 있는데 비교적 정확한 소식이라고 확인해 주었어요. 스텝핑 스톤도 그렇게 들었다고 하고요."

"난 믿어지지 않는다. 사실이라면 무슨 영화 속 첩보 세계 같구나. 그래 그렇다 치고, 그분이 지금 어디서 뭘 하고 있다던?"

"모르니까 찾고 있는 거지요."

"그러면 그렇지. 그럴 리가 있나. 삼촌이 또 공연히 헛심을 쓰고 있나보구나."

"그래서 내 문어가 도와주고 있는 거예요."

"문어 로봇이 뭔 수로?"

"흠, 우리 엄마는 여전히 딸을 믿지 못하시지. 그래도 한 번 믿어 보세요. 지금 문어가 삼촌을 대신해서 맹활약 중이니까요."

"그동안 네가 허송세월 한 건 아니라는 것쯤은 나도 안다. 하지만 로봇이 뭘 어쩔 것이냐? 인간이야 불완전한 존재 같아도 직감이라는 것도 있고 피가 닿는 사람끼리는 땡기는 것도 있는 법이지."

"문제는 지금 그곳엔 사람이 들어갈 수가 없다는 거예요. 문어 로봇은 특수 제작한 거라 견딜 수 있거든요. 로봇의 약점이자 강점이죠. 자료 수집, 전송 능력도 탁월하고요."

"그분이 그 오염지역 안에 있다는 건 확실한 거냐?"

"여태까지 얻은 정보로는 그래요. 마지막 소재지도 그렇고 박청준이라는 한자 이름을 쓰는 사람이 확인되었거든요."

"이름만 가지고 그 넓은 지역을 뒤진다고?"

그래. 암수술을 앞두고 있을 때도 일본에 가면서 찾아볼 사람이 있다고 했었지. 대수롭지 않게 여겨 누군지 확인하지도 않았고 까맣게 잊고 있었다. 아, 그때부터도 찾고 있었다니? 그때가 언젠데… 인간은 단지 세포집합체라는 둥, 우주의 먼지덩어리일 뿐이라는 둥, 마음이라는 것도 물질일 뿐이라는 둥 하던 사람이 본 적도 없는 아비를 찾겠다고 이 위험한 지역까지 와서 기회를 보고 있다고? 이제 강식도 늙어가는 것일까?

"지금 확실한 건 아무 것도 없어요. 어쩌면 삼촌이 그분이 하시는 일에 감동을 받아서 더 마음을 쓰는 것도 같고 그래요."

"그 험한 곳에서 무슨 일을 하고 있는데? 팔십이 넘은 노인이?"

"버려진 동물들을 보살피는 듯해요. 특수한 방법으로 식물을 재배한다는 말도 들리고요."

아, 그 죽음의 땅에서 피폭 되는 걸 각오하고 동물을 보살피고, 식물을 재배하고 있는 사람이라면 당연히 강식을 끌어당길 것이었다. 그분이 아버지였으면 하는 마음이 간절해졌을 거였다. 안개 속에서 누군가가 걸어 나오는 느낌이었다.

— 임무가 있으시지요. 원전 문제가 제대로 처리 되지 않은 지역의 생태계를 위해 공동 연구가 이루어지고 있거든요. 선생님은 그곳에 살아남은 동물과 식물들을 위해 뭔가

하고 싶어 하고 관심이 많으시죠. 뇌과학 전문가로서 오시는 겁니다.

처음 소식을 전할 때 이민규가 했던 말과 통하는 바가 있었다.

무엇보다 강식은 오염지역 생명체들에 마음이 끌렸을 거였다. 가이두섹처럼 연구실에서만이 아니라 삶의 현장에서 실마리를 찾고 연구를 진척시키고 싶다고 줄곧 말하지 않았던가.

"거기서 소를 키우는 사람도 있대요."

평미도 진지했다.

"소를? 밖으로 내올 수도 없을 텐데?"

"소에 대한 사죄이고 속죄라고 해요. 근데 그 박청준이라는 분의 아버지 말이에요, 할머니들 말로는 꿈을 위해 모든 걸 다 바친 사람이었다던데 왜 거기까지 찾아간 당신 아들을 내쳤을까요?"

"꿈이란 게 원래 헛것이잖니."

"피, 엄마는? 삼촌을 보는 엄마 눈이 늘 그런 생각이더라니…."

평미가 입술을 삐죽 내밀며 바람 빼는 소리를 냈다. 옥수보다는 강식의 삶, 생각에 동조한다는 뜻이었다. 평미가 강식과 같은 꿈을 꾸고 있기 때문이기도 했지만 객관적으로 봐도 틀린 말은 아닐 거였다. 강식은 평생 자신의 꿈을 위해 외길을 걸었다. 그것이 보람이 있건 없건, 가치가 있건 없건 아무 생각 없이 하루하루를 살아 온 자신에 비하랴. 하지만 강식은 너무 많은 것을 외면했다. 그 생각만 하면 옥수는 가슴이 아려왔다.

"어쩌면 저 바이러스라는 것과 꿈이란 것이 같은 거 아닌가 모르겠다. 양쪽 다 인간을 숙주로 쓰고 버리잖니? 들어와 살면서 여기저기 파먹고 빼먹고 떠나면 인간은 죽거나 너덜너덜한 껍데기로 남게 되고."

"일리가 있기는 한데 같은 듯 다르지 않나요? 바이러스는 저 하고 싶은 대로지만 꿈은 다르지요. 내 전부를 다 바치고 너덜너덜한 몰골로 버려진다 해도 전 기꺼이 꿈의 숙주가 될래요."

눈을 동그랗게 뜨고 듣던 이치로가 자신은 아무래도 바이러스 숙주 쪽에 가까운 거 같다며 싱겁게 웃었다.

식탁에 올려 둔 평미의 전화가 번쩍거렸다. 서울이었다. 새 생명 연구소라는 곳에서 평미에게 면접을 보러 오라고 알려왔다. 날짜가 촉박했다.

"아, 이틀만 먼저 연락이 왔어도! 그래도 날 원하는 곳이 있다면 가야겠죠? 에휴, 아직 짐도 다 안 풀었는데."

평미는 서울로 되짚어 가야겠다고 했다. 강식이 힘을 쓰

고 있는 회사에 갈 수 있기를 기대하고 있었지만 아직 아무
것도 정해진 게 없는데 손 놓고 기다릴 수만은 없으니 일단
면접은 봐야겠다는 생각이었다.

"그 회사는 바이러스를 겨냥해서 로봇을 준비하겠다는
거지?"

"맞아, 비대면 사회를 대비하고 싶댔는데 바이러스가 갑
자기 퍼지니까 발 빠르게 움직이기 시작한 거 같아."

"우리가 생각했던 방향이 아닐 수도 있겠는데?"

"지금 로봇을 조력자 이상의 대상으로 보는 사람들은 거
의 없지. 하지만 로봇을 생활 영역으로 끌어들이는 거잖아.
그게 어디야? 어쨌든 일단 가 보고 결정할 거야."

평미는 비행기 표를 끊으면서까지도 망설이는 눈치였으
나 옥수는 눈앞이 환해졌다. 제발 평미가 한국에서 자리를
잡았으면 싶었다.

대추나무

"너 먼저 살던 여자에게 대추 따가도 된다고 했다며? 그게 말이 되니? 집을 팔았으면 집에 딸린 것도 다 연을 끊어야지. 오긴 어딜 와?"

이사를 도와주러 온 명은이 펄쩍뛰었다.

"애들이 아끼던 거래. 그리고 그깟 대추를 뭘."

옥수는 생애 처음 집주인이 되어 아파트에 이사 온 것만으로도, 시댁에서 벗어난 것만으로도 날아갈 것처럼 기뻤으므로 대추 따위에 신경 쓰고 싶지 않았다. 그런데 아침에 일어나니 마음이 그게 아니었다.

아파트 화단에 내게 권리가 있는 대추나무가 있다고? 그것도 열매가 주렁주렁 열린다고? 아침 햇살 속 화단을 내다보던 옥수는 명은이 말한 대추나무부터 찾았다.

화단에 어울리지는 않았지만 제법 실해보였다.

— 그래, 대추나무는 다른 나무와는 다르지.

뭔가 좋은 소식이 있을 것 같은 예감이 들었다.

"장모님이 대추는 밤, 감과 함께 제사에 꼭 써야 하는 세 가지 중 하나랬어. 꽃이 하나도 헛되이 지지 않고 열매를 맺는다 해서 자손을 상징한다지?"

안석준도 명은이 알려 준 대추나무를 몇 번이나 내다보았다. 자신의 처지를 모르는 사람처럼 콧노래까지 흥얼거렸다.

안석준은 아들을 셋이나 둔 명은을 부러워했다. 명은이 부부는 아들 둘을 낳고는 딸 하나만, 하다가 아들만 셋이 되었는데 자식을 낳지 못하는 안석준은 마냥 부러운 눈이었다. 명은의 남편이 하는 건축설계 일까지도 부러워했다.

"저 높은 건물이 축소되어 그 느낌 그대로 종이 위에 올라앉아 있는 걸 보면 정말 놀라워. 아버지의 느낌 그대로 태어난 그의 아들들 같지 않아?"

안석준은 부모의 느낌 그대로 태어난 자식이 못 되었다. 크면서 아비의 사랑에 늘 굶주렸다.

우울한 어린 시절을 보냈다. 게다가 늦게 입을 뗐다. 혹 벙어리가 아닐까 우려하던 중 어느 날 말문을 열었지만 남들처럼 잘 하지 못했고 말을 더듬었다.

재주 많고 반죽까지 좋았던 형이 늘 안석준 앞에 있었다. 형이 산에서 사고를 당한 건 그야말로 날벼락이었다. 형이 죽고 나서 아버지에게서 온기가 느껴졌다. 아버지가 혈압으로 쓰러진 후, 회사의 경영도 도맡게 되었다. 아버지가 평생을 바쳐 이룬 현악기 회사였다. 안석준은 운명이라는 거역할 수 없는 길이 있는 것 같다고 말했다.

형의 갑작스러운 죽음은 온 집안을 뒤집었다. 안석준의 지위를 바꾸고 대를 이어야 한다는 부담을 짐 지웠다. 안석준은 남들이 자신이 아이를 못 낳는 남자라는 사실을 알게 될까 봐 아주 조심했다. 툭 털어도 될 걸, 하고 말을 꺼내면 순식간에 얼굴이 벌게졌다. 민망할 만큼 민감하게 반응했다. 자기 자신조차도 속이고 싶은 것처럼 보였다. 하지만 형의 죽음으로 그럴 수 없게 되었다. 자손을 기다리는 부모를 위해 어떻게든 답을 내야 했다.

자손을 상징한다 하여 사람들의 사랑을 받는 대추나무였지만 외모는 사실, 화단에 선 다른 나무들에 비해 볼품이 없었다. 그래도 옥수는 둘레를 파고 열심히 거름도 주고 물도 주었다. 비바람이 심한 날은 거실 문을 열고 수시로 내다보기까지 하였다.

한 번도 키워보지 않은 대추나무에서 상상을 뛰어넘는 열매를 얻었다. 주렁주렁, 이라는 단어로는 모자랐다. 가끔 들러 대추나무를 올려다보던 시어머니는 그것이 자식을 예고하기라도 하듯 대견해 하였다.

"그래, 자식도 그렇게만 낳아 키우면 된다. 부부는 돌아서면 남이지만 자식이 있어 산도 넘고 강도 건너며 사는 게야. 두 사람의 열매가 있어야지."

시어머니는 옥수를 자꾸 요리 보고 조리 보고 하였으나 옥수는 안석준이 털어놓을 때까지 입을 다물었다. 시어머니가 딴 살림을 나가라 한 것도 따지고 보면 아기가 들어서기를 바라는 속뜻이 있기 때문일 거라고 짐작하고 있었다.

옥수는 내심 시어머니를 개명한 여자라고 생각하고 있었다. 실질적으로 악기 회사를 키운 것도 시어머니라고 들었다. 음악에 대한 열정도 대단했고 회사 관리와 자금 운용에도 능력이 있었다. 그런 시어머니가 자손을 보고 싶어 하는 마음만은 지극히 고루한 여인네였다. 그리고 집요하였다. 결국 안석준의 입을 열어 안석준이 그토록 싫어하는 말을 뱉게 만들고 말았다.

시어머니는 이틀이 멀다하고 찾아왔다. 충격을 받았을 줄 알았는데 의외로 담담했다. 말없이 살림을 돌아보고 필요한 물건들을 사다 주고 식사도 함께 했지만 옥수는 뭔가 찜찜했다. 분명 무슨 꿍꿍이가 있지 싶었다.

대추나무를 내다보던 시어머니가 옥수를 향해 돌아섰다.

"애들아, 내 알아보니 시험관 아기라는 게 제 피로 안 되면 남의 씨로 할 수 있단다. 남의 씨라도 며늘아기 몸에서 키우면 우리 애 아니겠니? 아주 남보다야 나을 거 아니냐. 우리 집안에서 우리 마음으로 키우면 우리 손인 게다."

"시험관 아기요?"

"그렇게 놀랄 거 없다. 그저 의료행위일 뿐이다. 박사님 말이 애비가 누군지는 절대 비밀로 한다는구나. 그래도 제법 성공한 사람들의 씨를 받아 놨다더라. 우리 한 번 해보자."

자식타령이 방향을 바꾸기 시작했다. 안석준이 하나 남은 아들이어서 그럴 거라고 생각하면서도 병적일 만큼 집착을 보이는 시어머니가 점점 부담스러워졌다. 목소리만 들어도 소름이 돋았다. 옥수는 부당한 강요라며 거부했지만 조금씩 지쳐갔다. 안석준도 아이가 없는 것보다야 있는 것이 낫지 않겠느냐며 은근히 옥수를 떠보곤 하였다. 옥수는 정말 싫었다. 외국으로 입양 가는 아이들 이야기를 심심찮게 듣는다. 그 아이들 중 하나를 데려오면 서로 좋은 일 아니냐고 몇 번이나 말했지만 소용없었다.

모자의 성화에 옥수는 결국 백기를 들었다. 눈이 푹 꺼지도록 앓고 나서 어렵게 내린 결단이었다. 그렇다고 금방 아기가 주어지는 것도 아니었다. 아기를 얻기 위해 고통의 시간들을 견뎌야 했다. 옥수는 대추나무가 부러웠다. 저렇게

버리는 꽃 없이 열매를 얻을 수 있다면! 대추나무의 몸속에는 신의 나라에서 흘러드는 물길들이 흘러가고 있는 것만 같았다.

병원이라는 곳이 도살장처럼 느껴졌다. 육체는 파헤쳐지고 떼고 붙이고 고치는 과정쯤은 필요에 따라 간단하고 당연하게 행해지는 공간이었다. 수치심이라든가 경외심 같은 것은 뒤떨어진 사람들의 못난 생각일 뿐이었다. 과학이 주인인 세상에서 생명에는 다른 것이 있다고 믿는 것은 허락되지 않았다.

사랑의 열매로 아기를 얻는다는 건 남의 이야기일 뿐이었다. 이렇게 사람을 힘들게 하고 태어나는 아기를 사랑할 수 있을까? 과연 내 분신이라고 느낄 수 있을까? 옥수는 비참하고 혼란스러웠다.

그럼에도 아직 태어나지도 않은 시험관 아기는 희망을 주었다. 시어머니도 안석준도 지극정성이었다. 그들은 때때로 옥수를 신비하게 여기는 눈치였고 속마음을 감추지 못했다. 그들은 옥수의 몸속에서 자라나고 있는 생명체만 바라보고 있었다. 마치 절대로 넘볼 수 없는 신의 세계를 엿보게 된, 그 경계의 금위에 한 발을 살짝 올려놓은 사람들처럼 흥분되어 보이기도 했다.

아기가 태어나자 옥수는 아기 외의 다른 모든 일은 생각에서 지웠다. 오로지 아기를 위해 살리라 했다. 다른 아기들과 달리 먼 길을 돌아 온 아기였다. 소중하고 신비로운 우주였다.

— 으응? 지 에미 애비가 아무도 보조개가 없는데 아기는 보조개가 있네.

— 숨은 유전자가 있었나? 우리는 아무도 그런 사람 없는데 아기 머리카락이 약간 곱슬인 것 같애.

비밀을 모르는 친척들은 백일잔치에 와서 보는 대로 한마디씩 했다.

백일의 기적이라더니 아기가 목을 가누고 뒤집기를 하고 잠에도 리듬이 생겼다. 육 개월이 못 되어 기어 다니고 혼자 앉아서 재롱을 떨었다. 일어서는가 싶더니 뒤뚱거리며 몇 발짝씩 나아갔다. 이때쯤이면 보통의 아비들은 귀여워 죽는다는데 안석준은 아기 앞에서 표정이 굳어졌다. 시어머니는 자식이 있어 강도 건너고 산도 넘을 수 있는 게다, 라고 했지만 옥수는 이 아기가 과연 우리에게 그런 힘을 줄까? 싶었다. 그럴 것 같지 않았다.

안석준이 다른 사람처럼 느껴질 때가 있었다. 언제부터인지 거리가 느껴지고 어딘가 낯설었다. 그럼에도 옥수는 명은이가 조심스레 너, 뭐 이상한 거 못 느꼈니? 했을 때, 아니, 뭘? 하고 바보같이 되물었다. 명은의 고민은 사흘을 넘기지 못하고 돌아왔다.

"말 안 하려고 했는데 아무리 생각해도 안 되겠다. 네가 알아야 할 것 같애."

"무슨 말인데?"

"네 남편 말이야, 여자가 있는 거 같아."

옥수만 모르는 일이었다. 명은의 남편 박한수는 난처해하면서도 남자들끼리의 의리를 존중했다. 여자는 악기점에까지 드나들었다. 박한수와는 여러 번 자리를 함께 한 사이였다.

"한수 씨가 무슨 말을 하려다 갑자기 화들짝 놀라며 입을 다무는 거야. 그러면서 내 눈치를 보는데 수상했어. 너도 알다시피 그 사람, 속마음을 얼굴에 다 쓰면서 사는 사람이잖아. 속이는 일에 서툴기도 하지만 직감이랄까 뭐 그런 게 있었어. 그래서 다그쳤더니 니 남편 얘길 하는 거야."

명은은 아무 말도 못하고 있는 옥수를 다독이다 돌아갔다.

"실수였다 카재? 여자가 져야지 벨 수 없다. 느그 아바이가 영화에 미쳐가 진주댁이랑 십 년을 나가 살았어도 내는 다 견뎌냈다. 지금도 생각하마 치가 떨리지만서도 다 지나가더라. 그라고 니는 아 하나도 을매나 애 멕이가 얻었노."

안석준의 비밀을 모르는 서금지는 상처에 소금까지 뿌렸다.

"우리, 헤어지자."

안석준은 단칼에 결혼 서약, 사랑, 아기, 의무… 같은, 남아 있던 끈들을 싹둑 끊어냈다.

"우리 헤어져도 원수가 되지는 말자."

마지막을 위해 미리 준비한 말인 듯 약간의 온기가 느껴졌다. 그러나 잠시 뜸을 들이는가 싶더니 뜻밖의 말이 튀어나왔다.

"당신, 저 아이, 누구 아이야?"

"누구 아이냐니?"

"애비가 어떤 놈이냔 말이야."

거친 숨소리가 섞였다.

"지금 그게 무슨 소리야? 그때 어머니가 뭐라 했어? 정자를 준 사람은 절대 모르게 하는 거랬잖아?"

"흐응, 그래? 나보고 그걸 믿으라고?"

"당신 정말? 나한테 이제 와서 이럴 수 있어?"

"당신이야말로 이럴 수 있어? 나 몰래 그놈과 아직 내통하고 있는 거지?"

옥수는 꿈을 꾸고 있는 것 같았다. 꿈이 아니고서야 이런 일이 어떻게 일어날 수 있을까? 그 과정은 시어머니가 끌고 갔고 그도 동의하여 이루어졌다.

이제 와서 전권우나 원영모 박사를 문제 삼는 걸까? 원영모 박사가 담당의가 된 건 시어머니가 알아보고 결정한 것이었다. 옥수는 일이 진행되는 동안 줄곧 비참한 심정이었으므로 시어머니가 하자는 대로 따랐다. 전권우 아버지가 병원장으로 있는 병원이라는 사실도, 원영모 박사가 전권우의 선배라는 것도 알고는 있었지만 말하지 않았다.

"원영모 박사는 사실 이름을 내건 사령탑인 거지 실무는 따로 있을 거야. 이런 일은 팀이 움직이는 거더라구. 시험관 아기라는 게 아직 시행된 지 몇 년밖에 안 된 일이니 더 그럴 거야."

언젠가 안석준은 뭔가 느낌이 달랐는지 전권우를 들먹이면서 그렇게 말했다. 하지만 옥수는 아무 대꾸도 하지 않았다. 말할 이유도 없고 하고 싶지도 않았다.

전권우는 남편과 시어머니 앞에 꺼내 보이기 싫은 세월 속 인물이었다. 이런저런 이야기를 장황하게 하고 싶지 않았다. 오빠들이 함께 학창시절을 보낸 사이라는 정도만 간단히 밝히고 넘어갔었다. 설마 이제 와서 원영모 박사나 전권우를 의심하는 걸까? 아니면 그들을 통해 누군가를 만나고 있을 거라고?

"그게 당신이 떠나는 이유야?"

"꼭 그런 건 아니야."

"그럼?"

"한 번은 짚고 넘어가야 하지 않겠어? 그리고 선아를 사랑하게 된 건 이미 예정되어 있던 일이었어. 이쯤에서 내 앞에 나타나기로 되어 있었던 여자란 말야. 당신도 저 시험관 아이 애비 만나서 새 출발해."

안석준의 말대로 그에게 예정되어 있던 사랑이 나타난 건지 아니면 시험관 아기가 막상 태어나고 보니 아무래도 받아들일 수 없게 된 건지 혼란스러웠다. 생각할 여유도 없었다. 상황은 이미 걷잡을 수 없이 굴러가고 있었다.

안석준의 짐을 그 여자가 와서 당당하게 실어 내갔다.

"당신을 만나기 전에 그 사람을 만났더라면 아무 문제가 없었을 거야. 순서가 바뀐 것뿐이야. 그리고 이런 말까지는 하고 싶지 않았는데 당신과는 늘 뭔가가 가로막는 느낌이었어."

선아라는 여자도 당돌하게 말했다.

"결혼했다고 해서 사랑하는 사람을 두고 부인에게 매여 살아야 하나요? 저는 그렇게 남을 의식하면서 살 수는 없어요. 그러기에는 제 인생이 너무 짧고 소중해요. 부인도 진실을 직시하고 받아들이세요. 자신을 사랑하지도 않는 빈

껍데기를 붙들고 살고 싶은 건 아니겠죠?"

여자의 손목에서 반짝, 노란 나비가 날개를 드러내보였다. 오른쪽 날개였다. 안석준의 팔에서 본 건 왼쪽 날개였다. 그러니까 자신들은 합해서 하나를 이루는 존재라고 말하고 있는 셈이었다.

"친정아버지가 등 떠밀어 마지못해 한 결혼이라면서 뭘 그렇게 구질구질하게?"

마지막 짐을 내가면서 여자가 던진 한 마디가 송곳처럼 뾰족했다.

아기가 확 무거워졌다. 태어나는 건 평범하지 못했지만 일생을 평범하게 살기를 바라 이름도 평미라고 지었다. 하지만 벌써부터 평범한 길에서 벗어나고 있는 건 아닐까? 안석준과의 시간들이 유령처럼 언뜻언뜻 나타났다 사라졌다. 대신 안석준과 살면서 다 지워버렸던 시간들이 한 걸음씩 다가왔다. 이제 안석준과의 시간 속에서 빠져나가 아기와 함께 다시 그 시간들을 이어가야 한다.

자다가 깨면 옆에서 자고 있는 아기가 우주인처럼 여겨질 때가 있었다. 그 사실이 비참하고 서글펐다. 신의 영역을 침범하여 벌을 받는 거라는 생각까지 들었다. 화단에 선 나무들이 아기 뒤에서 검은 그림자를 키웠다. 두 팔로 아기를 덥석 안아갈 것만 같았다.

"펑미는 그 생명이 어떻게 시작되었건 우리 자식이다. 말이야 바른 말이지 아이를 원한 건 우리였다. 너는 한사코 반대하다가 마지못해 따라준 것뿐이었잖느냐. 애비가 지금은 저래도 곧 애비 노릇을 할 게다. 너는 아이는 우리에게 주고 홀가분하게 새 출발해라."

시어머니가 펑미를 데려가겠다고 통보해 왔다. 옥수가 버티면 재판이라도 하겠다고 말했다. 생물학적으로는 아들의 씨가 아니더라도 법률적으로, 인간적으로 당신의 손이라는 주장이었다.

"저는 어머니가, 펑미를 왜 데려가려고 하시는지 이해할수가 없어요. 펑미가 아범 딸이라기에는 문제가 있지만 저한테는 분명한 제 딸이에요."

"그렇지가 않지. 누구 자식인지 잘 생각해 보아라. 펑미는 분명 우리 손이다. 너는 몸만 빌려 준 거 아니더냐?"

"몸만 빌려 준 거라고요? 그런 말이 어떻게 있을 수 있어요? 펑미는 이제 분명히 저만의 딸이에요."

"우기지 마라. 정 그러면 법에 가서 물어 보자."

무슨 수를 써서라도 펑미를 채 갈 기세였다.

시어머니가 변호사를 선임하고 바쁘게 돌아치자 명은이

변호사를 구해 데리고 나타났다.

"우리 언니 친구야. 잘 나가는 변호사야. 니 애길 듣더니 엄청 관심을 보이는 거야. 니가 꿈쩍도 안 한다고 했더니 자기 쪽에서 먼저 퇴근길에 함께 가보면 어떻겠냐고 연락을 해 왔어. 한 번 해 보자. 저 인간들한테 당하기만 할 순 없잖아."

명은이 데리고 온 변호사는 차돌처럼 단단해 보였다. 변호사는 옥수의 이야기를 듣는 동안 표정이라고는 내보이지 않았다. 눈은 줄곧 무릎에 두었지만 귀는 옥수를 향해 열려 있었다.

"음, 그쪽에서도 다른 사람의 정자를 이용해 인공 수정을 하는 데 동의했고 혼인 중에 태어나서 호적에 올리셨고요?"

"네."

"이혼한 시기는요?"

던져오는 질문은 극히 사무적이었다. 썩 기분 좋은 것은 아니었다.

— 혼인 중 임신한 자녀는 친자로 봐야 한다, 인공 수정으로 태어난 경우도 마찬가지다, 친자 여부를 따질 때는 자녀의 복리를 가장 우선적으로 고려한다.

— 그래야 하는데 아직은 그게 그렇지만은 않아서 말이지

요.

딱 부러지게 법이 누구 손을 들어줄 거라고 말을 하는 것은 아니었으나 법은 생명과 가정을 보호하기 위해 어쩌구 하는 말에 힘이 들어갔다. 그러니까 법이 평미를 안석준의 친자식으로 인정할 것이라는 말 아닌가? 변호사의 표정을 보고 있자니 법 앞에 서면 말도 안 되는 일이 일어날 수도 있겠다 싶었다. 평미를 빼앗길 수도 있겠다 싶었다.

"다툼의 여지는 늘 있는 법이니까요. 결과는 재판이 끝나기 전엔 모르죠. 최선을 다해야지요."

옥수의 생각을 읽은 변호사가 지레 단정할 일은 아니니 그렇게 겁먹을 거 없다는 투로 말했다.

"저, 개인적인 질문이 있는데 해도 될까요?"

가방을 챙겨들고 일어서던 변호사가 엉거주춤 주저앉으며 물었다.

"그럼요. 말씀하세요."

변호사가 잠시 뜸을 들였다. 눈치 빠른 명은은 자기 때문인 줄 알고 먼저 나가 대추나무 앞을 서성거렸다.

"저는 결혼은 원하지 않지만 아기는 원해요. 정자를 준 남자의 신분을 비밀로 해 준다고 듣기는 했지요. 그러길 바라지만 혹, 모자라는 아이를 낳을 수도 있는 거 아닌가 싶고 걱정이 되어서 말이죠. 정자를 준 사람의 인적 사항을 대강은 알았으면 좋겠는데 유전병이나 뭐 그런 정도는 확인이 가능하던가요? 혹시 병원에서 말해 주지 않는 다른 문제는 없던가요? 경험자시니 여쭙는 거예요. 경험자만이 알 수 있는 게 있지 않을까 싶어서요."

변호사의 입에서 나오는 말은 뜻밖이었다.

유리 밖에서 명은이 웃었다. 얘, 나 비문증인가 봐, 눈앞에서 나비가 날기도 하고 어떤 때는 검은 점들이 왔다 갔다 해, 하던 때처럼 헛손질까지 했다. 자신의 나비인지 명은의 나비인지 모를 나비들이 점점 더 많아지고 있었다.

금지옥엽

안석준이 평미를 키우지 않겠다고 완강히 거부했으므로 결국 시어머니도 물러서야 했다.

— 재판이라노?

자신의 불능을 만천하에 알리게 되는 거 아니냐며 펄쩍뛰는 안석준 앞에서 시어머니도 더는 고집을 부리지 못했다. 평미를 빼앗기지 않게 된 건 다행이었지만 재판 말이 나오면서 온 식구들이 평미의 탄생과정을 다 알게 되었다.

"그런 아를 와 니가 키울라카노? 그 집구석에 고마 델다주라."

"아가 없으마 없는 대로 살기지 와 그런 아를 만들랐노? 우짜자고 그런 짓을 했드노?"

"인생이 한참인데 그런 아를 와 니가 달고 나오노?"

최양명과 서금지의 노기와 거부감은 옥수를 난감하게 했다. 형제들의 시선도 곤혹스럽기는 마찬가지였다. 생물학적 아비가 사실은 진짜 애비 아니냐, 찾아 봐라, 형편이 되면 데려다 주자, 라는 주장을 거듭하는 최양명 때문에 옥수는 친정엔 가기도 싫었다.

"아기가 무슨 물건이에요? 평미에게 아비는 없어요. 생물학적 아비는 아무 의미도 없어요."

최양명 앞에서는 그렇게 말했지만 옥수도 그런 생각을 안 해 본 건 아니었다. 꼭 뭘 어떻게 하겠다는 뜻이 있어서가 아니라 아비를 찾아서 나쁠 거야 없지 않겠나 싶기도 했다. 말도 안 되는 일임을 모르지 않았지만 지친 마음에 혹시 평미에게 뭔가 도움이 될 수도 있지 않을까? 하는 유혹도 있었다.

강식에게 부탁하면 불가능한 일은 아닐 거였다. 누구보다 전권우가 잘 알고 있을 터이니. 강식과 가까운 김철영도 정보를 쥐고 있는 인물이니 그를 통해도 알 수 있을 것이고. 하지만 고개를 저었다. 알아서 뭘 어쩔 것이냐는 물음이 마음 저 밑바닥에서 올라왔다. 감당 못할 상황과 맞닥뜨릴 수도 있었다. 그리고 그건 저버리면 안 되는, 원칙을 허무는 일이었다. 자신은 물론 강식도 전권우도 김철영도 어기면 안 되는 엄중한 약속이었다. 강식에게 의사로서의 양심을 저버리는 일을 하게 하다니, 절대 안 될 일이었다.

무엇보다 옥수는 안석준과의 불행한 결혼생활을 강식에

게 뒤집어 보이는 것도 싫고 그의 안쓰러워하는 눈을 보는 것도 싫었다.

서금지는 당장 그 아파트에서 나오라고 했다. 마귀의 소굴이라도 되는 것처럼, 얼른 거기에서 나와야 고약한 운명에서 벗어날 수 있을 것이라고 성화를 대었다.

하루도 그 집에 더 있지 말라는 소리였다. 옥수 역시 한시라도 빨리 나쁜 기억에서 벗어나고 싶었다. 무엇보다 안석준이 남기고 간 집에 하루도 더 머물고 싶지 않았다.

혼자 아기를 키우자면 직업이 있어야 할 것이라며 현석이 이력서를 받아갔다. 서울에 살고 있는 유일한 피붙이이기도 했지만 어려서부터 정이 깊은 오빠였다. 겨우 전문대 졸업에 직장 경험이라곤 없으니 빈약한 이력서였다. 여기저기 알아보아도 마땅치 않은 눈치더니 결국 전권우 아버지의 그늘까지 파고 들어가 영양사 자리를 주선했다. 모자라는 자격으로 그렇게 큰 병원에 들어간다는 건 전권우의 도움 없이는 어림없는 일이었다.

오래 미적거릴 이유가 없었다. 현석과 같은 단지였는데도 서금지는 이사한 집이 심란하다며 민자영을 불러올렸다. 옥수를 홀로 남겨 두고 가자니 발이 떨어지지 않아서였을 거였다.

"니 여서 옥수랑 아 좀 건아줘라. 청산골 집이야 한 번썩 가 보마 안 되나? 그라고 어차피 니도 혼차 아이가."

서금지는 민자영에게 의사를 묻지도 않았다. 젊어서 내게 신세를 지고 살지 않았더냐, 하는 말은 들먹이지도 않았지만 거부할 수 없는 무게를 가지고 민자영을 주저앉혔다. 민자영은 못 이기는 척 눌러 앉았다. 싫지 않은 기색이었다.

민자영은 어려서부터 피붙이 아닌 피붙이로 살아왔으니 편하고 의지가 되는 건 사실이었다. 하지만 옥수는 민자영의 얼굴을 보는 일이 편치 않았다. 몇 번이나 민자영에게 의지할 수는 없다고 도리질했다. 혼자 살 수 있다고 말하고 싶었다. 그러나 마음과 달리 몸은 자꾸 민자영을 의지했다. 무엇보다 든든한 것은 드센 시어머니의 출입과 간섭을 막아 내 준다는 거였다.

"시험관 아기라니… 참말 신기한 시상이 되었구나. 그런 걸 보마 청준이 오빠가 늘 하던 말이 틀린 말이 아니었던가 싶다. 불경 속에 있는 말이겠거니, 그렇게만 여겼는데 말이다."

"뭐라고 하셨는데요?"

"뭐 사람이라 카는 기 사대四大로 이루어졌을 뿐이라나?"

"사대요?"

"여 봐라. 육신과 마음에 대해 이래 써놓았다."

박청준이 직접 써서 만들어 주었다는 책을 펼쳐 보였다. 작은 책자는 불경 말씀으로 빼곡했다.

— 이 육신은 네 가지 요소로 화합된 것이다. 털, 손톱, 이빨, 살갗, 근육, 뼈, 골수들은 다 흙으로 돌아갈 것이고, 침, 콧물, 피, 눈물, 대소변은 물로 돌아갈 것이며, 더운 기운은 불로 돌아가고, 움직이는 것은 바람으로 돌아갈 것이다. 네 가지 요소가 뿔뿔이 흩어져버리면 이 허망한 육신은 어느 곳에 있을 것인가.

— 사대가 흩어지면 육진도 없을 것이다. 이 가운데 인연과 티끌이 흩어져 없어지면 마침내 반연하는 마음도 볼 수 없을 것이다.

얼마나 여러 번 읽었는지 손때가 묻어 반들거렸다. 강식이 마음이 시작되는 곳을 찾겠다고 떠난 후 더 열심히 읽었지 싶었다.

— 인간 별 거 아니야. 그저 세포들의 집합체일 뿐이야.

강식이 자주 하던 말이 떠올랐다. 어딘가 닿아 있다는 생각이 들었다.

"니도 내 못지않게 에려븐 자식을 키우게 되었구나. 내는 강식이를 참말 에렵게 얻었다. 어무이는 난감해 했재. 청준이 오빠는 아는지 모르는지 아무 표도 안 내고 있다 멀리 떠나버렸고. 강식이를 딱 두 번 봤니라. 강식이 태어난 담부터는 그 무신 연구를 할 기라꼬 서울로 쫓아다녔다. 집에는 우짜다 한 번 빼꼼 얼굴을 내밀 뿐 거의 오지 않았다. 내 맘인지는 몰라도 강식이 땜에 맴이 복잡해가 집에 올 수 없었던 거 아인가 싶으더라. 그래도 내는 강식이를 얻어 기뻤다."

강식이 민자영에게 온 길이 시험관 못지않게 어려운 길이었다는 소리였다. 위로 같기도 하고 한탄 같기도 했다.

생각해 보면 민자영은 그 누구보다 불쌍했다. 신의 손길은 한 번도 따뜻하지 않았다. 어미가 내버리고 간 아이가 서럽게 자라서 말이 오빠지 주인집 도련님이던 박청준을 사랑했고 그가 옆집 서금지를 사랑하는 걸 지켜보면서 속 앓이를 했다. 서금지가 혼인하던 날, 술에 취해 서금지를 부르는 박청준에게 서금지가 되어 주었다. 강식은 그렇게 얻은 아들이었다. 목숨보다 귀히 키웠다. 그러나 그 아들은 제 목숨을 귀히 여길 줄 몰랐다. 더 귀한 것을 위해 목숨을 바쳐야 한다고 믿었다. 한때는 '좋은 사회, 정의, 자유'를 위해 뛰어다니더니 의사가 된 후 뇌과학에 매달렸다. 얼마 전부터는 얼굴보기도 드물었다. 일 년에 한두 번 보는 게 고작이었다.

박청준의 어머니는 민자영을 거두기는 했지만 딸로 받아들인 건 아니었다.

— 내 집 헛간에 낳아 놓고 간 걸 우짜겠노? 차마 내다버릴 수 없어서 거둔 기지. 이름 석 자는 남가 놨더라만 찾는 법도 없었다.

애물단지라는 말을 시도 때도 없이 했다. 동네를 떠돌던 걸인 여자의 딸이라는 거부감과 구박은 같은 것이었다. 절대 당신의 아들과 맺어줄 수 없다는 속내를 숨기지 않았다. 처음에는 아들의 실수를 인정하지 않을 셈이었다. 민자영의 몸에 이상이 있다는 걸 알아채고는 윗마을 벙어리와 혼사를 서둘렀다. 민자영 스스로도 제 몸에 들어선 아기를 느끼기 전이었다. 박청준의 어머니는 민자영이 박청준을 물고 늘어질까 봐, 벙어리 집에 가서 낳은 강식이 실은 박청준의 아들이라고 밝힐까 봐 겁을 냈다.

민자영은 영락없는 바보였다. 그런 박청준의 어머니를 야속해 하거나 미워할 줄 몰랐다. 뿐인가, 박청준이 사랑한 서금지를 질투는커녕 자신의 일부로 여기며 살았다.

바로 옆집에서 함께 자란 서금지는 민자영과 친자매 이상이었다. 먹을 것, 입을 것을 나누었고 『동몽선습』도 민자영을 불러 함께 배웠다. 하지만 서금지는 박청준 어머니의 입장도 헤아렸다.

"시상 일은 뭐시고 겉으로 드러나는 기 다가 아닌 벱이다. 아지매가 자영이를 거둔 것도 그렇다. 누가 뭐라 캐도 아지매는 아지매대로 애 마이 쓴 기다. 구박에 묻혀서 그렇지 은혜가 결코 작지 않다. 복을 가져다준다는 공덕천이랑 화를 가져온다는 흑암천이 늘 함께 다닌다 안 카드나. 부처님 열반 때도 사라나무들이 동서남북에 쌍으로 서 있었다 카드라. 시상 일이란 기 다 그래 한 자리에 쌍으로 있는 거 아이겠나?"

은근히 박청준과의 일에 민자영이 결코 피해자가 아니라는 소리를 그렇게 하는 것도 같았다. 하지만 더는 미주알고주알 말하지 않았다. 확인해 준 건 민자영이었다. 민자영이 술을 넘기며 털어놓는 이야기는 마른 눈으로 바라보는 눈물고개 같았다.

"어무이는 청준이 오빠가 실수한 줄로만 여겼재. 하지만 실은 그렇지가 않다. 외려 그 반대라면 반대다. 그날, 술을 그리 부은 것도 내고 꼭 아기가 생기기를 빌었던 것도 내였으이."

옥수는 솔직하고 당당하기까지 한 민자영이 놀라웠다. 사람이 다시 보였다. 자신이 아닌 다른 여자를 향하고 있는 남자를 포기하지 않았고 그에게서 수모라는 생각 없이 자식을 얻었다면 보통 집념이 아니다. 누가 저 평범한 아낙에게서 그런 집념을 읽어낼까? 앞뒤 좌우 살피지 않고 사랑하는 사람으로부터 꼭 생명을 얻어 낸다는 것이 어디 쉬운 일인가.

민자영은 펑미도 강식이 못지않게 어려운 길로 온 아기라고 했지만 옥수는 펑미를 그런 간곡한 마음으로 얻지 못했으니 강식과 펑미의 밑밑은 엄연히 다른 거였다. 하지만 민자영은 강식도 펑미도 태에 닿은 특별한 사랑으로 태어난 거라고 믿었다. 펑미와 놀고 있는 민자영을 보고 있노라면 기분이 묘했다. 민자영에게 펑미가 강식을 대신하는 존재인 거 아닐까 싶은 생각이 들기도 했다.

민자영이 웃으면 펑미도 따라 웃었다. 누르면 들어갔다가 손을 떼면 부풀어 서서히 커지는 곰 장난감을 펑미와 함께 눌렀다 뗐다 하며 한몸인 듯 까르륵거렸다.

펑미는 수많은 장난감 중에서 똑 같은 크기의 문어를 특히 좋아했다. 문어 형상이지만 플라스틱 속은 비어 있었다. 두 개를 겹쳐 놓으면 한 개처럼 보였다. 민자영은 펑미를 앞에 앉혀 놓고 두 개를 포갰다 떼어냈다 하며 아이를 데리고 놀았다. 펑미가 유심히 보고 있더니 그대로 따라 했다.

"두 개로 만들어 보시오~."

문어를 겹쳐 놓고 그렇게 말하면 펑미가 그 작은 손을 꼬

물거렸다. 용케 두 개로 분리해 놓으면 민자영은 아유, 잘했어요~ 하며 박수를 쳐주었다. 그러면 평미도 따라서 박수를 쳤다. 만족한 웃음을 보이며. 몇 번 같은 놀이를 반복하자 평미는 관심이 식었다. 민자영이 눈을 끌어볼 요량으로 두 개의 문어를 합쳐서 들어 올리면 평미가 미리 박수를 쳤다. 곧 두 개로 만들어 보라고 할 것이고 두 개로 분리하면 잘했다며 박수를 쳐 줄 것 아니냐, 난 벌써 다 알고 있다는 식이었다. 평미가 미리 박수를 치는 모습에 민자영이 꼴깍 넘어갔다.

"이렇게 귀여운 아기를… 아라는 것이 둘이 낳아 둘이 키워야 하는 긴데 이리 혼자 키우니 에미도 안쓰럽고 아도 안쓰럽다."

평미를 위해서 사는 사람처럼, 아무 걱정 없는 사람처럼 보이지만 한 번씩 한숨을 내쉬며 먼산을 보았다. 옥수는 민자영의 눈빛이 아득해지는 이유를 모르지 않았다. 박청준에게 이 아이가 바로 당신의 아들입니다, 라고 말해 주지 못했고 강식에게 네 아버지라고 박청준의 존재를 알리지 못했다. 헤어진 후로 한 번도 만나지 못했다. 하지 못한 말이 가슴에 무겁게 남아 있을 거였다.

민자영이 말끝에 기침을 했다. 모과차를 한 잔 타다 주어야겠다 싶어 잠시 자리를 뜬 새 일이 터지고 말았다. 어째 평미가 너무 조용하다 싶었다.

평미는 호기심이 많았다. 보이는 것마다 만져보고 헤집어 보는 판이었다. 다른 건 몰라도 하필 민자영이 아끼는 불경 책을 가지고 흔들다니. 옥수가 질색을 하며 빼앗았지만 이미 늦었다. 여기저기 구겨지고 심지어 찢어진 곳도 있었다. 한 조각은 벌써 입속으로 들어갔다.

아, 이 일을 어쩌나 이게 단순한 책이 아닌데… 민자영의 안색부터 살폈다. 민자영도 일순 낭패를 본 기색이더니, 아 손이 닿는 데 둔 내가 잘못이재, 하며 이내 마음을 잡고 덤덤해졌다.

"이기 청준이 오빠가 보태기는 했어도 원래는 절로 드간 은학이 삼촌이 절로 드가기 전에 써놓고 외워싸턴 기다. 청준 오빠가 에러서부터 듣고 커노이 늘 머리맡에 두고 읽고 외고 해싸터라. 에러서부터 삼촌을 그래 따랐재. 아버지 대신 삼촌이라도 의지가 되었으마 좋았을 긴데 그 어른마저 집을 떠났으이 을매나 허전했겠노. 그 어른만 있었어도 집을 떠나지는 안했을 기다."

말을 하면서도 민자영은 손에 든 책을 연신 쓰다듬어 폈다. 찢어진 곳도 말끔히 정리했다. 옥수는 안절부절못하고 서 있을 뿐 어떻게 도와야 할지 난감하기만 했다.

옥수는 청산골에 갈 때마다 박청준의 아버지가 6·25가

끝난 후 혼란을 틈 타 월북한 후 소식이 없다는 말을 들었다. 마을 사람들은 꺼려하면서도 뒤에서 숙덜거렸다. 대개는 빨갱이 소리가 따라 붙었다.

"동네 사람들이 뭐라 카든 청준이 오빠는 그냥 좋은 사람이었다. 불평등한 시상을 바꿔야 한다는 건 누구나 할 수 있는 생각 아이가? 넘보다 좀 더 피가 뜨거운 면이 있기는 했다. 하지만 청준이 오빠는 삼촌 영향인지는 몰라도 그 방법이 부처님 손에 있어야 한다고 믿었다. 부처님 말씀이 나무가 자라면서 널리 퍼지듯 퍼졌으면 좋겠다는 말을 입에 달고 살았고."

평등을 최상의 가치로 여겼다던 박청준이 불심을 그토록 귀히 여겼다니? 뇌과학에 인생을 바치고 있는 강식이 마음 타령을 하는 것 못지않게 뭔가 어긋나는 소리 같았다.

평미가 또 민자영의 손에서 책을 빼내려 들었다. 화들짝 놀라 얼른 평미를 안아 올렸다. 아예 다른 방으로 데리고 갔다. 민자영이 옥수를 말렸다.

"고마 나뚜라. 아아들이란 다 그래 크는 기다. 부처님 말씀을 쪼매 뜯어 먹었으이 우리 평미, 부처님 말씀이 속에서 자랄 기다. 청준이 오빠도 좋아할 기다."

어디 보통 책이던가. 그 귀한 책을 엉망으로 해놨는데도 나무라기는커녕 덕담을 해 주는 민자영이 고맙고 미더웠다.

　평미가 토하거나 열만 조금 올라도 옥수는 겁부터 났다. 민자영은 당황하지 않고 척척 대처해 나갔다. 옥수는 죽었다 깨어나도 그렇게 능숙하게 대처하지 못할 것 같았다.

　민자영이 아니었으면 넘기기 어려운 위기가 한두 번이 아니었다. 가장 힘든 건 종양이 생겼을 때였다.

　처음엔 그저 또 지나가는 감기인가 싶어 대수롭지 않게 넘겼다. 부쩍 짜증을 부리고 칭얼대는 걸 이상히 여겼어야 했다. 그러기는커녕 민자영이 어리광을 받아줘서 그런다고 타박까지 했다. 너무 오냐오냐 귀하게만 여기면 귀한 사람으로 크지 못하는 법이라며.

　"야야, 아가 늘어지고 잠만 이래 자싼는다. 어제 낮에 열이 한 번 확 오르든 기 걸린다. 항문에 약을 넣어노이 이자 괘않기는 괘않다만 아가 이래 힘이 없다 아이가."

　민자영이 머리를 짚으며 걱정을 할 때도 열이 있는 것도 아닌데요, 뭐. 하면서 이불만 덮어 다독여 주었다.

　다음 날도 같은 상황이 이어지자 슬며시 걱정이 들기는 했다. 하지만 토요일이었다. 민자영은 한 이삼 일 청산골에 다녀올 예정이었다. 응급실로 가볼까 싶은 생각도 들었지만 열이 다시 오르는 것도 아니고 아무리 봐도 응급 상황은 아니었다. 그런데도 민자영은 기분이 찜찜하다며 일정을 취소했다. 월요일이 되기를 기다려 병원 문을 열자마자 달려갔다. 옥수에게도 함께 갔으면 했지만 옥수가 보기에 그럴 상황은 아닌 것 같았다. 출근을 하면서도 뒷목을 잡히는 느낌이기는 했다.

"아가 똥을 몬 뉘가 묵지도 않고 기운도 없었던 거 같다 칸다."

민자영이 전화로 알려왔다. 수액을 맞고 관장을 했으니 나아질 거라고 했다. 그러나 여전히 평미는 늘어져 잠만 잤다. 괜찮다면 괜찮고 이상하다면 이상했다.

다시 병원을 찾았다. 여전히 별다른 이상 소견은 없었다. 수액만 맞고 돌아왔다. 이틀이나 병원을 갔는데도 차도가 없자 겁이 났다. 서금지는 큰 병원으로 데리고 가지 않고 뭐하느냐고 다그쳤다.

하지만 다니고 있는 소아과는 제법 알아주는 곳이었다. 담당의는 멀리서도 일부러 찾아올 만큼 인정받는 의사였다. 다니던 곳이라 평미의 기록이 다 있는 곳이기도 했고 병원 규모도 작은 건 아니었다. 하루만 더 가보기로 했다. 의사가 서둘러 이런 저런 검사에 들어갔다는 말에 옥수는 가슴이 툭 떨어졌다. 별거 아니겠지 하면서도 마음 한 구석이 시리던 건 예감이었을까.

민자영이 깜빡 잠이 들었다 깨는 거라고 생각했던 건 의식을 잃었던 거였다. 심에코랑 심전도검사를 마쳤다고 했다. 심장에 움직임은 있는데 너무 약하다는 거였다. 심장에 이상이 있을 수 있다는 소견이었다. 아직 두 돌도 안 된 어린 것이 심전도검사라니? 진땀이 나고 다리가 후들거렸다. 아, 하늘은 그 정도로 그치지 않았다. 심장에는 이상이 없었다. 뇌를 의심했다. CT를 찍었다. MRI까지 찍었다.

종양이 발견되었다고 의사는 뇌신경과 김철영을 지목했다. 종양이 확연히 드러나 있는 사진을 보면서도 믿어지지가 않았다. 뭔가 잘못 되었다는 생각만 들었다.

— 이건 아니지, 이제 겨우 15개월인데. 두 돌도 안 된 생명에 종양이라니? 도대체 왜? 이 년을 산 것도 아니고 사 년, 오 년을 산 것도 아니고 도대체 왜 이런 것이 머릿속에 생겨난단 말인가? 환경 때문에? 선천적인 어떤 요인 때문에? 혹, 정자를 준 생물학적 아비에게 무슨 이상이 있었던 걸까? 아, 그럴지도 몰라. 그렇지 않고서야 이런 일이 생길 이유가 없지.

생각은 결국 생물학적 아비에게로 쏠렸다.

— 아, 이런 생각을 이제야 하다니? 난 정말 신중하지 못했던 거야.

어쩌면 안석준은 벌써부터 이런 저런 생각을 해왔을지도

몰랐다. 안석준에게 알려야 할까? 아니지, 알릴 이유가 없지. 머리는 천 근 만 근 돌덩이였다.

뇌신경과에서는 이미 연락을 받고 준비 중이었다. 서두르는 기색이 느껴졌다. 다른 환자를 제치고 수술을 해야 하는 상황이었다. 김철영의 표정이 굳었다. 강식의 단짝이었음에도 처음 보는 사람 같았다.

— 머릿속에 물이 차 있다. 이미 의식이 혼미한 상태다.

당장 수술하지 않으면 목숨을 지킬 수 없다는 말이 누군가의 입에서 나왔다.

— 종양도 제거해야 하지만 물을 빼내는 수술이 급합니다.

발소리가 급하게 돌아갔다. 션트라는 단어를 생전 처음 들었다. 막내로 보이는 젊은 의사는 션트시술로 머릿속 물을 빼 장으로 배출하게 된다고 설명하면서 수술에 자신감을 보였다. 종양 제거는 김철영이 하겠지만 수술이 겹쳐서 이 수술은 자기가 할 것이라고 했다.

— 평미의 목숨이 경각에 달렸다니?

눈앞에서 벌어지고 있는 일들이 현실감이라곤 없었다.

민자영이 팔을 잡아끌었다. 수술 중에 죽어도 책임을 묻지 않는다는 서류에 서명을 해야 했다. 평미 목숨의 주인인 것처럼 사인을 하면서 아니, 내가 주인이 아닌데, 아니야,

이건 아니야, 도리질을 했다. 손이 떨렸다. 사인을 하고 돌아서는데 어지러워 서 있을 수 없었다. 세상이 비~잉 돌았다.

"야, 야 정신 채리라. 이럴 때일수록 정신을 채리야 한다."

허겁지겁 올라온 서금지도 민자영도 넋이 빠져 걸음이 온전하지 못했다.

수술을 마치고 나온 평미는 그 작은 몸에 줄을 주렁주렁 달고 누워 있었다. 울지도 못했다. 눈도 뜨지 못했다. 제 스스로 호흡을 할 수도 없었다. 간호사가 눈을 까뒤집고 빛을 비추어 보는데 초롱초롱한 별이 들어 있었다. 초롱초롱한 빛이 왕성한 삶의 의지고 의욕인 것만 같았다.

— 아, 살아야 하는데, 살기 위해 태어났는데… 얼마나 아플까? 속 시원히 말도 못하고 얼마나 고통스러울까?

"복제양은 생명이 짧대."

언젠가 텔레비전에 나온 대관령 목장의 양들을 보면서 명은이 말했었다. 새삼 그 말이 평미의 명이 다른 사람보다 짧을지도 모른다는 경고처럼 머릿속을 흔들었다. 집중 치료실에서 병실로 온 평미가 스스로 숨을 쉬고 웃음을 보이는데도 웃을 수 없었다. 김철영이 말했다. 종양을 제거하고 조직검사 결과를 봐야 확실히 알겠지만 영상으로 봐서는 일단 악성은 아닌 듯하다고. 악성은 빛깔도 모양도 저렇지 않다고. 그리고 수많은 사례를 보았고 수술을 해보았으니 의료진을 믿어보라고. 같은 병을 앓았던 아기들이 수술 후 별 후유증 없이 잘 살고 있다고. 강식도 전화 속에서 같은 말을 했다. 김철영이 믿을 만한 의사라고도 했다.

조직검사 결과가 나오기까지 피가 마르는 시간이 흘렀다. 김철영의 예상대로였다. 종양 제거 수술만 잘 되면 큰 후유 증 없이 살 수 있다는 말에 희망이 생겼다. 평미가 초롱초 롱한 눈으로 옥수를 보았다. 평미에게 불안을 보여줄 수는 없었다.

김철영은 수술을 서둘렀다. 다른 환자들의 일정을 조정하 는 중이라 했다. 션트로 뇌압을 조절하게 해놔서 너무 늦게 하면 뇌가 작아져서 수술하기 힘들다는 거였다. 과장 의사 는 달랐다. 션트로 뇌압을 조절하게 해놨으니 급할 거 없다 는 의견이었다. 그럼에도 김철영은 다른 수술 사이에 틈을 내어 수술날짜를 잡았다. 민자영은 수술이 잘 되기만 기도 하자며 눈물을 글썽였다. 김철영은 시신경을 아주 안 건드 릴 수는 없겠지만 최소화할 수 있도록 최선을 다하겠노라 했다. 시야가 좁아질 수 있다는 말이었다. 그리고 틱 현상 이라든가 그 외의 작은 후유증이 있을 수 있지만 그도 최선 을 다하겠노라 했다.

수술은 열 시간이 넘게 걸렸다. 수술이 끝난 평미는 나약하기만한 한 마리 작은 새였다. 기운 없는 울음에 고통이 고스란히 담겨 있었다.

— 가엾어라. 얼마나 고통스러울까, 얼마나 아플까.

도와 줄 길이 없으니 가슴을 누르고 눈물만 흘려야 했다. 어디 만지기도 겁났다. 김철영은 수술이 잘 되었다고 말했다. 간호사는 오늘 하룻밤은 중환자실에서 지내고 내일은 병실로 옮기게 될 것이라 했다. 마치 대수롭지 않은 혹 하나 떼어낸 것처럼 가볍게 말했다.

밤새 뒤척였는데 잠시 눈을 붙였던가. 화들짝 놀라 몸을 일으켰다. 평미는 이미 병실에 가 있었다. 계속 울고 있었는지 목이 잠겼다. 간호사가 지켜보고 있었지만 울음은 어쩔 도리가 없었다. 약으로 재워 두었던 수술의 통증이 깨어나면서 점점 평미를 고통스럽게 하고 있었다. 잠이라도 자게 하면 좋으련만 처방은 진통제뿐이었다.

"고통을 줄여 주고 싶지요. 하지만 약 때문에 자는 건지 의식이 없는 건지 확인할 길이 없어요. 최소한의 진통제로 넘겨야 합니다."

김철영의 말은 냉엄했다. 뇌수술이라는 게 이래서 힘든 거구나 싶었다. 다른 수술을 받은 어른들은 마약까지 써가면서 통증을 잊게 해 주고 있었건만 평미는 고스란히 감당

해야 했다. 머리카락도 듬성듬성 쥐 뜯어 먹은 것처럼 남아 있었다.

"수술한 자리를 적어도 3개월은 엄청 조심해서 보호해 주어야 합니다. 개두 후, 성인의 경우는 뼈를 금속으로 고정시켜 두는데 아기는 그럴 수 없으니 시간이 지나면 저절로 사라지는 특수한 물질로 고정시켜 두거든요."

그 말만으로도 살얼음판을 걷는 기분이었다. 평미는 통증 때문에 잠이 들지 못했다. 하루 종일 울었다. 때때로 비명처럼 커졌다가 잦아들곤 했다. 아파죽겠다는 울음이었다. 한 삼십 분이나 잤을까? 잠시 지쳐 잠이 들더니 또 깨어 울었다. 그렇게 피 말리는 시간이 70시간 넘게 이어졌다.

"약을 써서 몇 시간만이라도, 아니, 잠시만이라도 잠들게 해 주면 안 되나요?"

안타까워 물어보면 김철영은 고개를 저었다.

"그 잠시에 큰일이 날 수도 있어서요. 안쓰럽지만 견딜 수밖에 없습니다."

더 이상 무슨 말을 하랴. 옥수는 이를 악물었다.

"괴롭지. 하지만 그건 며칠이면 지나갈 일이야. 문제는 후유증이야. 철영이 그 친구 말이 종양제거 수술을 하면서 시신경을 건드리지 않을 수는 없었다더라구. 위치가 그렇대. 해서 시야가 좁아지는 건 어쩔 수 없다는 거지. 하지만 아직 어려서 좁아졌다는 사실을 인지하지는 못 할 거야. 그 외의 다른 후유증만 없다면 불행 중 다행이라고 봐야지."

강식의 목소리에 안타까움이 실렸다. 하필 이럴 때 몸이 멀리 와 있어 돕지 못한다는 한숨도 들어 있었다. 김철영이 의사의 소임 이상의 정성을 기울이는 건 강식 덕분이었다. 그걸 모르지 않으면서도 다른 후유증만 없으면 다행인 거라는 말이 서운했다.

시어머니와 안석준이 잠시 병문안을 오겠다고 했다. 보여주고 싶지 않았다. 부정 탈 것만 같았다.

"야, 야, 그래 마라. 미워하는 맘은 버리라. 평미를 위해서도 안 좋다."

"하모, 덕을 쌓는 기 평미를 돕는 기다."

민자영도 서금지도 한없이 약해져 있었다. 기도하는 마음으로 한 걸음 한 걸음 조심했다. 한껏 몸을 낮추었다. 옥수에게도 마음 관리를 당부했다. 그 말에 약해졌다. 좋은 얼굴은 못 해도 담담하게는 있으리라 마음을 다잡았다.

안석준은 그래도 한때 아비였다고 눈시울이 젖었다.

"평미야, 평미야!"

이름을 불러주었다. 안쓰러움에 목이 메었다. 재판이라도 해서 찾아가겠다던 시어머니는 냉정했다. 평미를 보는 눈이 달라졌다. 치료비에 보태라며 봉투를 내려놓고는 이내 돌아섰다. 찬바람이 느껴졌다. 안석준은 시어머니가 나가고 난 뒤에도 남아 병원비는 걱정 말라는 말을 몇 번이나 했다.

"고맙구로. 돈이 많을 낀데…."

민자영은 은근히 걱정이었다며 가슴을 쓸어내렸다.

"아닙니다, 당연히 아비인 제가 내야지요. 그건 걱정 마십시오. 그것밖에 할 수 없어서 안타깝기만 합니다."

아비노릇을 하겠다고? 싫다고 할 때는 언제고?

— 아니, 됐어, 내가 알아서 할게.

손을 내젓고 싶었지만 현실은 냉엄했다.

한 달의 고통은 평미는 물론 민자영과 옥수를 다시 태어나게 만들었다. 평미는 세상 무엇과도 바꿀 수 없는 금지옥엽이었다. 온 우주였다.

시험관

 중학생이 되다니! 고맙고 고마웠다. 혹시라도 무슨 문제가 생기지는 않을까, 늘 마음 졸이며 살아왔다. 조심스러워서 공부하라는 말 같은 건 꺼내본 적도 없었다.

 "애, 넌 딸 하난데 과외는 몰라도 학원도 한 번 안 보내니?"

 명은이 어떻게 그렇게 무심하냐고 물었다. 명은은 아이들을 학원에도 보내고 과외도 시켰다. 사교육비에 허리가 휜다고 죽는 소리를 하면서도 그게 아이들을 위하는 길이라고 믿어 억척을 떨었다. 옥수는 욕심내지 않았다. 그저 복을 비는 마음뿐이었다. 다행히 생활에서는 제법 영리한 모습을 보였다. 고집이 세고 하고 싶은 일이 생기면 앞뒤 재지 않고 불쑥 실행에 옮기는 성향이 있어 걱정이 되기는 했지만 그 정도야, 싶었다. 인정도 있고 성격도 밝은 편이었다. 낭패를 보거나 튀는 인생을 살 것 같지는 않았다. 그날 그날 상식에 어긋나는 일 없이 살아가리라는 막연한 믿음을 깬 건 옥상 사건이었다. 옥수에게는 적잖은 충격이었다.

"아, 아무래도 저 반쪽 피가 이상한 피였던가 봐요."

옥수는 자신도 모르게 정자를 준 생물학적 아비의 피 탓을 했다. 평미가 잔병치레를 할 때마다 입버릇처럼 나오는 말이기는 했지만 이번에는 좀 달랐다.

"에미야, 말 그래 하는 거 아이다. 우리 평미가 어디가 우때서 자꾸 피 타령을 하노? 젊은 아가. 피라는 기 좋아야 얼마나 좋을 기고 나빠 봐야 얼마나 나쁠 기가? 다 살기 매인 기다. 암캐도 니 맴속에 그때 그 싫었던 기억이 안 지와지고 여적지 콱 박혀 있는갑다. 딴 사람이 그렇게 말해도 아이라고 해야 할 텐데 니가 그래가 우짜노?"

민자영은 평미가 무슨 짓을 해도 평미 편이었다. 민자영은 옥상 사건도 별일 아닌 일로 만들었다.

그날도 팀장은 "사람이 별거 아니에요. 우리가 먹는 대로 사람이 되어가는 거예요." 하고 말하면서 식단 짜는 일의 중요성을 강조하고 있었다. 옥수는 팀장을 도와 한 달분의 식단을 정리하고 돌아서는 참이었다. 얼핏 현석의 얼굴을 본 것 같았다. 그럴 리가? 전권우도 얼마 전 유럽으로 떠나고 없는데? 옥수는 헛것이 보이나 싶었다. 헌데 문이 조금

열렸다. 현석이 들어오지는 못하고 문 밖에서 영양사 한 명에게 말을 걸고 있었다. 신입 영양사가 옥수를 찾았다.

"평미를 데리고 왔어. 놀랄 거는 없고. 평미랑 용재가 괜찮은지 진찰을 좀 받아봐야 할 거 같아서 말이지."

현석의 말을 듣는 순간, 옥수는 피가 거꾸로 솟는 것 같았다. 동네 병원을 두고 종합병원엘 왔다면 뭔가 큰일이 벌어졌다는 말 아닌가? 게다가 현석이 직접 데리고 왔다면? 한동안 잠잠하던 액이 고개를 드는 듯한 불길함에 머릿속이 하애졌다.

"아니, 애들이 왜?"

"놀랄 것 없어. 찰과상 정도야. 옥상에서 연을 만들어 날리며 놀다가 사고가 났대."

현석은 아무렇지도 않은 듯이 말했지만 그게 다가 아닐 것이었다.

"옥상에서 떨어졌다는 말이야? 연을 날리다가?"

"평미가 떨어진 게 아니라. 용재라는 애가 떨어졌어."

평미가 아니라 용재라는 말에 자신도 모르게 가슴을 쓸어내렸다. 그러나 곧 피투성이가 된 용재의 모습이 눈앞을 가로막았다.

"그럼 그 애는?"

목소리가 떨려 나왔다.

"용재도 멀쩡해. 겉으로 봐서는 아무 이상 없어 보여."

"옥상에서 떨어졌다며? 그럼 6층에서 떨어진 셈인데 어떻게 멀쩡해?"

"그러니까 말이야."

뒤따라 온 민자영이 목에까지 차오르는 숨을 누르며 더듬더듬 상황 설명을 했다.

"내는 야야, 몸이 떨리가 발도 몬 떼겠다. 마침 언니가 와 있었기에 망정이지 내 혼차마 우짤 뻔했노?"

"시상에 가들이 옥상에 올라가 연을 날리다가 연이 난간에 걸리딴다. 그걸 끄내룰라카다가 고만 떨어졌다 안카나."

서금지도 얼이 빠져 있었다.

용재 할머니는 소파에서 서금지와 이야기를 나누고 있었고 용재 엄마는 매일 바쁘게 나다니는 사람이어서 그렇게 큰일이 벌어지고 있는 동안 아무도 몰랐다고 했다. 평미의 옷이 찢긴 것을 발견한 건 민자영이었다. 놀라 살펴보니 긁힌 자리가 심상치 않더라는 거였다.

서금지는 서울에 올라오기만 하면 용재 할머니를 불러들였다.

"지난번에 운제 왔을 때 중간치에 있는 꽃나무 아래서 만난 적이 있었재. 그 뒤로 몇 번 만나모 인사도 하고 의자에 앉아가 야기도 하고 그러던 할매다. 마침 자기 집도 요 앞이라 카걸래 잠시 들오라 캤다. 현석이랑 한 지붕이더라."

두 할머니의 시작은 그랬다. 한두 방울씩 떨어지는 물방울처럼 두 사람 사이에 보이지 않게 고이는 것이 있었다. 일 년에 겨우 서너 번 만났을 뿐인데도 언제부턴가 속마음을 털어놓는 사이가 되었다. 치매 사돈하고 한집에 사는 용재 할머니의 속사정을 알게 된 후부터는 민자영도 허물없이 지내는 터였다.

"평미 이것이 와 이래 긁혔냐고 물어도 어데 션하게 대답을 하나. 용재를 잡아다가 물으이 지가 떨어졌는데 평미가 끄내룰라카다 밑에 깔림서 장미 나무에 긁혔다 카드라."

"나뭇가지에 걸려서 살았다고요?"

"그기 아이고 빨랫줄이라."

서금지는 1층집 빨랫줄에 얹혀 살아난 용재를 두고 부처님이 그 아이의 머리털 하나도 다치지 않게 받아 주었다고 말했다. 그리고 그건 치매환자인 사돈을 한방에 살면서 보살핀 용재 할머니의 은덕이라고 했다. 세상이 부처님 손 밖으로 나앉은 것 같아도 그렇지 않다, 마음을 잘 쓰고 살면 기적을 불러온다는 말도 덧붙였다.

빨랫줄은 7동 105호 다둥이 엄마가 며칠 전에 새로 한 거였다. 주홍색 줄 세 가닥이 팽팽했다. 동네 사람들의 짜증을 아랑곳 하지 않고 위이잉 ∼ 소리를 시끄럽게 돌리며

나사를 조이고 주홍색 비닐 끈을 한껏 잡아당겨 놓은 것이
었다.

서금지 말대로 그렇게 큰일이 날 것을 대비해 부처님이
다둥이 엄마에게 시킨 일 같기도 했다.

용재는 집에 들어와서도 어지럽다며 방문을 닫고 들어가
나오지 않았다. 평미의 찢긴 옷과 상처를 못 봤다면 아무도
모르고 지나갈 뻔했다. 더구나 용재 아버지가 해외지사로
발령이 나 프랑스로 가게 될 날이 코앞이었다. 어른들은 용
재에게 신경 쓸 겨를이 없었다.

"아이고, 이 일을 우짜노. 그기 용재가 즈그 할매한테는
바른말로 하드란다. 연을 날릴라카다가 떨어진 기 아이고
평미가 우리도 아를 만들라 보자카믄서 연 만들 때 씨던 칼
을 들이대드라 안 카나. 옥상 한짝에 목재 같은 기 있고 으
슥한 데가 안 있드나. 용재가 피한다꼬 뒷걸음으로 거 올라
가 우찌우찌 하다가 고마 떨어졌다카는 기라."

"평미가요? 애를요? 칼은 또 왜요?"

"아는 어른들만 만들 수 있는 기라캐도 막무가내드란다.
끼우기 같은 그런 구식 방법 말고 정자나 피 멫 방울만 있으
마 된다캄서 칼로 피를 내달라카더란다."

"피 몇 방울로 애를요?"

"강식이를 판 거 아이겠나? 삼촌 한 사람이 뇌과학잔데

피 멜 방울만 가 가마 아를 만들라 줄 끼라 카더란다. 칼도 무섭고 평미도 무섭더란다."

할머니들이 가깝게 지내면서 아이들도 자연스레 가까워졌고 용재와 평미가 늘 붙어 다녀도 애들이거니 했었다. 평미가 그런 짓까지 했다니 믿어지지 않았다. 사춘기라는 말이 실감났다.

"용재 할매사 기가 차더라며 웃어넘기더라만도 내사 낯이 부끄러버가 혼이 났다. 사람이 좋아노이 그냥 넘어가는 기재 걸고 넘어지마 우짜겠노."

듣고만 있던 민자영이 암만 멀쩡해 보여도, 양의사가 아무 이상 없다 했어도 한약을 한 재 지어 먹여야 한다며 용재를 불러냈다. 너희 집은 이사 준비로 정신이 없을 것이라며 손수 약을 달여 먹였다. 어떻게 구슬렀는지 시험관 아기를 만들어 보자는 말은 평미가 먼저 한 것이 아니라 용재가 먼저 한 것으로 바뀌었다. 용재 할머니와 서금지가 그게 정말이냐고 다시 물었지만 용재는 그렇다고 고개를 끄덕였다.

평미는 부인하지 않았다.

"내가 시험관에서 태어났다며? 그래서 시험관 아기랑 보통 사람이랑 어떻게 다른지 확인해 보고 싶었어."

"뭐어? 누가 그런 소릴 해?"

"악기점에서 들었어. 근데 용재 걔는 그 쬐끄만 칼을 가지고 무슨 칼, 칼 하는 거야? 손가락에서 피 좀 뽑아주는 게 뭐 그리 힘들다구? 그리구 내가 그렇게 가까이 간 건 아냐. 내가 발로 나무판자를 밟았는데 반대편 용재 쪽이 흔들리면서 중심을 잃은 거야. 그냥 운이 나빴던 거야."

평미가 쫑쫑거리며 제 할 말을 했다. 옥수 귀에는 악기점 소리만 들렸다. 평미에게 시험관 이야기를 꺼내다니? 때가 되면 전권우 박사의 힘을 빌려 차근차근 말해 주리라, 하고 있었던 것인데 그만 일이 터지고 말았다.

"엄마, 내가 아무리 시험관에서 태어났어도 아빠 딸인 건 분명한 거지?"

그렇게 묻는 평미에게 안석준은 불능이고 너는 정자 은행에서 취했다. 네가 누구의 피인지 모른다고 말할 수 없었다.

따져봤자 아무 소용없는 일이기는 했다. 하지만 그냥 넘어갈 수는 없었다. 뭐라고 한 마디는 해야 할 것 같았다.

"실수야, 실수였어. 어머니가 이제 좀 변했어. 선아하고도 사이가 안 좋고 부쩍 외로움을 많아 타서. 당신이 알고 있는 그 옛날의 철저하고 깐깐한 어머니가 아니야. 어쩌겠어. 노인인 걸. 이미 엎질러진 물이야. 어차피 알 일이잖아? 그리고 이제 평미도 다 컸고. 중학생 아냐."

안석준도 옥수 못지않게 평미의 충격을 걱정했다. 남의 피라는 것까지 밝히게 될까 봐 가슴이 철렁했다는 말을 몇 번씩 거듭하며 진땀을 흘렸다. 그 옛날처럼 말도 더듬었다. 새삼 그가 불쌍해 보였다.

"조심할게. 어머니도 앞으로는 조심하실 거야. 평미나 잘 다독여 줘."

더 이상 긁어 부스럼을 만들고 싶지 않았다. 다시는 상종 하지 않으면 그만이었다. 하지만 평미가 문제였다. 옥수는 싹둑 끊어버리고 싶은 인연이었지만 평미는 안석준과 시어 머니를 남이라 여기지 않았다. 민자영은 그나마 다행 아니 냐고 말했다. 평미를 위해서 그게 낫다는 거였다.

평미의 혼란을 어떻게 수습하느냐가 무엇보다 중했다.

자신이 시험관 아기였다는 사실을 알게 된 후 평미는 말 이 확 줄었다. 안석준이 막아낸 진실까지도 한 번씩 의심의 눈으로 들여다봤다. 옥수는 혹시라도 무슨 일이 터질까 봐 조마조마했다. 무엇보다 난감한 일은 평미가 스스로를 의 심하는 것이었다.

"다른 사람들이 가진 고고한 정신, 마음, 이런 게 나한테 는 상대적으로 부족한 거 아닐까? 탁 깨놓고 말하면 인간들 이 시험 삼아 만들어낸 물질체인 거잖아?"

그렇게 물었다.

— 인간은 누구나 다 몸은 물질이야. 강식이 삼촌 말 생각
안 나?

— 잉태 되는 방법이 조금 달랐을 뿐이야. 그게 그렇게 의
미를 둘 일이니?

— 사람은 태어난 것보다 어·떻·게 사느냐가 중요한 거
야.

별별 소릴 다 해봐도 평미 마음은 가라앉지 않았다.

"난 내가 그렇게 태어났다는 사실이 싫어. 존엄한 존재로
태어나지 못한 거잖아?"

"때때로 내가 늑대나 침팬지 같은 존재가 될 수도 있었다
는 생각이 들어. 생각해 봐. 그럴 수도 있는 거잖아. 모양만
좀 다른 거 아냐?"

그렇게 대꾸하기도 했다. 며칠 어지럽기만 해도 시험관에
서 태어났기 때문인가? 했고 피부에 뭐만 생겨도 시험관이
라서? 했다. 실제로 몸이 이유 없이 아프기 시작했다. 예민
한 시기이어서 더 문제가 되는 것 같았다.

옆걸음이 시작되었다. 표정이 굳었다. 공부는 뒷전이었
다. 학교도 부정했다. 가지 않겠다고 버티는 날이 많아졌
다. 억지로 등을 떠밀어 보내도 엉뚱한 곳을 헤매다 돌아오
곤 했다. 방에 틀어박혀 며칠씩 나오지 않았다. 유령이 따

로 없었다. 같은 집에 있어도 얼굴 보기도 힘들었다.

시험관 아기는 누구보다 옥수가 싫어했던 일이었다. 하지만 태어나서는 절대 누구에게도 빼앗기고 싶지 않은 보물이었다. 그런데 이렇게 애를 먹이다니. 늘 머리가 지끈거렸다.

— 정말, 생물학적 아비의 피가 문제가 있는 피였던 건 아닐까?

그런 생각이 자꾸 속에서 올라왔다.

"아아들이라 카는 거는 저만 나이가 되마 어디든지 풀 데가 있어야 하는 기다. 지 속에 바람이 잔뜩 차올라 가 바람 뺄 곳을 찾는 기다. 바람을 빼야 하는데 시험관이라는 구멍이 생긴 거 아이겠나. 니도 생각을 그래 해봐라. 다 지나갈 기다."

민자영은 마음을 편히 해 주려고 애를 썼다. 그럴까 싶기도 하고 위로가 되기는 했다. 하지만 감당해야 할 몫은 별개였다.

"아무리 그래도 중·고등학교는 마쳐야 할 텐데 말이죠. 나중에 검정고시를 볼 수도 있겠지만 다 때가 있는 거니까요. 그리고 과정을 밟는 것과는 다르지 않겠습니까?"

평미의 담임은 가급적 말을 부드럽게 하려고 애쓰고 있었지만 평미 때문에 골치가 아프다는 기색이 역력했다. 밥 먹 듯이 결석을 하고 사십 점 오십 점이 수두룩한 아이지만 그 래도 인연이 닿은 학생이니 인정상 졸업장이라도 받게 해 주고 싶다는 속을 감추지 않았다.

사실 졸업장이 무슨 의미가 있을까 싶기도 했다. 하지만 옥수는 포기가 어려웠다. 현석도 속이 타서 안절부절못했 다.

"자식이 어디 부모 맘대로 되어야 말이지. 자영 이모 말 처럼 시험관은 핑계일지도 몰라. 사춘기의 바람이 잔뜩 부 풀면 그게 무엇이든 상관없이 탈출구로 삼는 거지. 그리고 앞으로는 공부 잘 하는 아이들보다 잘 놀고 자기관리 잘 하 는 아이들이 더 나은 삶을 살게 될 수도 있어. 그리고 잘 생 각해 봐. 어쩌면 우리 삶이란 게 시험관 속일지도 몰라."

무슨 말로든 위로를 해야 할 것 같아 같은 말을 몇 번이나 반복했다.

옥수는 민자영이 교통사고를 당한 것이 민자영에게는 안 된 일이지만 평미에게는 전환점이 되지 않았을까 생각하고 있었다. 돌이켜보면 아찔했다. 민자영은 피를 많이 흘렸고 수혈이 급했다. 옥수는 혈액형이 맞지 않았다. 난감했다. 다행히 평미와 혈액형이 일치했다.

"엄마, 수혈을 하는데 기분이 묘했어. 나도 보통 인간이 분명한가 봐."

평미로부터 기분이 묘했다는 말을 듣는 순간, 평미에게 변화가 있을 것 같은 예감이 들었다.

"지난번에도 헌혈했었다며? 아무 말 없이 받아 주더라며?"

평미는 벌써 몇 번이나 시험 삼아 헌혈을 하고 비슷한 말을 한 적이 있었다.

"그래도 그건 내 피가 정말 다른 사람 몸에 들어가는지는 알 수 없는 거잖아. 막상 쓰려고 했는데 적합하지 않다며 버렸을 수도 있고."

민자영의 몸속에 자신의 피가 안전하게 들어갔고 확실히 도움이 된 것 같다며 안도감을 드러내는 평미를 보면서 피는 평미가 민자영에게 주었지만 민자영은 평미에게 피 이상의 것을 주었다는 생각이 들었다.

평미가 트림을 하지 못한다는 것을 알았을 때는 옥수도 혹시나 하는 생각을 잠깐 했었다. 트림을 하지 못해 탄산음료를 마실 수 없었다.

"혹시? 시험관에서 태어나서 그럴까요? 알려지지 않았지만 무슨 영향이 있을 수 있는 거잖아요?"

평미는 전권우에게까지 그렇게 물었다.

"별 소릴 다 하네. 절대 그렇지 않아."

전권우는 펄쩍뛰었지만 평미는 의심을 거두지 않았다.

"것 봐, 내가 보통 사람들과 똑같을 리가 없지. 겉으로는 멀쩡하게 보이지만 트림도 못하잖아. 남자는 그러면 군대도 면제해 준대."

평미는 잠잠해지나 싶다가도 무슨 꼬투리라도 생기면 자신에 대한 의심을 키웠다.

뜻밖에도 평미의 마음을 붙들어 세운 건 만화였다. 우연히 명은이 그리는 만화에 관심을 보이더니 재미를 붙였다. 특히 신화 속 캐릭터가 등장하는 만화를 좋아했다.

"엄마. 옛날 사람들은 머릿속이 좀 이상했나 봐. 정말 신이나 괴물과도 함께 살았던 걸까?"

"신화는 이야기잖아."

"그래도 무슨 근거가 있었을 거 아니야? 우리나라 단군 신화만 해도 마늘이나 쑥을 그 당시에 먹었을 거고 곰이나 호랑이가 살고 있었다는 걸 반영한다던데?"

"그렇기는 하지. 명은 아줌마한테 들으니 중국에는 인간을 사랑한 죄로 죽임을 당한 말이 누에고치가 되었다는 신화가 있다더라. 당시 중국 사람들이 비단옷을 짜 입었다는 걸 알 수 있는 이야기라나."

"가죽을 벗겨 처마 밑에 넣어 말리고 있었는데 자기가 좋아하는 그 처녀가 나타나자 감싸 안고 누에고치가 되었다는 이야기? 나도 들었어. 난 그거 정말 재미있더라. 그런데 엄마, 가슴에 구멍이 뚫린 사람들도 있었대. 상상이 돼? 가슴에 뚫린 구멍으로 바람이 숭숭 지나가고 작대기를 넣어 가마 태우듯이 옮겨주기도 했대. 눈이 하나뿐인 사람도 있고 귀가 이불처럼 큰 사람도 있었대. 옛날 사람들이 상상력 하나는 끝내주는 거 같지 않아?"

"지금 강식이 삼촌 같은 사람들이 연구하고 이루어내는 과학문명도 상상력의 산물이라고 할 수 있지 않겠니?"

"듣고 보니 그러네. 흠, 그럼 인간은 정말 상상력의 동물인 건가? 이러다가 신화 속 괴물이나 신들이 진짜 생명체가 되어 나타나는 건 아닐까?"

"그렇게 된다면 과거가 미래가 될지도 모르겠구나. 신화 속 존재야 사랑의 힘으로 그렇게 바뀌었지만 현실에서는 과학이 그 일을 하지 않을까?"

"맞아. 그럴 거 같아. 그러고 보니 우리 삼촌이 엄청난 일을 하고 있는 거네. 뭐 어쨌든 그럼 나는 가슴에 구멍 뚫린 인간을 제일 먼저 만나 볼 거야."

만화 이야기에 마음을 열었다. 공부도 나아졌고 밖으로 도는 시간도 줄었다. 만화를 보는 것을 넘어 만화 그리기에 몰입하였고 시험관 이야기는 점점 줄어들었다. 시험관 아기가 많아지고 있다는 사실도 도움이 되었다. 하지만 완전히 자유로워진 것은 아니었다. 그렇게 극복해 나가는가 싶다가도 순간순간 자신에 대한 의심을 드러내곤 하였다.

"할머니, 내 어깻죽지에 연두색으로 보이는 거 없어요?"

"연두색으로 보일 기 뭐꼬?"

"연두색 날개가 돋아나고 있지 않느냐고요?"

민자영을 붙들고 그렇게 묻기도 했다. 농담처럼 들리기도 했지만 그 엉뚱한 말은 시험관이 여전히 평미를 괴롭히고 있다는 뜻이었다.

"그 할마시가 입방정을 떨어가 아를 이리 심란하게 만들라났으니 이를 우짜문 좋겠노?"

그럴 때마다 민자영은 시어머니를 원망했다.

강식의 지도

"강식이가 온단다. 청산골에 가봐야겠다. 미리 가가 집도 좀 치와 놓고 할 끼다. 세 든 처자들이 직장 일이 버거워가 그란지 집을 엉망으로 해 놓고 손 볼 줄을 모리더라. 서대도 사다 손질해서 까들하니 말리 놔야 하고."

민자영이 짐을 꾸렸다.

"나도 같이 갈래요."

평미가 따라가겠다고 나섰다.

"목이 그렇게 아픈데? 병원에도 예약이 잡혀 있잖아? 너는 그냥 주말에 나랑 같이 다녀오자."

"밸 걱정을 다 한다. 강식이가 원래 의사 아이가, 김철영이도 큰 병원에 있고. 나랑 같이 가서 집 치우는 것도 거들고 바람도 쐬고 하마 병도 달아날 기다. 청산골이야 물 좋고 공기 좋기로 호가 난 동네 아이가. 산은 또 얼매나 좋노?"

민자영이 평미 편을 들고 나섰다. 옥수에게도 한 며칠 휴가를 내보라는 압력이기도 했다. 일 년에 한 번 만날 수 있는 강식인데 그 정도는 해야 하는 것 아니냐는 말이었다.

평미는 가방을 들고 벌써 날아다녔다. 언제 준비했는지 가방 안에는 이것저것 선물까지 들어 있었다. 어서 만나고 싶은 마음이야 그 누구보다 간절했지만 옥수는 평미처럼 환히 드러낼 수 없었다.

안석준이 떠나고 난 후 처음엔 기막히고 억울해서 잠도 오지 않았다. 하지만 시간이 지날수록 자신의 모습이 보였다. 줄탁동시 어쩌구저쩌구 하던 말을 여러 번 들은 기억이 났다. 알 속의 새끼가 밖으로 나갈 때가 되었다고 내벽을 톡, 쪼면 밖에서 어미가 알아듣고 마주 탁, 쪼아주는 것, 그것이 동시에 이루어지듯이… 그게 두 사람의 관계를 바닥에 깔고 하는 말임을 왜 몰랐을까?

"현실에서 그런 일이 얼마나 있을라구?"

그런 대답밖에 할 줄 몰랐으니 안석준의 마음이 떠난 건 어쩌면 당연한 일이었는지도 몰랐다. 혹, 옥수 자신도 부정하고 살아온 강식의 존재를 안석준은 느끼고 있었던 걸까 싶기도 했다.

민자영은 청산골에 버려진 비참한 아기였다. 청산골은 구석구석 정이 들어 익숙한 곳이지만 다시는 가고 싶지 않은 곳이기도 했다. 하지만 말뚝처럼 집을 남겨둔 것은 아들이 좋아하는 곳이기 때문이었다. 서금지에게는 친정 마을이었고 민자영과 자매 이상의 인연이 얽히고 자란 곳이었다. 강식이 태어났고 옥수가 태어난 곳이기도 했다. 강식은 인생의 한 굽이를 돌 때마다 찾아와 칩거했다. 영국으로 떠날 때도 떠나기 직전까지 머물렀다.

"엄마, 엄마도 강식이 삼촌이 그려 놓은 그림 봤어?"

동네를 한 바퀴 뛰고 온 평미가 땀을 닦으며 물었다.

"삼촌이 그림을?"

"벽에 큼지막하게 그려 놓았던 걸."

"벽에다 그림을 그려 놨다구? 나는 왜 못 봤을까?"

"아, 할머니 집 말고 김철영 박사님이랑 삼촌이 연구에 몰두했었다는 집 벽에 있어. 큰 나무가 있는 언덕 위 집 말이야."

그 집은 김철영의 옛집이었다. 가족들이 다 떠나버리고 연고가 없어졌지만 김철영은 그 집을 잊지 못했다. 김철영이 한때 찾아와 강식과 주거니 받거니 의학 공부에 파묻혀 지내던 집이라는 말을 듣고 일부러 발길을 피하던 집이었다.

민자영과 이야기를 나누면서도 평미가 말하던 언덕 위, 그 집으로 자꾸 눈이 갔다. 소나무가 늘어서 있는 모퉁이

위쪽으로 땔감을 쌓아 놓은 것이 보였다. 옥수는 민자영이 빨래를 개고 있는 동안 슬며시 일어나 그 집으로 향했다. 올라가는 길은 밑에서 보던 것보다 가파르고 좁았다. 오른쪽으로는 병원 건물과 조금 멀리 아파트 단지가 보였다.

소나무 숲 쪽을 바라보고 있는 벽에 민자영의 집에서는 볼 수 없었던 그림이 있었다. 온 벽을 바탕으로 삼아 그린 그림이었다. 아, 저거구나, 한눈에 감이 왔다.

장독을 반짝이게 닦아놓은 장본인인 듯싶은 노파가 인기척에 문을 열었다.

"누요?"

찾아올 사람이 없는데? 하는 표정이었다.

"저 아래 느티나무 집에 온 사람인데요, 벽에 그림이 있길래…."

"아, 그거, 여 와 공부하던 의사선생들이 그리놓고 만날 쳐다보고 하던 긴데 이자 희미해져가 잘 보이도 않소. 보고 싶으마 보고 가소."

마당에는 두 개를 붙여 놓은 넓은 대나무 평상이 있었다. 나무 그림자가 떨어져 명암이 갈렸다.

벽화 속 물체는 딱히 선과 면을 구분할 수 없었다. 수많은 점들이 어우러져 있었기 때문에 보는 각도에 따라, 시선에 따라 달라보였다. 식물 같기도 하고 동물 같기도 했다. 눈을 돌렸다 다시 보면 강줄기 같기도 하고 어찌 보면 지도 같은 형상이었다.

"식물 같기도 하고 가상의 동물 같기도 하죠?"

아들인 듯 보이는 젊은 남자가 부엌에서 나와 단술 한 잔을 내밀었다.

"사실 정확히 말하면 지도 정도가 되겠지요. 김철영, 김강식 두 분 선생님이 그려 놓고 올려다보던 건데 이제 너무 바래서 형체를 알아보기 어려워졌어요."

얼굴이 곱상한데다 머리까지 길어 여자처럼 보이는 남자였다. 설명을 덧붙이며 머리를 긁적였다.

"저게 지도라고요?"

그림을 자세히 들여다본 옥수는 깜짝 놀랐다. 그림 속에는 어린 날의 골목길이 구불거리고 있었다. 학교에 갈 때마다 강식이 앞서거니 뒤서거니 살펴주던 길이었다. 땅따먹기 하며 그리고 지우던 도형들도 있었고 딱지를 뒤집던 바람도 있었다. 옥수야, 하고 부르며 달려오던 강식의 등 뒤로 밀려나던 하늘이 아스라이 높았다. 뽀시시 일어서던 어린 날 솜털들의 떨림이 보였다.

"맞아. 세포와 유전자의 지도. 하나가 아니라 다 각각인 여러 개의 지도인데 이어서 보면 흡사 강처럼 보이기도 하지?"

뒤에서 들려오는 목소리에 바람도 골목길도 순식간에 다 사라졌다.

강식 오빠?

뒤를 돌아보니 강식이 웃으며 서 있었다.

"언제 왔어?"

"오자마자 올라왔지. 네가 올라가는 걸 얼핏 봤거든."

"이 지도 확인하러 온 거 아니구?"

"하, 그것도 아니라고는 못하겠네."

"영국 물을 그렇게 먹었어도 달라진 게 없네."

"아직 마음을 못 찾았거든."

"아이구, 그 마음 찾기가 벌써 몇 해째야?"

강식이 마음을 찾기 위해 미치다시피 매달린 것이 인간의 머릿속이었다. 강식은 마음이라는 것도 결국 뇌의 작용이고 물질이라고 생각했다.

— 인간 별 거 아니야. 그저 세포들의 집합체일 뿐이야.

강식은 인간이란 뇌 속 작용일 뿐이라고, 팔, 다리, 눈, 코, 입… 이것들이 아무리 멀쩡해도 뇌 속에 연결된 물질이 조금만 상해도 거짓말처럼 못쓰게 될 것이라고 말했다. 사람들이 마음이 아플 때 가슴을 치지만 사실 마음이라는 것도 머릿속에 있는 것이라고 말하며 어깨를 으쓱 들어 올리곤 했다.

"난 아무리 그래도 몸보다 정신이 더 중요한 거 같아. 죽었다가 살아난 사람들이나 떠도는 혼백 이야기도 아주 터무니없는 거 같지는 않아."

옥수가 반박하면 강식은 몸과 마음이 별개의 존재라고 믿는 건 우리가 속해 살고 있는 사회가 그렇게 말해 왔고 사람들은 그 사회에 의해 세뇌되었기 때문이라고 주장했다.

강식은 상대방의 머릿속을 읽는 기계를 발명하고 싶다는 꿈도 꾸고 있었다.

"사람이 남의 머릿속을 서로 훤히 보게 된다면 징그러울 것 같지? 나는 그렇게 되면 투명하고 공정한 세상을 만들 수 있을 거 같아. 가치관이 확 바뀌게 되지 않겠어? 지금 우리 생각으로는 징그러운 일이지만 바뀐 세상에서는 당연한 일이 될 걸. 상상해 보는 것만으로도 재미있지 않아? 사랑하는 사람들 간에 삼각관계니 이루어질 수 없는 사랑이니 하는 것도 확 줄어들 것 아니야? 뿐인가? 감히 전쟁 같은 대형 사고를 치는 일은 엄두도 내지 못하게 될 걸. 아니면 치고 공멸하거나."

그는 진지했다. 그것이 곧 미래가 될 것이라며 눈을 반짝였다. 옥수에게는 현실감이라고는 없는 황당한 말이었지만 내용은 별 상관없었다. 그가 그런 꿈을 꾸고 있고 그 꿈을 향해 자신을 불태우고 있다는 사실만 보였다. 세상 모든 것이 별처럼 반짝일 때이기는 했다. 그렇다 쳐도 천덕꾸러기 신세를 탓하지 않고 꿈을 꾸는 그가 부럽기도 하고 신통하기도 했다.

강식은 가장 궁금한 것은 인간을 이루고 있는 물질에서 어떻게 마음이 탄생하는가, 어디서 어떻게 시작되는가 하는 것이라고 했다. 옥수는 그건 신의 영역이라고 잘라 말했지만 점점 관심이 생겼다. 생각해 보면 안석준도 같은 궁금증을 가지고 있었던 것 같기도 했다.

"피타고라스 음계라는 말 들어봤어? 피타고라스가 찾아낸 건데 아름다운 소리를 찾아내려는 노력이 그 옛날에도 그렇게 적극적이었다는 게 난 참 놀라워."

안석준이 무수히 이어보고 지우고 방향을 틀어 또 다시 이어보던 그 선들도 사실은 없던 것이 어떻게 생겨나는지 어디서부터 시작되는 것인지를 묻고 있는 것 아니었을까? 그가 그렇게 아기를 원한 것도 어쩌면 자신이 그저 물질이 아니라 물질 이상의 것이 탄생하는 신비체임을 확인하고 싶었던 것일지도 몰랐다.

마음속에 강식이 들어앉아 있어서 그의 세계를 들여다볼 마음조차 일지 않았던 것 아닌가 싶은 생각이 뒤늦게 들었다.

안석준은 이미 더 이상 아름다운 소리를 찾지 않는 듯싶었다. 그 길을 포기한 것처럼 보였다. 아, 강식은 아직도 그 경계를 찾고 있을까? 찾을 수 있다는 믿음을 잃지 않았을까? 저 지도 속에서는 어떤 길을 찾고 있었을까?

색이 바래 끊어질 듯 이어지고 있는 지도 곳곳에 그동안 들춰보지 않았던 물음들이 널려 있었다.

"평미가 많이 컸네. 이제 제법 처녀티가 나는 걸. 꼭 그 옛날의 너를 보는 거 같아."

"유전자의 힘이란 정말 대단하구나 싶지? 외모는 그런데 꼭 그렇지도 않아. 나는 순둥이였잖아. 평미가 얼마나 나를 힘들게 하는지 오빠는 짐작도 못할 거야. 고등학교도 안 간다고 버티다 간신히 들어갔어."

"피와 살을 나눠 가졌다 해도 마음은 다른 거니까. 우리 어머니를 봐. 나를 눈에 넣어도 아프지 않다고 하시지만 사실 나 때문에 늘 괴로우셨지."

강식 때문에 늘 괴로웠던 사람이 어디 민자영 뿐이던가? 옥수는 강식을 새삼스레 다시 바라보았다.

옥수는 남포동 집에 불이 났을 때 강식이 고의로 모른 척한 것 아닌가, 의심이 들어 살이 떨렸었다. 그날 불이 난 것은 아궁이 앞만 정리해두고 볼일을 보러 나간 영도댁의 실수가 분명했다. 하지만 강식은 잔뜩 쟁여 놓은 장작에 대해서도, 기름집 청년이 휘발유통을 들여놓고 갔다는 것도 분명 알고 있었을 것이었다. 옥수가 대문을 나서 골목으로 사라지는 강식의 뒷모습을 본 것은 불이 커지면서 휘발유까지 끌어당겨 확 번지기 직전이었다. 골목으로 사라지던 강식의 모습은 오래도록 옥수의 머릿속을 하얗게 만들었다. 하지만 그럴 리가, 알면서 그럴 리가 없지, 애써 도리질했다.

강식은 동네의 모범이고 누가 봐도 믿음직한 젊은이였다.

"그럼, 강식이야 큰 인물이 될 안데 어델 가도 다르겄재. 즈그매가 몬 갈치마 넘이라도 갈차야재. 친구 아바이란 사람이 보는 눈이 있구마."

전권우와 함께 의과대학을 다니게 되었을 때도 모두들 덕담을 아끼지 않았다. 하지만 옥수의 마음에서는 아무리 세월이 흘러도 그 불씨가 사라지지 않았다. 친오빠들에게서 느껴본 적 없는 따뜻함이 있었고 한없이 듬직한 등으로 찬바람을 막아주곤 하던 강식이었지만 옥수는 그 속에 아무도 모르게 뭔가가 자라나고 있는 것만 같았다. 그 때문에 안석준의 청혼을 받아들일 수 있었는지도 몰랐.

강식의 입장에서는 아버지, 최양명이 죽이고 싶도록 미웠을 거였다. 학비 좀 보태준 일로 심하다 싶을 만큼 생색을 내고 머슴 대하듯 하지 않았던가. 궂은 일만 생기면 불러

대고 걸핏하면 타박하기 여사였다. 민자영도, 진숙도 하인 대하듯 했다. 민자영이 입에 달고 살던 목구멍이 포도청이라는 말도, 언젠가 때가 올 것이라는 말도 언제까지 강식을 눌러둘 수 있을지 늘 위태위태했었다.

그림을 바라보고 있자니 알 것도 같고 모를 것도 같은 그것이 점점 강식인 것만 같았다. 한동안 없는 듯이 가라앉아 있던 것들이 일어나 마음을 휘저었다.

민자영은 강식이 떠나고 난 후 이를 앙다물고 버티기는 했지만 허깨비와 다르지 않았다. 아바이가 뜬구름 따라 살기라고 그렇게 떠난 것도 한인데 자식까지 보탠단 말인가, 하면서 먼 산을 보곤 하였다. 강식은 떠나면서 공부를 마치면 바로 돌아올 텐데 무슨 걱정을 그렇게 하느냐고 했지만 민자영은 그게 아니었다. 박청준도 떠날 때 당분간이라고 말했지만 영영 이별이 되고 말았다.

박청준이 북으로 갔다는 말을 전해 준 사람은 재미 사업가 김재명이었다.

"청준이 그 사람 북으로 갔다고 들었습니다. 사회주의에 끌리고 있다는 건 알았지만 그렇게 뒤늦게 북으로 가리라고는 꿈에도 생각 못했습니다. 월북한 아버지를 못 잊어 했지요. 아무래도 포기가 안 되던 모양입니다. 그 사람이 북으로 간 건 저도 한참 지나서야 알았고요. 제가 아는 것도 일본에서의 행적이 답니다."

"월북이라니요? 전쟁 끝난 지가 언젠데요?"

현석이 뭔가 잘못 안 거 아니냐고 물었다.

"시간이 흘렀어도 가는 사람은 가더군요. 일본 루트를 택하면 뭐 그리 어려운 일도 아니었을 겁니다. 재일 조선인 귀국 사업이라는 이름으로 1959년부터 1984년까지 북으로 간 사람들만 해도 9만 3000명이나 된다더군요. 뭐 그 후로도 가는 사람은 갔고요. 정치적 긴장으로 상황이 달라지면서 돌아올 수 없게 되었지만요."

김재명은 박청준은 하늘이 돕는 사람이니 쉬이 죽지 않을 거라는 위로를 남기고 돌아갔다. 위로는 어디까지나 위로일 뿐, 통일이 되기 전까지는 만나기 어렵다는 말이었다. 민자영은 그 말이 새나가기를 원치 않았다. 북으로 갔다는 것이 알려지면 좋을 것이 없으리라 믿었다. 입단속을 했다. 민자영은 강식에게 박 씨 성을 반드시 찾아주겠다던 다짐을 버렸다. 아무리 세월이 좋아졌다 해도 언제 어떻게 발목을 잡을지 아무도 모를 일이라는 거였다.

처음 옥수의 가슴 속을 들여다 본 사람은 서금지였다.

"강식이는 친오래비 한가지다. 만에 하나라도 딴 맘 묵으마 안 된다."

이성에 눈 뜰 나이가 되었을 때, 서금지가 단호한 목소리로 선을 그었다.

민자영이 벙어리 남편과 사별한 후 그에게서 낳은 딸, 진숙과 강식을 데리고 부산으로 왔을 때 서금지는 그늘 많은 거목이었다. 처음 얼마간은 주변을 빙빙 돌았지만 결국 서금지의 그늘 밑으로 들어왔다.

친오빠도 아니면서 더 친오빠 같은 강식이었다. 그런 강식이 어느 날부턴가 특별해지기 시작했다. 눈빛에 잠깐씩 다른 빛이 나타났다 사라졌다.

옥수는 강식이 팔을 들어 올릴 때 마술처럼 별이 떨어지는 것을 보았다. 그 별들이 제 가슴으로 날아 들어온 것도 알았지만 가슴 밑바닥에 꽁꽁 묻었다. 애써 몽글거리는 감정에서 고개를 돌렸다.

옥수는 강식의 눈을 보았고 그 눈 속에 든 강식을 보았다.

"사랑이라는 거 말야, 별거 아니야, 세포들의 집합체일 뿐인 인간에게 허공이 잠시 보여주는 마법의 별 가루 같은 거야."

눈빛과 말은 사뭇 달랐다. 무엇이 그렇게 두려웠을까? 앞을 가로막던 투명막의 위세는 절대적이었다. 분명하게 보이는 것들을 만질 수 없게 하고 숨이 턱 막히게 하지 않았던가. 그 투명막을 걷어내고 나와야겠다고 생각했을 때는 너무 많은 것들이 흘러가버린 후였다.

강식도 그랬던 것일까? 강식은 민자영의 입에서 어디 참한 아가씨를 하나… 하는 소리만 나오면 마음에 둔 사람이 있는데 수녀원에 들어가버렸으니 어쩝니까? 하는 대답으로 자리를 모면하곤 했다.

"자는 혼인말만 나오마 달아빼기 바쁘다. 암캐도 공부를 너무 마이 했는갑다. 공부가 꼬리를 물고 아를 붙들어싸니 그 짝으로는 마음이 안 가는 기겠지. 거따가 친구들도 말짱 같은 소리만 하는 갑더라. 김철영이도 혼자 사는 기 펜타꼬 노래를 부른다카재 전권우도 야시 겉은 여잘 만나노이 만날 안 좋은 소리만 해싸채 그라이 자가 어디 장가갈 맴이 들었나? 이자 나도 많은데다 머리도 베끼지고 꼴도 말이 아이다. 어떤 처자가 맘을 주겠노? 하기사 에려서부터 혼자 살기라는 소리를 입에 달고 살았재. 타고난 팔잔가 시프다."

민자영은 반 포기 상태였다.

"일본에 볼일이 생겨서 가봐야 하는데…."

강식의 휴가는 겨우 일주일이었다. 그것도 중간에 일본엘 가 봐야 한다니? 강식은 스스로 생각해도 말이 안 된다 싶었는지 쭈빗쭈빗 어렵게 말을 꺼냈다.

"닷새나 빼내마 에미하고는 사흘도 있기 에렵다 그 말 아이가?"

민자영은 말려 놓은 서대를 바라보며 한숨을 쉬었다. 까들하게 말렸다가 양념하여 찐 서대는 강식이 가장 좋아하는 반찬이었다. 민자영은 불편한 다리를 끌며 녹두를 불려 놓고 보쌈김치며 갓김치며 김치만도 네 가지나 정성을 들여 준비해두었다. 소용없게 된 것이 어디 그것뿐이랴.

"그래서 말인데 함께 가서 온천도 좀 하고 구경도 하고 하시면 어떨까요?"

"니가 놀러 가는 거 같으마 그래 하지. 하지만 일 보러 가는 사람을 따라가서 그럴 수는 없재. 성가시기만 할 기다."

말은 그렇게 하면서도 민자영은 기대가 되는 빛이었다.

"일이야 낮에 보는 건데요. 뭐."

강식은 민자영이 따라나서 주어야 마음이 편할 것 같다고 했다.

"그라모, 금지 이모랑 같이 가도 되겠나?"

"그럼요. 그러잖아도 말씀드리려 했어요."

당장 부산으로 전화를 넣었지만 전화를 받는 서금지의 대답은 맥 빠지는 것이었다.

"아이다, 내는 할배가 몸이 션찮아가 안 되겠다. 자꾸 어지럽다 해싼는다. 내 대신 우리 평미를 데리고 가모 우떠컸노?"

"앗싸!!"

아직 강식의 허락이 떨어진 것도 아닌데 평미는 환성을 지르며 두 팔을 들어올렸다. 평미의 반응이 워낙 뜨거워서 누구도 말릴 수 없었다. 서금지는 학교생활을 거부하는 평미를 어떻게 좀 해 보라고 강식에게 따로 당부를 하는 눈치였다. 강식은 전화기에 대고 연신 절을 해대며 네, 네, 소리만 하다 겨우 전화를 끊었다.

평미는 목의 통증이 믿을 수 없을 만큼 좋아졌다. 평미를 살펴 본 강식은 매핵기로군, 했다. 스트레스로 인한 병이라는 말과 함께 대수롭지 않다는 반응을 보였다. 그렇게 오랫동안 병원엘 다녀도 좋아지기는커녕 점점 심해지던 증세들이 사라지며 평미의 상태가 확 좋아졌다. 평미는 이 세상 최고의 의사라는 눈으로 강식을 바라보았다. 옥수가 봐도 신통하기는 했다.

"삼촌 없는 새 내 목은 누가 봐줘요? 나도 데려가줘요."

막무가내로 조르는 평미를 강식도 마다하지 않았다. 허허거리는 건 옥수의 허락을 구한다는 뜻이었다. 반대할 이유가 없었다. 겨우 며칠인데 싶고 어쩌면 강식이 평미를 다독일 수도 있겠다는 기대도 있었다.

그렇게 해서 평미가 강식을 따라 일본엘 간 것이었는데 돌아와서는 뜬금없이 유럽엘 가겠다고 조르기 시작했다.

"평미를 내가 데려다 세상 구경을 시켜보면 어떨까?"

강식의 제안에 옥수는 귀를 의심했다. 마치 그 옛날, 강식이 전권우의 집에 입주 가정교사로 가게 되었다는 말을 처음 들었을 때처럼 말문이 막혔다.

"옆에 없었으이 이 무슨 소린가 싶을 기다. 하지만 우짜다 보이 일본서 그런 의논이 나왔다. 거서 이치론가 하는 일본 아도 만냈는데 즈그끼리 거 가서 무슨 공부를 하자고 쑥덕거리싸터라. 구멍 뚫린 로보트도 맨들고 눈이 멫이나 되는 기계도 만들기라든가? 벌써 약조도 하고 멫 년 전부터 알고 지낸 것처럼 죽이 맞더라. 옥수 니만 좋다 카마 강식이 야가 평미를 델꼬 가서 공부를 시키겠단다."

옥수가 난감해 하자 민자영이 거들었다.

"보내주라, 엄마, 응, 엄마, 나 삼촌 따라가게 해 주면 공부 열심히 할게."

평미는 꼭 가겠다는 결심이었다. 갑자기 하늘에서 뚝 떨어진 것 같은 현실이었다. 무슨 귀신이 씌인 거 아닐까 싶었다.

"안 돼. 거기 가서 할 공부면 여기서 해. 널 그 먼 곳에 보내고 내가 어떻게 살아?"

옥수는 단호하게 잘랐다. 그럼, 내는 우찌 사노? 하는 민자영의 눈도 외면했다.

가출

옥수는 평미가 사라진 후 먹지도 못하고 잠도 자지 못했다. 소화도 안 되고 뭘 먹어도 맛이 느껴지지 않았다. 변에서도 피가 섞여 나왔다.

"니 참말 늙은 에미 앞에서 이랄 끼가?"

죽 그릇을 들이대는 서금지 때문에 마지못해 숟가락을 들어도 목에서 넘어가질 않았다. 몸도 마음도 헛것이었다. 평미 없이 살 때는 어찌 살았을까? 평미가 언제부터 알맹이가 되었을까? 옥수는 그동안 평미에게 모든 것을 다 주어버렸다는 생각이 들었다. 이제 자신은 빈껍데기였다. 그랬는데, 사라지다니?

"그놈의 가시나가 와 이리 애를 멕이꼬? 시상 무서븐 줄 모리고 어델 갔을꼬? 평미 그기사 내력을 생각하마 마, 덧정 없다. 내사 우리 옥수 저거 불쌍해서 그렇지 그 가시나야 고마 즈그 본가에 델따 주마 싶은 기라."

서금지는 옥수 앞에서는 차마 못하고 돌아서면 혼잣말로 붉으락푸르락 했다. 평소에도 평미에 대해 냉정한 서금지였다. 혹, 마음속으로 평미가 정말 사라지기를 바라고 있는 건 아닐까? 키운 정이 더 무섭다더니 민자영은 서금지의 말이 서운했다. 하지만 결국은 남의 자식 아닌가? 대놓고 말을 얹을 수도 없는 노릇이었다.

"뭐시라? 평미가 거 갔다꼬? 그기 참말이가?"

전화를 받는 민자영의 목소리가 떨렸다. 옥수는 벌떡 일어나 거실로 나왔다.

"니가 받아봐라. 강식이다."

민자영이 얼른 전화를 바꿔 주었다.

"어떻게 평미가 거기까지 갔대? 혼자야? 돈은 어디서 났대?"

옥수가 빠르게 쏟아내는 비명 같은 물음에 잠시 멈칫했으나 강식의 대답은 담담했다.

"즈이 아빠가 도와줬대."

"아빠라니?"

"안석준 씨지 누구야. 실은 그 부부가 여기까지 데려다주고 돌아갔어. 나한테 잘 부탁한다면서. 상황 봐서 대책을 마련하겠대."

"뭐야? 그런 일을 나한테 한 마디 의논도 없이?"

평미가 신신당부를 했다고? 아무리 그래도 그렇지. 사람을 이렇게 지옥으로 몰아넣다니, 괘씸하기 짝이 없었다. 당장 달려가 들었다 놓고 싶지만 그럴 때가 아니었다. 지금 중요한 건 그게 아니지, 아. 어서 가서 평미를 데려와야지. 원망보다 평미 곁으로 가는 게 우선이었다. 하지만 강식이 말렸다. 당장 달려오지 말고 다문 며칠이라도 있다 오라고. 평미를 자극하지 말자는 거였다. 모르긴 해도 안석준도 그래서 아무 말도 못했을 거라고.

*

평미는 강식의 아파트를 혼자 차지하고 있었다. 들어서자마자 커다란 외계인 같은 그림이 눈에 들어왔다. 강식은 원래 주중에는 집에 잘 들어오지도 않는다며 두 사람이 편히 지내면 좋겠다고 말했다. 옥수는 자신도 모르게 여자의 흔적이나 냄새 같은 것을 찾아내기 위해 구석구석을 살피고 있었다.

— 아, 이런, 내가 지금 뭐하는 거지?

자신의 모습이 스스로도 부끄럽고 싫었다. 강식이 그런 자신의 속을 다 들여다보고 있는 것만 같아 얼굴이 화끈 달아올랐다.

"여기도 벽화가 있네. 저것도 유전자 지도야?"

속마음을 덮고 벽화 앞에 섰지만 어설프게도 목소리가 커졌다.

"엄마, 저건 삼촌이 연구하고 있는 사람인데 뇌 속에서 튀어나온 사람이야, 아니 마음을 찾아 줄 안내자라고 해야 하나?"

평미는 벌써 강식의 연구에 대해 많은 것을 들어 알고 있는 듯싶었다. 게다가 강식의 주방 도구를 제 것처럼 척척 꺼내 썼다. 원두커피를 내려서 강식과 옥수 앞에 내놓았다. 집에서는 한 번도 해 본 적 없는 일인데도 전혀 어색하지 않았다. 연유만 조금 넣어 즐기는 강식의 커피 취향까지 꿰고 있었다.

"어떤 사람이 뇌 지도 제작 작업을 해서 찾아낸 모습이야. 옥수가 들으면 골치 아프다고 할 걸."

"꼭 ET같네."

강식의 벽에 걸린 작은 사람은 영화에서 보던 ET의 모습과 흡사했다.

"그렇게 보는 사람들도 있지. 하지만 이건 와일드 펜필드가 만든 감각 축소 인간이야. 각 신체 부위를 그것에 할당된 회색질의 양과 비례하는 크기로 나타낸 우리 몸의 모습이지."

"감각 축소 인간?"

옥수는 처음 듣는 말이었다.

"뇌 지도를 만든 후 뇌가 바라보는 몸의 모습이 얼마나 기묘한지 상상해 본 거래. 사람들에게 이해하기 쉽게 보여 주기 위해 1950년대에 '겉질 축소 인간'이라는 만화를 스케치했대."

펑미가 들어 알고 있는 것을 자랑처럼 줄줄 늘어놨다.

"펑미가 기억력이 꽤 좋은 걸. 맞아. 이 그림을 보면 겉질 축소 인간은 면봉처럼 가느다란 다리, 벌에 쏘인 듯이 부어오른 입술, 거대한 장갑 같은 손을 갖고 있지? 와일드 펜필드가 각 신체 부위의 크기를 겉질에서 차지하는 면적과 동일하게 배정해 만들어본 인간의 모습이야."

"그러니까 그 사람 주장은 뇌 지도에서 얼굴과 입술, 손이 모두 큰 영토를 차지한다는 거야? 무슨 근거로?"

"전선으로 뇌 표면을 자극하는 연구를 했거든. 로버츠 바솔로나 다른 실험자들은 뇌에 전기 자극을 가하고 어떤 일이 일어나는지 지켜보는 정도였는데 펜필드는 더 나아가 환자와 협력하는 방식을 택했어. 겉질의 다양한 장소를 살짝 자극하면서 그때마다 어떤 느낌이 드는지 물어 봤다는 거야."

"환자가 대답을 하더래?"

"물론이지. 반응의 종류는 뇌의 지리적 장소에 따라 달랐대. 시각 겉질을 자극하면 환자에게 선이나 그림자 등 모양이 보일 때가 있었고 청각 겉질을 자극하면 울리거나 쉿쉿, 거리거나 쿵, 하는 소리가 들릴 때가 있었다는 거야. 운동 중추와 촉각 중추를 자극하면 환자가 격렬하게 삼키기 시작하거나 혀가 마비되는 것 같다고도 했대. 가장 재미있는 건 언어 중추를 자극할 때였대. 환자가 자신의 의지와 상관없이 노래를 부르는 일이 자주 일어났다는 거야."

"그렇게 하는 건 좀 잔인하지 않아?"

"치료를 하기 위한 거니까. 몸이든 마음이든 드러냄이 치료의 시작이잖아. 그는 늘 환자의 운동 중추와 언어 중추의 경계를 정확하게 작성하는 것으로 수술을 시작했다고 해. 그러니까 어떤 조직을 제거할 때 이런 중추들을 비켜갈 수 있었다는 거지."

드러냄이 치료의 시작이라는 강식의 말이 명치끝에 걸렸다.

"우리 엄마는 그런 거 들어도 잘 모를 텐데?"

평미가 한 마디 꼬집었다.

"엄마가 그렇게 맹탕은 아닐 걸. 내가 어려서부터 얼마나 읊어댔는데?"

"평미 말이 맞아. 나는 여전히 그런 건 들어도 모르는 사람이야. 뇌가 그렇게 신비한 거구나 싶은 생각만 들 뿐이야. 세월은 똑같이 흘러도 보낸 시간은 다르잖아. 누구는 그렇게 멀리 가 있었건만 나는 제자리구나 싶네. 그리고 난 지금 비몽사몽이야."

"그럴 거야. 우선 씻고 좀 쉬어."

강식은 평미가 타 준 커피를 정말 맛있다는 듯 비우고는 빵을 좀 사오겠다며 평미와 함께 나갔다.

"아직 피로가 안 풀리지? 그런데 어쩌지? 전권우가 나폴리로 서둘러 오라는데."

옥수가 한숨 돌리자마자 강식이 나폴리 이야기를 꺼냈다. 전권우가 몇 번이나 다짐을 받아갔다고 했다.

학창시절, 전권우는 현석의 서울 생활을 지탱해 준 친구였다. 강식이 가정교사를 하면서 조금 멀어졌지만 강식 못지않게 가까운 사이였다. 현석이 서울에 와서 중·고등학교를 다니게 된 것은 진주댁이 탐을 냈기 때문이었다. 진주댁이 영화를 위해 충무로에 머물던 시기였다.

"그 옛날 안국군(효문왕)의 아들 자초도 별 볼일 없는 인질 신세였지만 화양부인의 양아들로 들어갔다가 왕이 되었잖아요? 안 그랬으면 진시황인들 있을 수 있었겠어요?"

진주댁은 옛날 중국의 자초에게 있었던 일까지 들먹이며 최양명을 졸랐다. 서금지는 첩에게 아들을 뺏길 것 같기도 하고 속이 부글거렸지만 현석에게 좋은 기회가 될지도 모른다는 생각에 이를 악물고 보내 주었다. 남편의 모든 것이 첩의 손에 들어가 있었으므로 남편은 부자여도 서금지는 가난했던 시절이었다. 그렇게 해서 서울 유학을 시작한 현석은 전권우와 단짝 친구가 되었다. 가능하면 진주댁과 마주치는 시간을 피하고 싶었던 현석은 공부를 핑계로 전권우의 집에서 살다시피 하였다.

전권우의 아버지는 상당한 재력가였는데 현석의 총기에 탄복했다. 전권우의 아버지는 늘 옆에 붙어 다니면서 친구도 되고 선생도 되어 줄 가정교사를 찾고 있었다. 일방적으로 가르치는 나이 많은 선생보다 그편이 아들에게 좋을 거라고 믿었다. 현석을 눈여겨보았다. 현석에게 아주 좋은 조건으로 입주 가정교사를 제의했다. 하지만 당시는 최양명도 부족함이 없을 때였고 무엇보다 진주댁이 어림없었다. 현석은 학비가 없어 쩔쩔매고 있던 강식을 대신 추천했다. 그렇게 해서 최양명의 처분만 바라고 있던 강식에게 새로운 길이 시작되었고 겉돌던 현석도 서울 생활에 그럭저럭 적응할 수 있었다.

전권우 아버지의 계산은 적중했다. 바닥을 면치 못했던

전권우의 공부가 한 단계씩 올라가면서 강식의 대우도 달라졌다. 강식은 최양명처럼 변덕스럽지도 않고 껄끄럽지도 않은 든든한 후원자를 얻게 된 거였다.

전권우는 강식과 나란히 의과대학에 들어가게 되었고 늘 붙어 다녔다. 이제 두 사람의 관계는 형제 이상이었다.

전권우의 초대? 뜻밖이었다. 그것도 나폴리라는 곳으로? 평미는 전권우에게도 특별한 존재였다. 자신의 도움으로 태어난 특별한 아기였다. 전권우는 평미가 마치 자신의 손에서 태어난 생명인 것처럼 신기해하고 귀히 여겨 주었다. 해마다 생일을 축하해 주고 입학식과 졸업식에도 와 주었다. 그의 관심과 애정은 어쩌다 마주친 안석준이 혹시 그 양반, 평미의 생물학적 아버지 아냐? 했을 정도였다. 그런 그가 근래에는 통 연락이 없었다.

"평미가 왔다는 소식을 듣고 어찌나 반가워하던지. 그리고 뭔가 긴히 할 말이 있다던가. 옥수 네가 오면 다 함께 나폴리로 오라는 거야. 뭐 유럽이야 서로 쉽게 통하니까."

"아무리 그래도 하루라도 쉬어야 가든가 하겠네."

지금 전권우를 만나는 게 문제가? 옥수의 마음엔 온통 평미뿐이었다. 옥수는 평미를 만나면 무슨 말부터 해야 하나? 줄곧 걱정을 하고 있었다. 아무 말도 없이 지나갈 수는 없는 일이지만 그렇다고 강식이 보는 앞에서 나무란다는 것도 무리였다. 더구나 지금 평미는 깨지기 쉬운 유리잔 아닌가? 아무리 생각해봐도 아무 일도 없었다는 듯이 대해주는 것이 최상일 것 같았다. 평미는 엄마 입에서 언제 불호령이 떨어질 것인가? 잔뜩 긴장하고 있는 눈치였다. 그렇긴 해도 고집을 꺾을 기세는 아니었다.

"내가 얼마나 참고 기다리다 감행한 건지 엄마 모르지? 사실, 그때 할아버지가 입원만 하지 않았으면 어떻게 해서든지 삼촌을 따라 왔을 거야. 시간 엄청 까먹었다구."

되레 큰소리까지 쳤다.

"삼촌! 설마 우리 엄마한테 나를 데리고 가라고 할 건 아니죠?"

강식을 압박하기까지 했다.

"나를 보내려거든 내 머리를 좋게 만들어주세요. 그럼 생각해 볼 게요."

"머리를 좋게 해 달라고? 평미가 놓친 게 있는 거 같은데? 사람 두뇌란 말이야 아주 바보 아니고는 다 비슷비슷하다는 보고가 있거든."

"학교 가 보면 금방 그렇지 않다는 걸 알게 될 걸요. 머리 좋은 애들은 죽었다 깨어나도 못 따라가요."

"그건 열정과 집념의 차이일 거래."

"조금만이라도 좋으니 업그레이드 시켜주세요. 삼촌은 뇌과학자니까 그 정도는 해 줄 수 있을 거 아니에요? 우리나라는 공부를 못하면 사람 취급을 안 해 준단 말이에요."

"나를 너무 과대평가하는 걸. 그리고 난다, 난다 하는 훌륭한 학자들도 다 그 일은 부정적이야."

"왜요? 지능을 높일 수 있으면 좋은 일이잖아요?"

"인공적으로 지능을 높일 수는 있지만 그에 따른 대가를 치러야 하니까."

"어떤 대가요?"

"뇌의 용량을 늘리거나 밀도를 높이거나 구조를 복잡하게 만들 때마다 심한 부작용이 발생했거든."

"그러니까 할 수는 있는 거군요?"

"그게 할 수 있다고 말할 수 있는 거야? 한 예를 들어볼까? 뇌의 부피를 키우고 뉴런의 길이를 확장하면 지능을 높일 수 있어. 그러나 문제는 뇌의 에너지 소모량이 많아진다는 거야."

"에너지 소모량이 많으면 무슨 문제가 되나요?"

"에너지를 많이 쓰면 정보처리 과정에서 지금보다 많은 열이 발생하고 결국은 체온이 올라가서 생존에 심각한 위험 요인이 되거든. 우리 몸에서 화학반응과 신진대사가 정상적으로 이루어지려면 체온이 늘 일정하게 유지 되어야 한다는 건 알고 있지?"

"부작용을 해결할 수 있느냐 없느냐에 달린 거네요?"

"약물 요법도 있고 유전자 치료법도 있지만 다 마찬가지
라고 봐야 해."

"그럼, 답은 나왔네요. 나를 보내지 않는 거요."

결국 가지 않겠다는 고집이었다.

"이거, 평미 단수가 보통이 아닌 걸. 그런데 나를 조를 일
이 아닌 거 알지? 엄마만 허락하면 난 평미를 도울 생각이
야. 여기서 학교도 보내 주고."

"엄마, 들었지? 설마 딸의 인생을 엄마 마음대로 하겠다
고 억지 쓸 건 아니지? 난 삼촌이 연구하는 거 정말 신기하
고 대단한 거 같아. 옆에서 지켜보고 배우고 싶어. 삼촌 말
이 그쪽 공부 머리는 따로 있대. 내 머리가 그쪽으로 맞는
거 같대."

평미는 적극적이었다. 이미 마음을 돌리기는 어려울 것
같았다.

"엄마, 내가 삼촌이랑 연구하고 있는 게 있는데 보여줄
게. 이리와 봐."

제가 쓰고 있는 방으로 옥수를 잡아끌었다. 속이 보였다.
여기 있으면 이렇게 잘 할 거라고 말하고 싶어서 안간힘을
써보는 셈이었다.

"제깟 게 연구는 무슨? 그리구 얼마나 있었다고?"

"정말이야, 우리 재미있는 연구를 하고 있었어."

강식이 거들었다.

평미가 쓰고 있는 방은 제법 널찍했다. 연구실처럼 쓰던 방을 내어준 모양이었다.

평미는 뭔가를 보여주기 위해 분주히 움직였다. 강식이 로봇에게 고도의 유연성을 주기 위해 다양한 시도를 해 보는 중이라며 손으로 부드러운 물결을 만들어 보였다. 평미가 다른 세상을 바라보기 시작했다는 느낌이 확 들었다.

강식이 평미에게 영어를 섞어가며 설명을 하는데 옥수는 들어도 알 수 없는 소리였다. 영어 실력이랄 것도 없는 평미가 알아듣는 것도 신통했다. 그 짧은 시간에 두 사람만의 소통 수단이 만들어졌나 싶었다. 평미가 만들어보겠다고 집중하고 있는 건 달팽이 로봇이었다.

"이 정도는 뭐 알고 보면 간단한 거야. 하지만 평미가 기대 이상으로 열심이야. 놀랐어."

갯민숭이달팽이의 섭식 기관이라는 것을 평미도 강식도 신주단지 모시듯 했다. 둘은 바짝 긴장했다. 강식이 허리를 굽히고 핀셋을 움직이며 뭔가에 잔뜩 집중했다. 그 모습이 하도 조심스러워 문바람도 붙들어 줘야 할 것 같았다. 갯민숭이달팽이의 얇은 근육을 떼어내는 중이었다.

"됐다."

강식의 표정이 환해졌다. 강식이 핀셋으로 들어 올린 것을 들고 평미를 보았다. 준비 됐지? 하고 묻는 눈이었다. 평미는 플라스틱으로 보이는 새총 같은 모형을 들고 기다리고 있었다. 작고 새총 같이 생겼지만 평미는 그것도 로봇이라고 했다. 얇은 막처럼 보이는 그 근육을 접착제로 붙였다. 아주 강력한 것이라 했다. 붙이는 작업도 쉽지 않았다. 숨소리도 참아야 할 만큼 조심스러웠다. 극도의 긴장감이 느껴졌다.

"아, 잘 붙었다."

평미가 허리를 펴며 강식에게 만족한 듯, 웃음을 보냈다. 평미가 갯민숭이달팽이 로봇을 들고 움직여 보더니 고개를 갸웃했다.

"실패한 거 아닐까요?"

금세 실망한 표정이었다.

"아니, 수조에 넣어 봐."

평미가 갯민숭이달팽이 로봇을 들고 작은 수조로 가자 강식이 전기를 흘렸다. 흑연을 이용한 장치가 되어 있는 수조였다. 전기가 흐르자 갯민숭이달팽이 로봇이 움직였다. 진짜 갯민숭이달팽이의 근육이 로봇의 몸을 진짜 제 몸처럼 끌고 움직였다. 재질과 모양만 다른 갯민숭이달팽이의 탄생이었다. 마치 신화 속에서 기어 나온 것 같았다. 앞으로도 얼마든지 또 다른 것들이 기어 나올 것이라는 생각이 머릿속을 스쳤다.

— 너무도 낯선 현실이 다가오고 있다. 강식과 평미가 지금 미리 조금 맛보기로 보여주고 있는 건 아닐까?

"다른 로봇들도 곧 이렇게 근육의 움직임이 자연스러워지도록 만들 거야."

평미가 컴퓨터 앞에 앉아 다른 화면을 이리저리 뒤적거리며 옥수에게 다른 로봇들을 보여주려고 애를 썼다. 강식은 자세히 살펴보고 이것저것 평미에게 설명을 하고 지시하기도 하였다. 둘이 말을 주거니 받거니 하는데 옥수는 전혀 알아들을 수 없는 말들이었다. 옥수는 자신만 홀로 금 밖에 서 있는 느낌이었다.

방을 둘러보니 크고 작은 로봇들이 여럿 있었다. 형상도 가지가지였다. 사람 형상도 있고 거미, 개구리 모양도 있었다.

"엄마, 삼촌은 이 로봇들에 두뇌를 심어주고 있어. 나도 삼촌처럼 로봇들에 지능을 넣어주고 싶어. 그게 어렵다면 사람의 몸과 비슷한 몸이라도 만들어 주고 싶어."

평미가 옥수를 돌아보며 말했다. 나 이런 게 이렇게 재미있어. 그러니 나 좀 내버려 둬 줘, 제발. 하는 눈이었다. 강식은 여전히 컴퓨터 속 로봇들을 이리저리 살피고 있었다.

"그 가오리 로봇 말이야. 움직임이 문제였다고 했잖아. 근데 푸른빛을 보면 수축하는 성질이 있어. 푸른빛으로 앞에서 유도하면 따라오게 되더라구. 근육펌프를 점점 강하게 해 주면 인공심장도 만들 수 있을 거야."

강식이 평미에게 말했다. 가오리가 지느러미를 날개처럼 사용하는 것을 응용해서 인공 심장을 만들고 있는 모양이었다.

인간도 저렇게 탄생하게 되겠구나 싶은 생각이 들었다. 어쩌면 또 다른 강식과 동료들이 벌써 어딘가에서 만들었을지도 모를 일이었다.

저 로봇에 인간과 같은 두뇌를 만들어 넣게 된다면? 과연 마음의 탄생까지 알려줄까? 그런 과정을 거친 인간이 지금 내가 알고 있는 인간과 같은 인간이라고 할 수 있을까? 마음의 비밀을 다 알아내면 마음에 어떤 도움이 될까… 육체의 신비를 찾아내 인공 장기를 넣어 주고 로봇 팔을 달아 팔 없는 고통을 덜어주는 것과는 또 다른 거 아닌가?

아, 이 일을 어쩐다? 아무래도 평미는 데려갈 수 없을 것 같다. 이미 강식이 로봇이 아닌 평미의 머릿속에 다른 두뇌를 만들어 넣고 있다는 생각이 들었다. 옥수는 밤늦도록 잠들지 못했다.

미라

전권우의 아들이 나폴리에 있다는 말을 들은 기억이 났다. 성악을 공부하러 이탈리아에 갔고 그래서 그가 유럽에 머무는 시간이 길어졌다던가.

전권우는 로마 교외에 살면서 지중해 연안을 맴돌고 있었다. 얼굴이 초췌했다. 똑같은 말투와 똑같은 걸음걸이와 동작들이 전권우임을 말해 주고 있었기에 망정이지 옥수가 알고 있던 전권우라고 믿기 어려웠다. 몸에 붙어 있던 살이 다 빠지고 확 늙어 보였다. 평미와 함께 나폴리까지 오라고 한 이유보다 그동안의 시간이 어땠길래 저렇게 미라처럼 말랐을까? 그것이 더 궁금했다. 그러나 그는 시간이 없다는 둥 지중해 절벽 앞에서 근사하게 분위기를 내보려면 어떤 노래가 좋을지 한참 고민했다는 둥 엉뚱한 소리만 하더니 성악을 공부한다는 아들을 앞세웠다.

"폼페이 유적지로 가자."

그의 아들, 전세윤은 전권우의 말이 떨어지자마자 차에 올라 시동을 걸었다. 길을 아주 잘 아는 듯 몸놀림이 익숙했다.

"여기가 예전에는 바다였다더군."

단단히 떠받치고 있는 발밑을 가리키며 전권우가 말했다. 평미에게 바다가 육지가 되고 육지가 바다가 될 수도 있다는 말을 하고 싶은 듯 보였다. 평미를 어떤 식으로든 다독여 주려는 기색이 역력했다.

여행객 한 패가 다가왔다. 깃발을 들고 가는 여행사 가이드는 마차의 바퀴가 지나갈 수 있게 띄워 놓은 돌과 돌 사이의 공간을 보라고 말하며 옥수의 곁을 스치듯 지나쳤다. 자, 여기 이 돌을 보세요. 이 돌 때문에 밤에도 길을 벗어나지 않을 수 있었을 것이에요, 하면서 고양이 눈이라 부르는 흰 돌을 발로 툭툭 차보이기도 했다. 사람을 보고도 전혀 짖지 않는 개들이 잠에서 일어나 관광객들 사이로 파고들었다.

"이 개들 왜 이렇게 순해요?"

여행자들 중 누군가가 가이드에게 물었다.

"아무도 해치지 않으니까요. 우리나라처럼 개를 잡아먹는 일은 없거든요. 여기 사람들은 개를 가족처럼 생각해요."

"그래도 버린 사람이 있으니까 유기견이 된 거 아니에
요?"

가이드 뒤를 바짝 따라다니던 가지색 모자를 쓴 여자아이
가 가이드에게 하고 싶은 말을 돌아서서 자신의 일행에게
했다.

전세윤은 그들을 떼어내고 싶었는지 목욕탕 앞에서 방향
을 틀었다.

폼페이의 유물들 앞에 선 전권우가 돌아서더니 몸을 굽히
고 손을 뻗은 채 죽은 여인을 보라고 했다.

"아마도 누군가에게 무엇인가를 주려다 이렇게 된 것 같
아요. 갑자기 당한 것 치고는 괜찮은 죽음 아니오?"

엉뚱하다면 엉뚱한 물음이었다. 그저 말을 붙여보고 싶어
서 해보는 소리 같았다. 옥수는 그런 그를 보면서 설마 저
사람이 자신이 바로 평미의 생물학적 아버지라고 고백하려
는 건 아닐까? 하는 생각이 순간순간 들었다. 그러나 아무
리 뜯어 봐도 평미와 전권우는 닮은 구석이라고는 없었다.

"엄청난 화산재가 지붕 위로 쏟아져 내렸을 것이라네. 그
래서 발굴된 마을에 지붕이 남아 있는 집은 하나도 없어.
말이 화산재지 불덩어리가 하늘에서 비처럼 쏟아져 내린

거잖아."

평미를 보는 눈빛이 한없이 따뜻했다.

주인을 잃은 마을은 번지수로 보이는 표식까지 그대로 남아 있었다. 유물을 모아둔 허름한 건물 앞에서 전권우가 멈추었다. 차를 운전해 온 전권우의 아들은 멀찍이 떨어져서 따라다녔다. 전권우는 한참 말이 없었다. 깨진 도자기들과 생활용기들이 이천 년 전 눈으로 사람들을 바라보았다. 돌 사이를 비집고 올라온 작은 풀들도 예사롭지 않아 보였다.

"무언가 찡한 게 느껴지지 않아요?"

전권우가 물었다. 옥수는 아무 대답도 할 수 없었다. 옥수 눈에는 그저 낡은 토기들만 보였다. 전권우는 겹겹의 공기층에서 시간을 헤치고 소중한 뭔가를 파내는 중인 듯 눈빛이 활활했다. 아무 것도 아닌 것, 갇혀 있는 것, 죽은 듯 웅크리고 있는 것들 속에서 생명을 찾는 눈이었다. 그가 자신을, 그리고 세상을 마지막으로 사랑하려 애쓰고 있다는 느낌이 들었다.

"제가 좀 늦었지요?"

시원시원한 목소리가 아는 체를 했다. 돌아보니 웬 청년이 숨을 몰아쉬며 다가오고 있었다.

"아, 여기서 또 만나네요?"

평미의 눈이 커졌다.

"아는 사람이야?"

"삼촌이랑 일본에 갔을 때 만난 적 있어. 이치로랑. 삼촌 제자래. 삼촌처럼 마음을 찾는다던데?"

바람이 불어와 평미의 입 속으로 머리카락이 들어갔다. 머리카락을 밀어내며 웃는 평미의 모습에서 낯선 얼굴이 보였다.

"왜 이렇게 지쳐 보여? 시간도 늦고."

"서울서 오신 김수용 선생님이 사람 찾는 걸 좀 도와 달라 하셔서요. 길을 헤매는 바람에 그만 늦어졌습니다."

이민규와 전권우는 미리 약속이 있었던 거였다. 이민규가 몸을 이리저리 돌려대며 고개 숙여 인사했다. 평미를 보는 눈에 반짝, 색깔 있는 호기심이 스쳤다.

"내 오늘 당신들에게 특별한 미라를 보여줄 거야."

전권우가 그렇게 말하는데 옥수는 살이란 살은 다 빠지고 뼈만 남아 움직이고 있는 그가 바로 미라 같다고 생각했다.

"영원한 사랑이라는 그 미라요?"

평미가 물었다.

"아니, 그 유명한 미라보다 내가 더 대단하다 생각하는 미라가 있어."

"그런 게 여기 있어요?"

"저기 저 미라를 봐."

전권우는 굉장한 것을 보여주겠다는 표정이었다. 그러나 그가 보라는 곳에는 조금도 특별하지 않은 흔하디흔한 미라 형상이 있었다.

　"저 미라는 말이야. 진짜라면 진짜고 가짜라면 가짜야. 발굴하던 사람이 빈 공간을 보고 뭔가 이상하게 느꼈던가 봐. 그래서 석회를 부어 두었는데 굳은 다음에 보니 사람 형상이 나타난 거지. 발굴 솜씨의 최상을 보여주는 미라라고나 할까. 처음 그 사실을 알았을 때 난 심장이 얼어붙는 거 같았어. 그 옆에 있는 미라는 임산부의 모습인데 아기를 보호하려고 배를 밑으로 하고 누워 있는 거야."

　전권우는 미라에게 온통 마음을 빼앗긴 듯했다.

　"흠, 저 미라, 꼭 나 같네. 나도 석회를 부어 찾아낸 저 미라처럼 특별한 방법을 써서 태어난 인간이잖아? 큭, 그런데 발굴 솜씨의 최상을 보는 것 같다고? 그럼 나를 물질계에서 인간 세계로 불러 온 박사님도 최상의 솜씨라는 거잖아?"

　펑미가 옥수에게 바짝 붙어서며 들으라는 듯이 말했다. 전권우의 자만심을 꼬집는 투였는데 이제 시험관 따위는 신경도 쓰지 않는다는 소리처럼 들렸다.

　"하핫, 말이 그렇게 되나? 그런데 말이야. 펑미의 경우가 좀 특별하긴 하지만 우리 모두 다르지 않다는 것도 명심해 주면 좋겠어. 인간이란 게 그냥 가능성만 있는, 존재 아닌 존재라는 생각 안 들어? 허공 같은 그 가능성에다가 시간과 경험을 부어넣어 주어야 비로소 그 무엇인가로 탄생하는 것이잖아. 나는 말이야 기회가 있을 때 꼭 평미에게 이 미라를 보여주고 싶었어. 시간이라는 것이 믿을 수 없는 것이고 해서 서둘렀지."

전권우의 눈이 확 어두워졌다. 그에게 시간이 얼마나 남은 걸까? 혹시? 정말, 저 사람이 평미의 생물학적 아버지인 걸까? 설마? 그래서 죽기 전에 평미에게 진실을 밝히려는 생각일까? 아니면 그만 알고 있는 다른 누구? 그래, 안석준 말마따나 원영모 박사는 이름을 내걸고 총괄했겠지만 실무는 전권우였을 거야. 진실을 그 누구보다 잘 알 거야. 옥수는 마른 침을 꿀꺽 삼켰다.

"이건 비단 평미에게만 하고 싶었던 말은 아니야. 민규에게도 세윤이에게도 꼭 보여주고 싶었어. 저 미라가 빈 공간에 석회를 부어 찾아낸 것이라 했잖아? 미래를 그렇게 찾아내야 하지 않을까? 아무 것도 없다고 생각하지 말고 시간과 공간을 잘 봐. 자기 것으로 만들어 보라구."

강식은 묵묵히 땅만 보고 걸었다. 강식에게로 한 발 다가서며 전권우가 말했다.

"난 사실 강식이 자네한테 늘 주눅 들어 살았어. 그런데 말야, 그런 자네한테도 답답한 게 있었어. 그거 알아? 두 사람, 유심히 보면 당연하지 않은 것을 당연하다고 여기는 것이 하나둘이 아니었어. 비가 많이 와 여기저기 물웅덩이가 생겼던 어느 해 여름, 나는 두 사람의 특별한 관계를 처음 알았지. 웅덩이는 넓었고 옥수 씨의 다리는 짧았거든. 어떤 답답이가 웅덩이 가운데 서서 돌이 되어 주지 않았겠어? 옥수 씨는 잠시 머뭇거리다가 발등을 밟고 지나가더군. 옥수 씨의 발은 말짱했고 강식이 자네는 발목까지 젖었지. 하루 종일 찔컥이는 그 발을 보며 나는 몇 번이나 내 발을 닦아내야 했다네. 기억나나?"

"사람 참, 별걸 다 기억하고 있네. 그때는 옥수가 몸이 워낙 부실했었어."

강식이 눈을 멀리 두었다.

강식은 친구들과 어디 갈 일만 생기면 옥수를 졸라 댔다. 모임은 대개 연말연시거나 여름방학이었다. 여자 친구를 데려 오라는데 나만 없다고 머리를 긁적이곤 하였으므로 옥수는 할 수 없이 선심 쓰듯 따라 나서곤 했었다.

"울산바위에 올랐을 때였지. 나는 또 한 번 놀랐었네. 인간의 감각기관이 도대체 얼마나 대단한 것일까 하는 의문도 들었고."

그 일은 옥수도 또렷하게 기억하고 있었다. 하산 길에 밧줄을 잡는다는 것이 허공을 잡았다. 바위에 겨우 계단 흉내를 내어 놓은 곳이었다.

"뒤에서 왕 교수와 이야기를 나누며 내려오던 강식이 자네가 몸을 날린 것 같았지. 아니면 달리 설명할 길이 없어. 불분명한 순간들이었지. 급박한 비명이 들렸고 나는 뭔가가 어깨를 스쳤나 싶었어. 정신을 차리고 보니 고꾸라진 옥수 씨를 강식이 자네가 안고 넘어져 있었지. 전나무가 막아 주지 않았다면 절벽으로 굴러 떨어질 뻔한 상황이었고. 그때 난 강식이 자네의 모든 감각이 옥수 씨에게 가 있다는 생각을 했네."

아, 옥수는 그때 일을 생각하면 아직도 온몸의 털이 오소소 일어서는 느낌이었다.

"그런데 더 놀라운 건 옥수 씨는 고맙다는 말도 할 줄 모르더라니까."

"엄마, 진짜 그랬어? 에이, 그건 정말 너무 했다."

평미가 옥수에게 물으며 강식을 보았다. 삼촌 정말 그랬어요? 하는 눈이었다. 그랬다. 옥수는 강식의 사랑만은 당연한 줄 알았다. 옥수는 강식을 남자로 대하면 안 된다고 명심하고 있었다. 그럼에도 강식은 어떤 남자도 넘어올 수 없는 굳건한 선이었다. 안석준은 헤어지면서 당신과는 늘 뭔가가 가로막고 있는 느낌이 들었다고 했다. 어쩌면 안석준은 옥수의 마음 곳곳에 남아 있는 그 굳건한 선을 감지하고 있었는지도 몰랐다.

"내 오늘 특별한 짓을 하나 해 볼까 하네. 꼭 두 사람을 초대해서 뭔가 해 주어야겠다 생각하고 있었거든. 궁리 끝에 이 노래를 불러주기로 했네. 혼자 부르기는 좀 쑥스럽기도 하고 자신도 없어서 두 젊은이를 함께 부른 걸세. 떠나기 전에 이런 자리를 마련할 수 있어서 얼마나 다행인지 모르겠네."

그 말이 마치 두 사람의 감정을 확인시켜 주겠다고, 그러니 묻어버리지 말고 다시 불러내라고 말하고 있는 것처럼 들렸다.

"노래요? 떠나요?"

평미가 거듭 물었지만 전권우는 대답하지 않았다. 자기 할 말만 했다.

전권우는 미라 앞에서 부르고 싶지만 관광객들에게 폐가 될 것 같아 바닷가 언덕에서 부를 것이라고 했다.

"사실, 저 석회를 부어 찾아냈다는 미라를 보면서 생각한 건데 어쩌면 강식은 나의 미라일지도 몰라. 아니면 내가 강식의 미라이거나."

전권우가 발밑의 돌과 돌 사이의 구멍을 내려다보며 말했다. 걸음을 멈추고 한참을 내려다보았다.

— 아, 아무리 돈이 많아도 저렇게 외롭고 고통스럽구나.

옥수는 뼈만 남은 전권우가 죽음 바로 앞에 서 있다는 생각이 들었다. 그의 마른 몸 위로 곧 검은 하늘이 부서져 내릴 것만 같았다.

올리브 잎들은 소렌토의 절벽에 햇볕과 바람을 불러들여 반짝반짝 뒤집어 보였다. 절벽은 매혹적인 바다와 어울려 사람들을 유혹했다. 구불구불 차를 몰아 절경 속으로 조금 더 들어갔다.

전권우가 절벽 쪽으로 가서 가슴까지 오는 돌담 앞에 섰다. 전세윤이 얼른 옆자리에 가 서며 이민규에게 손짓을 했다. 이민규가 반대편에 가 섰다. 이미 몇 차례 연습을 한 듯 손발이 착착 맞았다.

서로 눈짓을 주고받더니 허밍을 시작했다. 음을 고르는 중이었다.

비데오 마레 꽌떼 벨로~ 스피라 탄투센띠 멘또

(아름다운 저 바다와 그리운 그 빛난 햇빛)

꼬메 뚜아끼 에네 멘떼 카쉐타토 파에순 나~

(내 맘 속에 잠시라도 떠날 때가 없도다)

구아르다 구하끼 스뚜체르디노~

(향기로운 꽃 만발한)

씨엔떼 씨에스띠 슈레아 란체~

(아름다운 동산에서)

누프로 프모아 꾸씨 피노 딘또꼬레 세네바

(내게 준 고귀한 언약 어이하여 잊을까)

에뚜 디체파르타 디오 탈룬타네 다스뚜꼬레

(멀리 떠나간 그대를 나는 홀로 사모하여)

다스타 떼라델라 모레 띠네오 꼬레 눈 뚜르나~

(잊지 못할 이곳에서 기다리고 있노라)

마눈 메라스싸 눈다르메 스뚜뚜루 미엔또또르나 쏘 리엔
~또 파메 깡파

　E.데쿠르티스가 작곡하고 그의 동생이 작사했다는 「돌아
오라 소렌토로!!」 강식이 특히 좋아했고 루치아노 파바로
티의 목소리로 즐겨 듣던 노래 아닌가.

　세 사람이 다가와 옥수와 강식의 손을 끌어 포개더니 평
미의 손을 그 위에 얹었다. 전권우가 손으로 다독였다. 무
슨 말을 하려고 저렇게 어렵게 마음을 다지고 있는 걸까?

　— 아, 불안할 게 무언가?

　노래를 듣는 동안 마음을 옥죄던 것들은 어디론가 사라졌
다. 전권우가 뭐라고 말하든 다 받아들일 수 있을 것 같았

다. 가슴속으로 맑고 시원한 바람이 쏟아져 들어왔다. 어릴 적 빛나던 햇살들이 머리 위를 환하게 밝혀 주었다. 노래를 잠깐씩 따라 부르는 강식의 얼굴 어디에도 헤어져 지낸 시간은 보이지 않았다. 그 옛날 강식이 팔을 들어 올릴 때마다 떨어지던 별들도 여전했다.

"노래가 확실한 효력을 발하는 것 같구만. 이 노래가 수상이 나중에 딴소리 할까 봐 즉석에서 만들어 불러줬다는 그 노래지? 그랬던 게 나중에 나폴리 가요제에서 엄청난 바람을 일으켰다던가?"

전권우가 고개를 돌려 세윤에게 물었다. 성악가의 확인을 받아야겠다는 눈이었다.

"네. 지금은 명곡이지만 처음엔 우체국 신축 청원가였어요. 당시 이탈리아 수상 자나르델리는 재해현장을 순방하는 길이어서 우체국 세우는 일에는 시큰둥했다더군요. 약속을 잊지 말라고 만든 노래가 바로 이 '돌아오라 소렌토로' 지요."

전세윤이 대답했다.

"확실히 사람 마음을 움직이는 힘이 있는 거 같아."

전권우가 이번에는 여섯이 함께 부르자며 먼저 음을 잡았다.

― 아름다운 저 바다와 그리운 그 빛난 햇빛

내 맘 속에 잠시라도 떠날 때가 없도다…

여섯의 목소리로 「돌아오라 소렌토로」를 다시 한 번 부르고나서 돌담 위에 올라앉았다. 바다가 아주 가까이 와 있었다. 평미가 모자를 눌러 쓰며 오렌지나무 밑으로 걸어갔다. 이민규가 저 화산이 언제 또 터질지 모른다는 말을 지나가는 바람처럼 했다. 평미가 돌아보며 어깨를 살짝 들어올렸다.

전세윤의 공방에는 크고 작은 나무 제품들이 가득했다.

"언제 이렇게 많은 걸 만들었어요?"

평미가 소형 가구들의 여닫이문을 하나씩 열어 보며 물었다. 마치 무언가 소중한 것이 튀어나오기라도 할 듯 기대하는 몸짓이었다.

"노래가 잘 안 될 때 통나무를 파내며 위안을 얻곤 합니다. 어쩌다보니 이렇게 많아졌네요."

전세윤이 별거 아니라면서도 쓰다듬듯 작품들을 하나하나 돌아보았다. 얼굴에 그늘이 보였다. 아비 때문일까? 어머니가 이혼하고 나간 후 여자라면 고개부터 돌린다더니 상처가 깊어서일까? 보고 있자니 안쓰러웠다.

"우리끼리, 어디 가서 쌓인 이야기 좀 해 볼까?"

전권우가 일어섰다.

공방에서 차로 십 분 정도 거리에 작은 호텔이 있었다. 1층 로비와 얇은 벽으로 나뉘어져 있는 카페는 제법 넓었다. 피아노가 눈을 끌었다. 문을 열고 들어서자 노래가 쏟아져 나왔다. 고음의 젊은 여자가 온몸으로 '돌아오라 소렌토로'를 부르는 중이었다.

"우리 사장 부인이야."

전권우가 간단히 소개했다.

"사장이 한국인이야?"

"응. 핏줄은… 노래를 사랑하지. 아, 저기 오는군."

사장은 다리를 절며 다가와 손을 내밀었다. 호텔의 실소유주는 전권우였고 그는 전권우가 내세운 사장이었다.

"별명이 스텝핑 스톤이야. 고고학을 했는데 크레타 섬에 반했대. 사람들이 동양 문명이 서양으로 옮아오는데 디딤돌 역할을 했다고 크레타 섬을 스텝핑 스톤이라고 부르잖아. 저 친구는 스스로를 스텝핑 스톤이라고 소개를 하지."

피아노 앞에서 이태리 민요를 부르던 남자 셋 중 한 사람이 다가와 바구니를 내밀었다. 옥수는 주머니에서 5불짜리 유로를 꺼내 그 위에 올려놓았다. 남자는 바구니를 휘익 치켜 올리며 미소로 인사하고 물러갔다. 사장이 피아노를 치기 시작했다. 여자는 사장의 어깨에 손을 얹고 노래를 불렀다. 눈도 얼굴도 웃고 있었다. 피아노 뒤, 벽에 붙은 아름다운 여가수가 두 사람을 보며 아모레, 아모레, 아모레미오… 함께 노래하고 있는 것 같았다. 두 사람이 몸을 밀착시키는 모양새가 도를 넘는다 싶더니 노랫가락을 휘감고 한 몸이 되어 등으로 유리문을 밀며 사라졌다.

"이민규와 평미가 한 쌍이 되면 어울리지 않을까? 내가 줄곧 지켜봤는데 정말 괜찮은 녀석이거든. 내겐 아들과 진배없고."

"이민규와 평미요? 평미는 이제 겨우 고등학생인 걸요."

"아, 물론 몇 년 후의 일이겠지만요."

옥수는 깜짝 놀랐다. 한 번도 생각해 본 적 없는 일이었다.

"그런 황당한 계획이 있어 우리를 불렀나?"

"그건 아니지만 떠나기 전에 평미의 짝을 보고 싶다는 생각이 드는군."

전권우가 웃음으로 얼버무렸다.

돌아보니 사장과 여자가 정원에 나가 소나무 아래 서 있었다. 서로를 보는 눈이 뜨거웠다. 어느 순간 그것이 아름다운 숙녀가 된 평미와 이민규로 보였다.

우산 모양의 소나무들이 만들어내는 분위기 때문일까?

명화 속 한 장면 같았다. 옥수는 창문을 열고 공기를 깊이 들이마셨다.

정원에 서 있는 조각품이 두 사람을 지켜보고 있었다. 정교한 조각은 그리스 신화를 보여 주는 것이었다. 신의 명을 어긴 형벌로 잠을 자고 있는 남자, 그 잠을 깨울 수 있는 유일한 방법은 사랑이었다고. 사랑하는 여인의 입맞춤으로 깨어나는 남자의 모습은 깨어나는 새로운 시대, 르네상스를 의미한다고 전권우가 말했다. 정원에 서 있는 신화를 보면서 옥수는 아직 깨어나지 못한 새로운 신화들을 상상했다.

전권우는 옥수와 강식 사이에도 빈 공간이 있다고, 거기에 두 사람의 숨을 불어넣으면 형체를 갖춘 무엇인가가 일어설 것이라고, 기다리고 있을 것이라고 말했다.

"우린 얽힌 것들이 너무 많았어요. 이제 아무렇지도 않게 말할 수 있을 만큼 세월이 흘렀지만 이미 젊음도 다 흘러가 버렸네요."

옥수는 처음으로 속을 열어 보였다. 앞으로 전권우를 다시는 볼 수 없을 것 같았다. 이승의 언어로는 더 이상 말을 건네 볼 수 없을 것이었다. 못할 말이 무어랴 싶었다. 하지만 전권우는 말을 듣겠다는 뜻이 없었다. 하고 싶은 말이 입술까지 나와 있었다.

"마지막으로 꼭 하고 싶은 말이 있습니다. 의사로서야 하면 안 되는 말이지요."

전권우가 말을 끊고 침을 삼켰다.

"무슨 말을 하려고?"

강식이 안타까운 눈으로 전권우를 보았다.

"혼인이야 볼 수 없겠지만 평미의 생물학적 아버지를 찾아 주고 떠나려네."

"예에?"

옥수는 가슴이 뛰기 시작했다. 설마? 자기가 아버지라는 고백일까?

"두 사람이 따로 늙었지만 평미는 두 사람의 딸입니다. 김철영이랑 우리 세 사람, 정자를 보관한 적이 있었습니다. 불장난이라면 불장난이었고 연구열이라면 연구열이었지요. 생명의 신비, 시험관 아기에 대한 관심이 뜨거울 때였으니까요."

이게 무슨 소린가? 말이 아니라 하늘에서 쏟아지는 불벼락이었다.

"아니? 이 사람 지금 무슨 말을 하는가?"

강식이 벌떡 일어섰다. 옥수는 머릿속이 텅 비었다고 느꼈다. 일어서는 강식의 모습이 허옇게 형체만 겨우 눈에 들어왔다.

"지금 내가 무덤까지 가져가기로 한 말을 하고 있는 걸세. 욕을 해도 좋네. 잘하는 건지 잘못하는 건지 모르겠네만 난 꼭 해야겠네."

"아니, 자네, 정말?"

"아무 말도 덧붙이지 않겠네. 자네는 아직 인생이 남았지 않은가."

전권우는 두 사람의 손을 끌어다 포갰다. 손으로 열기와 떨림이 건너왔다.

강식이 털썩 주저앉았다.

"아까 제가 강식의 미라일지도 모른다고 했지요? 적어도 저는 그만큼 가까웠습니다. 처음부터 그럴 생각으로 정자를 보관한 건 아니었는데 일이 그렇게 되어버렸습니다. 채찍질을 하신다 해도 달게 받겠습니다."

전권우가 옥수에게 고개를 숙였다.

"아니, 아니, 맞아, 난 그때부터 줄곧 누군가가 그렇게 해 주기를 바라고 있었던 거 맞네. 마음껏 기뻐하고 감사하지 못하고 다른 소리를 내다니. 이 비겁한 마음이라니⋯."

강식이 두 손으로 머리를 감싸며 말했다.

"누가 뭐래도 엄청난 책임이 내게 있네. 생각나나? 그때, 신이 마술처럼 사랑하는 사람에게 가게 해 줄지도 모른다는 말을 하며 서로를 보고 웃었지. 치기어린 농담이었지만 난 그 농담이 가슴 아팠네. 물론 기회가 오리라고는 꿈에도 생각 못했지. 신의 손길이 그렇게 섬세할 줄도 몰랐고."

옥수는 꿈을 꾸고 있는 것만 같았다.

— 오, 어떻게 이런 일이?

사람을 그렇게 기만할 수 있다니? 그 오랜 시간을? 적어도 안석준과 이혼했을 때라도 밝혔어야 하는 거 아닌가? 아, 아니지. 그는 의사이니 그럴 수 없었을 거야. 혹시, 강식 오빠도 알고 있었던 건 아닐까? 소름이 온몸을 훑고 지나갔다. 두 사람 다 처음 보는 사람처럼 낯설어 보였다. 그러면서도 마음 한 구석은 달랐다.

— 강식 오빠가 우리 아버지를 용서할 수 있을까? 아버지가 용서받을 수 있을까?

진숙의 얼굴이 달려들듯 나타났다.

나도 고백을 해야 하는데… 진숙의 죽음에 비하랴. 가슴 밑바닥에서 뜨거운 덩어리들이 요동쳤다.

문어

강식이 나가더니 한참 후에 돌아왔다. 이민규, 이치로와 함께였다. 곧 이어 건장한 젊은 백인 남자 두 명이 따라 들어왔다. 문어가 들어있는 수조를 들어 거실로 옮겼다. 부산서도 본 적 없는 큰 문어였다. 거대한 문어라는 표현이 어울릴 것 같았다. 젊은 남자들은 수조의 자리를 잡아주고는 이내 돌아갔다.

"세상에? 문어가 아니라 괴물에 가깝네. 그런데 웬 문어?"

"평미가 좋아할 거 같아서."

"연구실에 있던 건데 선생님이 집에다 두겠다고 하시네요. 저하고 사이가 좋았는데 휴가 다녀오니 이 녀석이 좀 달라졌지 뭡니까. 저를 전처럼 안 반기네요."

이민규의 말과 표정에서 평미를 위해 마음을 쓰고 있다는 게 느껴졌다. 강식은 표정을 읽기 어려웠지만 벌써 아비 노릇을 하려고 작정한 듯 보였다.

"평미에게 무슨 선물을 하면 좋을까 고민하고 있었거든. 문어가 떠오르지 뭐야. 딱 좋을 거 같아. 지난번에 혼자 두기도 뭐하고 해서 몇 번 구경삼아 연구실에 데려갔더니 문어를 보고 엄청 좋아하더라구. 문어도 평미를 좋아하는 거 같구. 문어는 지능도 높고 친구삼아 키우면 재미가 있을 거야."

강식은 줄곧 눈을 마주치지 못했다. 슬쩍슬쩍 눈치를 살피면서 할 말만 했다. 옥수도 평미 앞에서 감정을 드러내고 싶지 않았다.

강식은 문어를 가리키며 나름의 정신이 깃든 생명체라고 했지만 옥수가 보기에는 영 아니었다. 어찌 보면 외계 생물처럼 보였다. 엄연히 남의 집인데다 평미도 좋아 죽겠다는 표정이었으므로 말릴 수도 없었다. 문어는 평미를 알아봤다. 평미가 만지면 저도 다정하게 평미의 피부를 빨았다. 피부는 홍옥색과 은색으로 얼룩덜룩하지만 평미가 만지면 흰색으로 변했다. 긴장을 풀었을 때 보이는 색이라 했다.

"봐, 엄마 나를 좋아해."

평미는 한껏 들떠있었다. 그래도 옥수는 흐물흐물 움직이는 문어가 징그러웠다. 문어가 옥수에게 물을 뿌렸다. 저를 꺼려하는 줄 아는 모양이었다. 강식이나 평미에겐 하지 않는 행동이었다. 옥수가 찡그리자 강식이 인간의 상상 너머 신비에 휩싸여 있는 개체들을 대표해서 우리에게 온 애잖아? 잘 좀 봐 줘. 했다.

"아, 나 저 문어 진짜 맘에 들어. 잘 지내고 싶어. 정성껏 키워 볼게요. 고마워요. 삼촌."

평미가 제법 인사까지 차렸다. 문득 애먹이던 때의 평미가 생각났다. 독한 사춘기의 고비가 꺾인 건 만화 덕이었다. 특히 명은의 신화 이야기를 담은 만화들에 관심을 보였다. 가슴에 구멍이 뚫린 기인, 눈이 하나뿐인 거인 이야기 등을 조잘조잘 늘어놓곤 했었다. 평미에게 문어는 그 연장선상에 있는 존재가 되는 건가 싶었다. 어찌 생각하면 이 낯선 나라와 평미를 이어줄 다리가 되어줄 수도 있겠다 싶기도 했다.

"어려서 그렇게 신화 속 괴물들에 관심을 보이더라니. 그 중 하나가 너를 찾아온 거 아닌가 모르겠다."

"아, 엄마도 그거 아직 기억해?"

"그럼, 네가 푹 빠졌었잖아."

"난 그 신화 속 존재들 다 로봇으로 만들어볼 거야. 이 문어도."

그러면서 강식을 보았다. 도와 줄 거죠? 하고 묻는 거였다.

"평미가 로봇을 만들겠다면 도와주다마다. 나쁜인가? 여기 이치로도 있고 민규 군도 있잖아? 이 친구들 은근히 실력파야. 문어와 마음을 이을 수 있으면 로봇과도 이을 수 있을 거야."

강식이 허허거렸다.

"그때는 어려서 그런 생각은 못했지만 신화시대의 인간들은 상상력도 풍부하고 생각도 넓었던 거 같아요. 자신들과 다른 존재들과도 함께 살 수 있다고 생각했으니까 그런 이야기들이 나왔을 거 아니에요?"

평미가 제법 진지한 표정으로 강식을 보며 말했다.

"그럼 로봇도 인간 영역의 확장이라는 생각이야?"

강식이 물었다. 사랑스럽고 기특해 죽겠다는 표정이었다. 핏줄이라는 걸 알기 전과는 영 달랐다.

"그럼요."

평미의 대답은 망설임이 없었다.

"맞습니다. 그들은 인간의 영역을 확장할 줄 알았던 겁니다. 자연과 사물을 살아있다고 믿었다는 반증이기도 하구요."

이민규가 평미의 편을 들듯 말했다. 표정으로 보아 평미가 하는 말에 무조건 한 표를 던질 기세였다.

"로봇으로 만들면 딱인데. 나랑 소통할 수 있는 로봇을 만들 수 있으면 진짜 신날 거 같아."

"얼마나 정교한 프로그램을 장착하느냐에 달렸겠지요."

이치로가 집 안의 로봇들을 하나씩 훑어보며 말했다. 외할머니가 한국인이라더니 이치로는 한국어도 능숙했다.

"아, 여기 제 노트북 속 로봇들도 좀 보실래요? 이미 이렇게 진화했어요."

이치로가 가방 속에서 노트북을 꺼내더니 로봇들을 불러냈다. 아직 아무에게도 보여주지 않고 있는 것들인데 특별히 보여주는 것이라며 생색까지 냈다. 과연, 얼핏 보면 사람처럼 보이는, 로봇치고는 꽤 우수한 녀석들이었다. 눈빛부터가 달랐다. 움직임도 부드러웠다. 자부심을 가질 만했다.

온라인 세계 여기저기를 들락거리는 그의 손놀림이 얼마나 빠른지 기계가 움직이는 것 같았다. 컴퓨터는 이치로의 손가락의 연장이라고 봐야 했다. 평미가 부러운 듯 바라보았다.

"이치로 말이야 로봇이 사람 같아질 거라는 말이겠지만 난 요즘 사람이 기계가 되어버리는 일이 더 먼저 일어날 거 같은 생각이 들더라구."

"거의 동시에 이루어질지도 모르지요."

이치로에게 한 말이었는데 엉뚱하게도 이민규에게서 대답이 튀어나왔다. 동시에? 꼭 그렇게 될 거라고 믿는다는 소리로 들렸다. 옥수는 말을 그렇게 해 보는 정도지 한 번도 그렇게까지 되리라고는 생각해 보지 않았다. 다른 시선이 느껴졌다. 옥수는 이민규가 궁금해졌다. 이민규를 요리조리 자꾸 살피게 되었다. 전권우가 한 말이 머릿속에 박혀 있어서일지도 몰랐다. 아무것도 모르는 평미는 마냥 들떠서 조잘거렸다. 표정에 의욕이 넘쳤다. 내 딸 평미가 맞나 싶었다. 그래, 저 생명의 주인은 내가 아닌 것을….

인간은 곧 시간이 아니던가. 이제 평미와의 시간이 달라지기 시작했다. 평미는 옥수가 상상도 못한 길을 가려고 발돋움 하는 중이었다.

문어의 빨판을 세어보고 손바닥을 마주 대보던 평미가 돌아서며 먹이 걱정을 했다. 옥수는 평미를 데리고 가기는 틀렸구나 싶었다. 이미 강식도 보낼 생각이 없는 거다. 그걸 확인시키기 위해 문어를 가져온 게 분명했다. 옥수에게 대놓고 말하기 곤란해서 에둘러 마음을 전하고 있는 거였다. 그래도 한 번 던져는 봐야할 것 같았다.

"평미는 곧 돌아갈 사람인데?"

평미도 강식도 움찔하더니 말이 없다. 딴청을 한다.

"우리 다손이 먹이 사러 갈까요?"

이치로가 이민규와 평미를 보며 말했다. 어색한 분위기를 깨고 싶어서일 거였다.

"이름이 다손인가요? 뭘 잘 먹나요? 먹이가 중요하지요. 난 키워보지 않았으니 잘 좀 가르쳐 주세요."

평미가 상기된 얼굴로 따라 나섰다.

평미가 나가고 난 후 문어를 바라보며 강식이 말했다.

"결혼을 한 건 아니지만 한 사오 년 함께 한 사람이 있어… 캐서린이라고 영국인이야."

그러니까 평미가 두 사람 사이에 있더라도 우리에게는 아무 일도 일어날 수 없다는 말을 하고 있는 거였다. 지갑을 열고 사진을 보여 주는데 기분이 묘했다. 같은 연구소에 근무 중이라고 했다. 뇌과학자? 그렇다면 자신과는 비교할 수 없는 수준의 여자 아닌가. 갑자기 확 쪼그라드는 느낌이었다. 여자의 사진 아래 Tao is how라는 글귀가 있었다.

Tao is how? 서양 여자가? 노자의 도道를? 순간, 사진을 보며 느낀 그 묘한 감정이 질투라는 것을 확인해야 했다.

— 도道는 방법이야. 사실 모든 종교는 결국 살아가는 방법이지.

달을 보며 그렇게 말했었다. 까마득한 일이지만 강식의 머릿속에 여전히 빛나고 있는 달이고 말씀일 것이었다. 강식이 그 글귀가 박힌 사진을 지갑에 넣고 다니고 있었다면 결코 가벼운 사이가 아니다. 서로의 마음에 오고 가는 길이 있다는 소리 아닌가. 옥수는 나폴리에서 돌아오면서 평미에게 강식이 생물학적 아버지라는 사실을 밝히는 게 좋을까 좀 더 기다리는 게 좋을까 줄곧 저울질하고 있었다. 하지만 사진을 보고 나서는 기울던 마음을 접었다.

수조 속 문어가 스윽 몸을 틀었다. 마치 말을 알아듣는 듯 보였다. 안석준을 부정할 수 없듯이 캐서린도 부정할 수 없는 존재인 거였다.

이민규가 헐레벌떡 뛰어 들어왔다.

"박사님이, 박사님이 실종 되셨다네요. 연락 받으셨지요? 카드도 소지품도 그대로 있다는데요? 아무것도 가지고 나가지 않으셨답니다. 세윤은 극단적 선택을 하신 것 같다는데 저는 정말 믿어지지 않습니다."

강식은 담담했다. 짐작하고 있던 일이라는 듯 머리만 주억거렸다.

문어 앞에 서서 이야기를 하는 동안 전세윤에게서 두 번이나 전화가 와 있었다. 왜 그렇게 말랐는지, 어디가 아픈 건지 묻고 싶었지만 때를 놓치고 말았다.

"아내와 이혼한 후 약 없이는 잠을 못 잤어."

이혼을 하고도, 젊은 남자와 재혼했다는 소리를 듣고도 정을 떼지 못해 괴로워했다고 지나가는 말로 듣기는 했었다. 전권우야말로 사랑꾼이었다. 말이 없고 숫기가 없어서 여자에게 먼저 다가설 줄 몰랐다. 오경희가 먼저 다가섰지만 제대로 반응을 보일 줄도 몰랐다.

"눈을 떴는데 호텔방이었어. 옆에 여자가 누워 있지 뭐야. 나도 여자도 알몸이었어. 아무 기억도 안 나."

오경희는 의사 표시를 그렇게 했다. 전권우는 강식에게 그날의 일을 털어놓으면서 결혼을 해도 좋을까 물었다. 술의 힘을 빌렸다지만 대담함에 놀랐고 뭔가 불안하다는 거였다. 하지만 마음은 이미 넘어간 듯싶었다. 강식은 너 같은 샌님한테는 그렇게 화끈한 여자가 필요할지도 모른다며 축복해 주었다. 세윤이 태어나고 행복도 무럭무럭 자라나는 듯 보였다. 오경희를 닮은 아들은 어미를 닮아 외모가 훈훈하고 목소리도 좋았다. 이태리 유학은 나름 성공인 듯했다. 가정이 깨지면서 세윤도 인생길이 험해졌다. 기쁨이라는 감정이 사라지고 의욕이 사라지면서 노래가 나오지 않는다고 했다. 전권우는 잠을 잃었다. 면역력이 떨어지고 온갖 병이 다 붙었다.

"한동안 약을 먹고 잤는데 요즘은 약도 먹을 수 없게 되었거든. 호텔방에 누워 있던 그날의 모습이 꿈에 자꾸 보인다는 거야."

"새삼 그게 왜 괴로워?"

"모든 것이 똑같은데 오경희 옆에 누워있는 게 자신이 아니라는 거지. 그 젊은 남자로 바뀌어 있다는 거야."

약을 먹고 잠이 들면 꿈속에서 고통스럽고 약을 안 먹으면 불면에 시달린다는 말이었다.

"후, 이럴 수도 없고 저럴 수도 없는 고통을 오래 버텼어."

이민규와 평미가 어서 다시 나폴리로 가야겠다며 서둘렀다.

*

― 이 몸은 원래 자체가 없던 것인데… 육근과 사대四大가 안팎으로 합하여 이루어졌는데, 반연하는 기운이 허망하게 그 안에 모이고 쌓여 반연하는 것이 있는 듯한 것을 이름하여 마음이라 한 것이오.

전세윤이 자세를 꼿꼿이 하고 앉아 경을 외우고 있었다. 방은 제법 넓었다. 향불도 피워 놓았다. 법당이 따로 없구나 싶었다. 전권우의 죽음을 기정사실로 받아들이고 있는 분위기였다. 벽에 크게 써 붙여 놓은 말씀이 눈에 익었다.

― 물거품 같다고 세상을 보라, 아지랑이 같다고 세상을 보라.

이렇게 세상을 관찰하는 사람은, 염라왕을 만나지 않는다.

놀랍게도 민자영이 벽에 써 붙여 놓은 법구경 말씀이었다. 매일 들고 날면서 쳐다보다 보니 옥수도 이제 외울 정도가 된 터였다. 옥수는 공방 뒤에 그렇게 넓은 거처가 있는 것도 놀라웠고 법당 같은 것이 있는 것도 놀라웠다.

전세윤의 옆에서 함께 경을 외우고 있는 또 한 사람은 스텝핑 스톤이었다. 경이 입에 붙었다. 한두 번 읊은 소리가 아니었다.

"놀라셨습니까? 뭐 법당이 절에만 있는 건 아닙니다."

스텝핑 스톤이 방석을 내어 주며 말했다. 옥수의 생각을 다 안다는 투였다.

옥수에게도 전권우를 위해 마음에 닿는 말씀을 읽어 주지 않겠느냐며 작은 책자를 내밀었다. 경전이라기엔 얇고 간단한 책자였다. 전권우를 죽은 사람으로 대하는 것 같아 절을 하고 싶지는 않았지만 경을 읽어 주는 건 괜찮을 것 같았다.

갑자기 받아 든 책이라 망설이고 있는데 스텝핑 스톤이 말했다.

"선생님은 화엄경과 금강경을 특히 좋아하셨지요. 근래에는 삶과 죽음을 크게 다른 것으로 여기지 않으셨습니다."

"아, 그러셨군요. 그럼, 저는 이 금강경 말씀을…."

스텝핑 스톤이 특별히 권하듯 찾아 눈앞에 펼쳐 놓는 말씀이 마음을 끌어 당겼다.

범소유상凡所有相 (대저 온갖 모양은)

개시허망皆是虛妄 (모두 허망한 것이니)

약견제상비상若見諸相非相 (만약 모든 모양이 모양이 아닌 줄을 본다면)

즉견여래卽見如來 (바로 여래를 보리라)

"엄마, 무슨 뜻이야?"

"보고 듣고 만질 수 있는 사물이나 현상은 모두가 허망한 것, 그러니 제상과 비상, 즉 현상과 본질을 함께 볼 수 있다면 비로소 우주의 실상을 바로 보게 될 것이다. 그런 뜻이지."

평미에게 소곤소곤 뜻을 알려주자 평미가 크게 고개를 끄덕였다.

"이 책은 전 박사가 직접 발췌해서 엮은 건가요?"

"아, 아닙니다. 그건 제 아버님이 소지하고 있던 것입니다. 유품이라면 유품인데 여기 법당에 두고 함께 아끼고 있습니다. 여기 있는 우리 모두는 사실 불경에 대해 잘은 모릅니다. 다만 경전이 어디 정해져 내려오는 것만이겠나? 부처님의 가르침을 내고 전하면 그게 바로 불경이지, 그런 마음으로 읽고 웁니다."

스텝핑 스톤의 표정이 진지했다. 책을 보물인 양 조심스레 내려놓았다. 강식이 자신의 차례라는 듯 자세를 고쳐 앉더니 읽어 나갔다.

― 병든 이에게는 의사가 되어 주고, 길 잃은 이에게는 바른 길을 가리켜 주며, 어둔 밤에는 등불이 되고, 가난한 이에게는 재물을 얻게 합니다. 이와 같이 보살은 일체 중생을 평등하고 이롭게 하는 것입니다. 중생을 수순하는 것은 곧 부처님께 순종하여 공양하는 일이 됩니다.

아, 이럴 수가? 민자영이 가지고 있는 책자 속, 평미가 조금 뜯어 먹었던 바로 그 말씀이 아닌가. 옥수는 손이 떨렸다. 마치 쌍둥이 책 중 하나를 만난 듯했다.

특히, ― 경이라는 게 막히고 트임이 사람에게 달리고 더하고 덜함이 자신에게 달렸으니, 입으로 외우고 실제로 행동하면 이것이 곧 경을 읽는 것이다. 그러나 입으로는 외워도 실행하지 못하면 이것은 오히려 경에 읽히는 것이다, 라는 부분은 민자영의 책자 속과 너무도 똑 같았다. 특별히 여기는 말씀이라는 듯 글씨체마저 달리하고 있는 것까지 똑 같았다.

"오빠, 이것 봐. 자영 이모가 가지고 있는 책자 속 말씀들이 그대로 다 있어. 순서만 조금씩 달라."

"같은 마음으로 뽑아 옮긴 모양이지요. 좋은 말씀 앞에서 같은 마음이 이는 건 당연한 거 아닐까요?"

"우연 이상이라는 말이군요."

"마음에서는 다 통하는 거니까요. 이곳 이태리 사람들은 사랑이 곧 하느님이시다, 라는 말을 달고 삽니다. 우리 아버지는 자비가 곧 부처님이라고 하셨다던데 같은 말 아닌가 싶습니다."

사장은 그렇게만 말했다.

"사장의 아버지가 이적행위를 했다고 의심을 받았다나 봐. 갑자기 찾아온 친구와 나간 후 영영 소식이 끊겼대. 아마 죽었을 거라고 믿고 있더라구."

"혹시 동백림 사건이라는 그 사건과 연루된 거야?"

"아니, 그건 남쪽에서의 일이구. 동백림 사건 이삼 년 후이기는 하지만 그는 북쪽에서 와 있던 음악가였으니까 다른 이야기지. 남쪽 유학생들하고 교류가 많았던 게 문제가 되었을까 싶기는 하대. 뭐, 너무 어려서 본인은 아무 기억이 없다더라구. 어머니는 드러나지 않는 존재였기 때문에 안전했을 거라나. 그래도 아버지를 아는 누군가가 나타나 은밀히 도와줬다는데 기억들이 다 조각조각이라 의미를 찾을 수가 없나 봐. 그들과의 인연도 아무 것도 이어진 게 없대. 갓난아기 때 일인 데다 어머니까지 일찍 돌아가셨으니까. 프랑스 가정에 입양된 후 완전히 단절되었다는데 저 책자만 함께였다는 거야. 본인은 그것이 자기를 지켜 준 거라고 믿지."

강식이 나중에 따로 지나가는 말처럼 알려 주었다.

"그래서 기를 쓰고 그 작은 책자를 지키는 거였구나. 그런데 저 책자는 어떻게 된 거지? 자영 이모가 가지고 있는 책자랑 너무 똑 같아. 혹시 박청준이라는 그분이 정말 북으로 가셨을까? 사장 아버지랑 북에서 알게 된 사이였나?"

"그거야 뜬구름 잡는 이야기 아냐?"

"설마, 이곳에 같이 와 계셨던 건 아니겠지?"

"그걸 누가 알겠어? 아무 것도 확실한 게 없고 확인할 수도 없는 걸. 저 친구에게는 그나마 저 책이 전하는 것만도 다행이지. 프랑스인 양부가 고고학자였대. 동양 문화에 관심이 많았다더라구."

— 아, 분명 그분이 이곳에도 다녀갔을 거야. 어딘가 발자취를 남겼을 거 같아.

머릿속에서 별 생각이 다 일어났지만 옥수는 강식의 기분을 헝클어 놓는 것 같아서 더 이상 말할 수 없었다. 강식은 지금 전권우 생각만으로도 가슴이 미어질 것이었다.

더 이상 찾지 말라는 유서가 있었다. 유서를 책자 위에 올려 두고 법당을 나오는데 전권우만 두고 나오는 느낌이었다. 전권우는 오경희와의 추억이 있는 나폴리에 잠들기를 원했다고 했다. 평생 인간의 몸을 살피고 연구하며 살았지만 죽어서는 온전히 자연의 일부가 되고 싶다고도 썼다. 나폴리 어딘가에 있을 것 같은 생각이 들었지만 모두 눈으로 말했다. 그의 뜻을 존중해 주자고.

전권우를 가슴에 묻고 호텔에 모여 앉아 스텝핑 스톤의 피아노 소리를 듣고 있을 때였다. 걷잡을 수 없는 슬픔이 밀려왔다. 진숙의 죽음 이후 고통스러웠던 순간들, 무슨 수를 써서라도 탈출하고 싶었던 부산 부모의 집, 평미를 가지게 된 일, 안석준과 갈라서야 했던 일… 하나같이 고통스럽고 서글펐다.

전세윤이 노래를 시작했다. 지워버리고 싶은 그 순간들을 쓸어가 버릴 것만 같은 바람이 가슴 속에 일었다. 전세윤이 눈을 감고 뱃속에서 끌어올리는 소리로 노래를 시작하자 주위가 조용해졌다. 세윤이 점점 노래에 빠져들었다. 사람들은 하던 일을 멈추었다. 그럴 수 없는 사람들은 조용조용 움직이면서 귀를 기울였다. 떠나가는 전권우가 느껴졌다.

노래가 끝나고도 한참을 그대로 있었다. 서서히 현실이 보이기 시작했다. 변호사가 다가왔다. 이민규에게 유언장을 보여 주었다.

　이민규에게 각별했던 전권우였다. 뒤를 돌봐주며 아들 못지않은 존재로 여겼다. 그래도 아파트를 남긴 건 과분했다. 이민규는 말문이 막혔다. 말 대신 유언장 위로 눈물이 뚝 떨어졌다.

　"우리 마지막으로 그를 만나러 갈까?"

　강식의 말에 아무도 반대하지 않았다. 기다렸다는 듯 일어나 차에 올랐다. 차는 폼페이 유적지로 향했다. 전권우라는 한 인간이 먼 곳으로 가버렸다는 것을 알 리 없는 우산소나무들은 여전히 우뚝 서서 세상을 내려다보고 있었다.

　— 봐, 목욕하다 죽은 사람, 밥을 먹다 굳어진 사람, 문고리를 잡고 밖으로 나가려다 그대로 죽은 사람 등등… 다 땅속에 묻혀 있었어. 저 미라들은 사실 우리 존재의 현실을 생생히 보여주는 거지.

　옥수는 폼페이 유적지에서 전권우의 목소리를 들었다. 그날처럼 또렷했다. 아, 그는 어디서 어떤 모습으로 죽음을 맞이했을까?

　아름다운 저 바다와 그리운 그 빛난 햇빛

　내 맘 속에 잠시라도 떠날 때가 없도다 향기로운 꽃 만발한 아름다운 동산에서

내게 준 고귀한 언약 어이하여 잊을까

　옥수는「돌아오라 소렌토로」를 부르며 앞서 가는 전권우를 눈으로 따라가다 놓쳤다. 전권우는 어느 순간 눈앞에서 사라졌다. 강식이 평미의 손을 잡고 길을 잡았다. 돌아가자는 말이었다.

　마눈 메라스싸 눈다르메 스뚜뚜루 미엔또
　또르나 쏘 리엔~또 파메 깡파

　이제 남은 사람들만의 시간이 계속될 것이라고 말하듯 전권우의 노래가 이어졌다. 돌아보니 전세윤이었다.

*

　자고 일어나 보니 평미는 벌써 문어 앞에 가 있었다. 눈은 문어를 따라다니고 손가락도 유리 밖에서 문어와 맞닿아 있었다.
　"봐요, 엄마. 다손이가 저 두고 가지 말라고 하잖아요. 나만 따라다녀요."
　"그게 네가 따라다니는 거지 어디 문어가 따라다니는 거냐?"

평미는 꿈에 부풀어 있었다. 하늘로 붕 떠오르기 시작한, 잡아 끌어내릴 수 없는 풍선이었다.

"삼촌이 나이도 찼는데 존댓말을 쓰는 게 좋지 않겠느냐고 하시더라구요. 제 생각에도 그게 좋을 것 같아요."

말도 하루아침에 존댓말로 바꾸었다. 강식의 충고가 있었다지만 옥수는 적응이 안 되었다.

"나보고 가자고 하지 말고 엄마가 여기 와서 살면 안 돼요?"

"뭐어? 여기 와서 엄마가 뭘 하고 살아?"

"우리 엄마는 왜 이렇게 개척정신이 없을까? 찾아볼 생각도 못하고?"

평미는 점점 적극적이었다. 혹 떼려다 혹을 붙일 판이었다.

"사람이 살던 곳을 떠나기가 그리 쉬운 게 아니란다. 엄마는 평미가 공부 잘 하고 있으면 자주 와 볼 건데 뭐."

강식이 평미를 다독였다. 옥수는 결국 혼자 돌아섰다. 강식도 야속하고 평미도 야속했다. 그러면서도 대견한 마음이 드는 건 또 무슨 조화인지… 어찌 생각하면 김강식 한 사람 하는 것도 모자라 딸까지 그런 길을 가나 싶어 심란하면서도 마음 한편은 뿌듯했다.

마법의 먼지

"영감이 아부지 노릇도 제대로 안 해놓고 돈까지 떼먹을 라드네."

최양명이 공들이는 동백나무의 푸른 잎을 뜯어내며 종석이 씩씩거렸다. 탐스럽게 매달려 있는 꽃송이의 목도 비틀어 떼어버렸다.

최양명이 보았으면 한바탕 난리가 날 일이었으나 옥수도 서금지도 종석이 하는 짓을 보고만 있었다. 섣불리 입을 댈 상황이 아니었다. 종석이 삼 년간 다달이 부어 모은 적금을 최양명이 내놓지 않고 있었다.

"주겄재. 느그 아부지가 니 돈 띠 묵겄나?"

"떼먹을 속셈이 분명한데 뭐요."

종석이 아무리 악을 써도 돈을 내어 주지 않았다. 서금지는 중간에서 애가 탔으나 최양명은 아예 배 째라는 식이었다.

종석은 아버지 앞에서 뭐라고 한 마디 거들어 주지 않는 동생들도 야속했다. 동생들은 최양명의 처사에 은근히 동조하는 기색이었다.

"할배요, 와 큰아 돈을 안 주고 그라요?"

"늙은 부모한테 자석이 돈 주는 거 당연하재."

"이건 경우가 아이요. 주는 돈 하고 같소?"

"안 주니 하는 수 없이 이라는 거 아이가."

최양명은 최양명대로 완강하였다.

"그 돈이 우떤 돈이오? 종석이 가가 몸띵이로 번 돈이오."

"다른 자석들은 어데 돈이 거저 떨어진 기드나?"

"그라고 할배가 자석한테 그리 큰소리 칠 수 있는 사람이오?"

"그래, 내는 못난 애비였재. 이기 지금 마지막으로 애비 노릇 하는 기다."

최양명은 그렇게 말하면서 옥수를 흘낏 보았다. 눈빛이 흔들렸다. 옥수가 서울 집을 정리하고 옮겨 앉을 때 천만 원을 챙겨간 일이 걸릴 것이었다.

― 저렇게 억울할까?

아버지가 슬그머니 떼먹은 돈이 어디 서울서 이사 할 때뿐이던가. 이혼하고 나앉을 때도 위자료에 눈독을 들이고 수월찮게 챙겨갔었다. 그걸 모를 리 없건만 입 꾹 다물고 강 건너 불 보듯 하지 않았던가. 그래놓고 제 돈에는 저렇게 독을 올리다니. 옥수는 자리를 털고 일어섰다.

옥수는 아직 아무에게도 암이라는 말을 하고 싶지 않았다. 말이 암이지 다른 부위에 비해 예후가 좋고 완치율 70%~80%라고 하지 않던가. 하지만 암은 마음을 약하게 만들었다. 20%~30%의 위험이 작은 것도 아니고 아무리 작은 확률이라 해도 내게 닿으면 내게는 100% 아닌가.

강식은 평미의 유학 생활이 몇 해가 될지 모를 일이니 혼자 있지 말고 부산으로 가는 것이 어떠냐고 은근히 바람을 넣었다. 민자영에게도 어차피 혼자니 함께 지내라고 권했다. 하지만 민자영은 평미도 없는데 뭐 하러 있느냐며 청산골로 떠나버렸다. 민자영마저 떠나자 집이 썰렁해졌다. 게다가 암이라니… 그러잖아도 면목 없는 강식에게 짐만 지우게 되는 건 아닐까? 그동안 살아오면서 겪었던 화와 액이 자라 암 덩어리가 된 거 아닐까? 별 생각이 다 들었다. 평미 일을 알고 나니 민자영을 보는 일이 확 더 부담스러워졌다. 사실을 알릴 수도 없고 숨기고 있자니 죄스럽고 찜찜했다. 묘한 건 그러면서도 뭔가 끌리고 가깝게 느껴지는 거였다. 평미도 강식처럼 특별한 태를 가진 거라는 그 옛날 민자영의 말이 머릿속을 떠나지 않았다. 서금지는 아들이 둘이나 살고 있는 자리를 떠날 사람이 아니었다. 아무래도 민자영밖에 없었다. 가까이 있어야 할 것 같았다. 민자영은 청산골을 고집했지만 일을 안 할 수 없으니 부산 시내에 자리를 잡아야 했다. 청산골 가는 교통편이 좋은 곳이었다. 쉽게 오갈 수 있다는 사실 만으로도 든든했다.

아무리 그래도 일단 친정에 먼저 알리는 것이 순서였다. 언제 알아도 알 일이라 오늘은 말을 하고 도움을 청해야지 하고 왔던 것인데 말을 꺼낼 분위기가 아니었다. 종석과 최양명의 다툼이 어느 정도 마무리 되면 그때 말을 꺼낼 수밖에 없을 것 같았다.

아파트에 들어서는데 발밑이 푹 꺼졌다. 세상 어둠이 자신을 잡아먹으려고 몰려오는 느낌이었다. 누구에겐가 기대고 싶었다. 말을 하고 싶었다. 말할 곳이 이렇게 없다니. 겨우 샤워를 마치고 소파에 몸을 파묻는데 전화가 왔다. 강식이었다.

"이사하고 하느라 힘들었지? 평미가 없다는 게 하루하루 실감이 나지? 집이 텅 빈 것 같지?"

"응, 그러네. 결국 이곳으로 다시 돌아왔어. 친가가 지척이고 어려서 자라난 곳인데도 낯설고 그래. 평미는 잘 있지?"

"뭐든지 내 것으로 하겠다면서 아주 열심히 하고 있어.

기세가 대단해. 아직 이치로랑 민규 군이랑 영어 공부 중이
야. 아, 그리고 뭐라더라 용재라던가? 뭐 그런 어릴 적 친
구를 만났다던 걸?"

"용재를? 세상에, 유럽 가서 그 용재를 만났다고?"

"파리에 갔을 때 도서관에서 만났다더라구. 스텝핑 스톤
이 불러서 민규 군이랑 파리에 갔었거든. 그 왜 『직지심체
요절』이라는 책 있잖아. 그 책도 함께 봤대. 그 친구 역사를
공부한다더라구."

"어머, 정말? 그 귀한 책을? 그 옛날 스님이 되신 박은학
할아버지가 그렇게 보고 싶어 했다던데. 박청준 아버님도
관심이 많으셨고."

"스텝핑 스톤 양아버지가 고고학자라고 했잖아? 그 용재
라는 친구가 직지를 보고 싶다고 했더니 스텝핑 스톤이 양
부까지 동행해서 보여주고 설명까지 자세히 해 준 모양이
야. 평미가 어찌나 좋아하는지. 뭐 어쨌든 평미 걱정은 마."

"오빠가 돌봐주니 안심이기는 한데 미안해서 어쩌지?"

"별 소릴 다 한다. 당연한 일을 가지고. 여태 혼자 애쓰게
한 것만도 미안해 죽겠구만. 걱정 마. 이제부터 평미한테
있는 힘, 없는 힘 다 바칠게. 나, 용서 받아야 하잖아. 그리
고 우리 평미 덕에 내가 얼마나 사는 맛이 나는데. 이제 평
미 없는 삶은 상상도 못할 거 같아."

"우리 평미? 어째 기분이 묘해지네. 그러고 보면 내가 혼자 누리고 살았는지도 모르겠네. 그런데 나 몸이 좀 이상한 거 같아. 오빠가 독박 쓰게 될지도 몰라."

"몸이 이상하다니? 그게 무슨 소리야? 어디 아픈 거야?"

강식의 물음이 다급해졌다.

"직장암 진단을 받았어. 임파까지 열린 거 같대. 어쩌면 나아도 일을 할 수 없을 거 같아. 경제력도 없이 돈만 축내며 살게 될 거야. 혹시라도 잘못 되면 오빠가 평미를 거둬줄 거지?"

어쩌자고 강식에게 먼저 이런 말이 나가는 걸까? 멀리서 고생하고 있는 사람한테. 더구나 평미까지 짐 지워놓고 와서는. 혼자 조용히 겪어내면 될 일을, 하면서도 입으로는 줄줄 하소연을 늘어놓고 말았다.

"지금 그런 걱정을 왜 해? 당장 입원해. 전이 되면 어쩌려고 시간을 끌고 있는 거야? 직장암은 간이나 폐로 전이되기 쉬워."

강식이 펄쩍뛰었다.

"무서워."

"당연히 무섭지. 암인데. 혼자 그러고 있으니까 더 그렇지. 어머니들에게 알리고 내일 당장 입원해. 내 김철영이한테 전화해 둘 게."

― 입원하려고 했었어. 그런데 의사의 입에서 나오는 말마다 충격이었어. 항문을 지킬 수 없을지도 모른대. 그뿐이 아니야. 여성을 잃게 될 겁니다, 하는데 꼭 저승사자 같더라니까. 도망치듯 나왔어. 병원에 다시는 가고 싶지 않아.

입에서 맴도는 말이었지만 차마 강식에게 그렇게 말할 수는 없었다. 결코 강식과 더 이상의 관계를 기대하고 있는 건 아니었다. 그럼에도 비참한 생각이 들었다. 막다른 골목이 막아서는 느낌이었다.

날이 밝기도 전에 전화가 울렸다. 김철영이었다. 대장암 명의로 명성이 높은 친구가 있다, 예약이 꽉 차 있었지만 억지를 부려 진료를 빼내 두었다, 그러면서 당장 가보라는 것이었다. 강식은 민자영에게도 전화를 해 아침부터 달려오게 만들었다.

"위치가 아주 안 좋습니다. 암의 위치가 항문에 너무 가까워서 바로 수술을 할 수는 없겠어요. 항문을 잃을 수도 있습니다. 일단 방사선치료로 크기를 줄인 다음 수술에 들어가야 할 것 같습니다."

"네. 그 말은 서울 병원에서도 들었습니다. 항문을 잃으면 목숨을 잃는 것과 다를 게 없지요."

처음 들을 때보다 훨씬 충격이 덜했다. 그래도 자신도 모르게 맥 빠진 소리가 나왔다.

"목숨 값을 항문에 비하다니요? 목숨은 훨씬 중한 거지요. 그리고 방사선치료로 크기를 줄이면 위치가 항문에서 3~5센티라 해도 보존 확률이 높습니다. 경과를 봐야겠지만 지킬 수 있도록 최선을 다해보겠습니다."

의사가 다부져 보였다. 놀랍게도 그 말에 없던 힘이 났다. 그가 꼭 지켜줄 것만 같았다.

"먼저 난소의 위치를 변경하고 수술에 들어가지요. 그렇게 하지 않으면 여성을 잃게 되니까요."

"이미 폐경이 올 나이인데 여성을 지키는 것이 무슨 의미가 있나요? 하루라도 빨리 수술을 하는 편이 낫지요."

말은 그렇게 하면서도 속마음은 여성을 잃고 싶지 않았다.

"이제 아를 낳을 것도 아이고 백지 뭐 하러 그런 걸? 그러지 말고 빨리 수술을 하는 게 안 낫겠나?"

민자영은 수술이 늦어지면 그동안에 암이 커지는 거 아니냐고 걱정이 늘어졌다.

뒤늦게 달려온 서금지도 그 나이에 그게 뭐 대수냐? 항문을 잃지 않도록 하는 것이 최우선 아니냐며 당장 방사선치료에 들어가라고 채근했다. 하지만 옥수는 의사의 말에 따르기로 마음을 굳혔다. 삼사 년, 아니 일이 년에 불과하다

하더라도 여성을 지키고 싶었다.

"난소의 위치를 옮기고 나면 방사선치료를 5주 간 받아야 하고 6주 간 기다렸다가 종양을 제거하는 수술을 받게 된답니다. 임파가 뚫렸으니 항암치료를 안 할 수 없고요. 다시 복원 수술도 해야 하니 고통스럽고 긴 과정이 이어질 것입니다. 힘을 내서 암과 싸워야지요. 강식이 그 친구, 걱정이 이만저만이 아닙니다."

강식의 부탁을 받은 김철영이 그 바쁜 중에도 찾아와 이 것저것 신경을 써 주었다.

"바쁜 사람이 이리 오래 자리를 비워가 우짜노?"

민자영이 미안해서 쩔쩔매었다.

"별 말씀을요. 저와 전권우, 그리고 강식, 우리 세 사람은 몸은 셋이지만 마음은 하납니다. 이제 권우가 없으니 강식에게는 저뿐입니다. 제게도 강식이뿐이고요."

그렇게 말하는 그가 의지가 되었다. 그는 서울로 한 번씩 강의를 나가는 터라 강식 못지않게 일정이 빡빡했다. 그럼에도 수술 당일에는 자신이 김강식 대신이라며 수술실 앞에까지 따라와 주었다.

의사들은 간단한 수술이라고 했지만 옥수가 느끼기에는 결코 간단하지 않았다. 고통이 극심했다. 간호사가 내일이면 걸을 수 있을 것입니다, 하면서도 마약 주사까지 꽂아

주었다. 일정량이 들어가도록 조절을 해두었다. 그러나 고통을 참기 힘들 때는 이걸 한 번씩 눌러 주라며 작은 조절기를 손 가까이에 놓고 나갔다. 조절기를 누르면 약이 조금 더 들어가 진통 효과가 강해진다고 했다. 아무리 그래도 마약 성분이라 너무 많은 양이 들어가면 안 되니 적어도 15분 간격은 두고 누르라고 당부했다. 하지만 옥수는 일이 분도 안 되어 마구 눌러댔다. 고통을 참을 수 없었다. 지켜보던 민자영이 안타까워 대신 눌러 주기도 했다. 민자영과 교대하고 간 서금지가 아무래도 마음이 안 놓여 안 되겠다며 돌아왔다. 한두 시간이 흘렀을까? 고통이 조금 다르게 느껴졌다. 몸이 마비되는 듯싶었다. 간호사를 불러달라고 했더니 민자영은 웅얼거리지 말고 크게 말해보라고 했다. 간호사실을 향해 손을 들어 올리려 했지만 팔이 말을 듣지 않았다. 뭉클뭉클한 덩어리들이 팔뚝을 타고 오르는 것 같이 느껴졌다. 조금 지나니 그것들이 작은 뱀이 되어 핏속을 기어다니는 것 같았다. 가슴이 답답했다. 숨을 쉬기가 거북했다.

"야가 와 이라노?"

서금지의 목소리가 다급해졌다. 민자영이 얼른 나가 간호사를 불러왔다. 달려온 간호사는 별일 아니라는 표정이었다.

"마약 주사에 간혹 이런 반응을 보이는 분들이 있어요."

대수롭지 않게 한 마디 툭 던지고는 간호사실로 가버렸다. 곧 다른 간호사가 나타나 이건 다른 진통제에요, 하면서 진통제를 꽂았다. 물을 먹고 싶었지만 여덟 시간이 지나야 먹을 수 있다는 말만 거듭했다.

"아이구, 이 일을 우짜노? 벌써 이래 고통시러버가 진짜 본수술은 우예 받을 끼고?"

서금지가 안절부절못하더니 기도실로 향했다. 옥수도 앞이 깜깜했다. 그냥 여성을 포기하고 바로 암수술만 받을 걸, 후회가 되었다.

"얼마간 고통스럽더라도 당연히 여성을 살려야지요. 착상은 안 되겠지만 호르몬 문제도 있고 심리적으로도 그렇구요."

깜박 잠이 들었던가? 강식의 목소리가 들렸다. 꿈일까 싶었는데 손이 느껴졌다. 분명 강식의 손이었다. 민자영이 공연한 수술을 했다고 불만을 토해내자 강식은 그렇지 않다며 의사 편을 들었다.

"아니, 일은 어쩌고 왔어?"

"일본에 볼일이 생기가 겸사겸사 왔단다."

강식이 머뭇거리는 새 민자영의 대답이 먼저 튀어나왔다.

"일이 손에 잡혀야 말이지. 이게 무슨 날벼락이야? 나폴리에서 평미 일로 충격 받아서 심해진 거 아닌가? 평미를 떼어 놓고 와서 병이 된 거 아냐?"

"의사가 별소릴 다 하네. 이게 어디 몇 달 만에 생긴 거겠어? 적어도 몇 년 동안 진행되어 왔겠지. 어쩐지 계속 어지럽더라구. 생각해 보니 혈변도 이유가 있었구. 평미가 사라지고 난 충격 때문인 줄로만 여겼는데 그게 아니었나 봐. 근데 평미는 어쩌고? 설마 평미도 왔어?"

"지금 프랑스에 가 있어. 내일쯤 올 거야. 이민규랑 용재라는 청년을 자주 만나더라구. 거기서 바로 오기로 했어."

"오지 말라고 그래. 간단한 수술이라고 그래."

"야가 갈 때는 가지 말라고 그래싸트니 이번에는 또 오지 말라카네. 평미 가가 오지 말란다고 안 오겠나? 우찌 그냥 있겠노?"

평미 이름만 나오면 얼굴이 환해지는 민자영이었다.

"엄마가 평미가 보고 싶은가 보네요."

강식이 민자영의 속을 넘겨짚었다. 평미가 바로 어머니의 친손녀입니다, 하고 털어놓고 싶어 입이 근질거리는 눈치였다.

"암만. 보고 싶기로. 옥수 앞에서 말도 몬하고 죽겠다. 이제 잊어버릴 때도 지났는데 아가 눈에 발피가 암것도 손에 안 잡힌다. 아이고 느 어마이는 안적도 불공 드리고 있는갑다. 딸 죽을까 봐 설설 맨다. 내도 잠시 가 봐야겠다."

민자영이 서금지에게 가보겠다며 염주를 집어 들었다.

"나도 비행기 타고 오는 동안 줄곧 기도했어. 분명 효과가 있을 거야."

"오빠가 기도를?"

"기도가 절로 나오더라구. 암이란 건 말이야. 과학이 모르는 촉수를 가지고 경계를 넘어 다니는 녀석이거든. 기도가 최골지도 몰라. 하느님 부처님 다 부르며 기도했어."

"오빠한테 그런 말 들으니까 이상한 걸. 오빠는 인간을 물질이라고 생각하는 사람이잖아. 나도 이렇게 수술을 하고 보니까 사람 별거 아니구나 싶어. 오빠 말이 맞는 거 같아."

"아프니까 내편이 되어주네?"

"난 줄곧 육신은 아무것도 아니고 마음이 중요한 줄 알았는데 아닌 거 같아. 마음이라는 게 아무것도 아니더라구. 내가 그냥 살덩어리일 뿐이라는 생각이 자꾸 들어. 오빠 말대로 우주의 먼지로 떠돌다가 어찌어찌 뭉쳐져서 잠시 만들어졌을 뿐인 거 같아."

"그렇지만 말야. 단순한 먼지가 아니야. 우린 마법의 먼지야. 네 마음이 움직이는 걸 내가 이렇게 눈으로 보고 있잖아. 너도 나를 보고 있고. 마음을 보고 있는 거잖아. 이게 어디 단순한 먼지야?"

"아, 아무래도 난 머지않아 우주로 돌아가게 될 것 같아. 인생이란 게 스텝핑 스톤 말처럼 그저 ― 딱!― 그뿐인 거 같아. 그래서 평미에게 아빠를 찾아준 건가 싶고 그래. 그렇게 되면 오빠 혼자 평미를 어찌 감당할지 걱정돼서 죽겠어. 평미 마음은 또 어쩌지?"

"요즘 세상에 이깟 암이 뭐 대수라고 그런 소릴 해? 사람도 만들려고 하는 참인데. 약한 소리 하지 말고 이제 시작이니까 맘 단단히 먹어. 임파가 열렸으니 항암치료를 안 할 수는 없어. 그렇다 해도 크게 낙담할 상황은 아닌 듯해. 의사도 잘 만났고. 혹시 안 좋게 진행되더라도 어떻게든 버텨야 해. 지금 암세포를 정상세포로 바꾸는 연구도 진행되고 있고 연구 결과들이 속속 나오고 있으니까. 머지않아 정복될 거야. 아, 참 이 사진을 주고 가려고 가져왔는데…."

강식이 내미는 사진은 아주 오래된 흑백 사진이었다. 여자 얼굴을 찍은 것이었다. 여자 나이가 사십은 넘어 보였다.

"같은 여자의 두 얼굴?"

"응, 1922년에 찍은 사진이야. 암 때문에 왼쪽 턱밑이 처져 있지. 오른쪽은 방사선으로 치료된 모습이고."

"그러니까 나도 방사선치료 잘 받으면 이렇게 말끔해질 거라고?"

"그럴 수 있기를 기도하는 마음으로 가져온 거야. 지금은 당시보다 훨씬 더 의술이 좋아졌잖아. 그리고 항암치료를 받을 때는 체중이 줄지 않도록 노력해야 해. 단백질 섭취를 잘 해 주고. 난 상태 봤으니 오늘은 이만 가볼 게. 앞으로는 좀 더 자주 나올 생각인데 어떨지 모르겠네."

강식은 일본에 잠깐 들렀다가 가야 한다며 일어섰다.

"일본은 왜 그렇게 자꾸 가? 혹시 일본으로 자리를 옮기려는 거야?"

"그것도 생각해 보는 중이야. 그랬으면 좋겠다 싶기도 해. 일본 쪽 연구소도 활발해지고 있거든. 그런데 그건 아니고 잠깐 들렀다 갈 거야. 꼭 찾아볼 사람이 있어서 그래. 아무 걱정 말고 치료 잘 받아."

"꼭 찾을 사람?"

강식은 잠시 망설이며 뭔가 대답을 할 듯 말 듯 하다가 돌아섰다.

강식이 나가고 나자 문이 더 크게 보였다. 영원히 열리지 않을지도 모른다는 생각이 들었다. 한없이 약해진 마음 탓일 거였다. 약해진 마음에 눈물까지 흘렸다.

"고마워. 바쁜 사람이 나 때문에 며칠이나 까먹었네."

등 뒤에 대고 중얼거리는데 멀어지는 강식의 발소리가 가슴을 눌렀다. 그의 갈 길이 얼마일지… 아직 몸에 드는 암도 정복을 못했는데 언제 마음이 시작되는 곳을 찾을 거라고. 찾을 수나 있을까? 헛고생에 평생을 바치고 있는 건 아닌지 안타깝고 안쓰러웠다.

어둠 속에서 뭔가가 끊임없이 움직였다. 어느 곳에도 잠시도 머무르지 않았다. 잘게 부서지고 흩어져 형체를 잃었다가 다시 옆에 있는 것들과 합해졌다. 새로이 뭉쳐진 것들은 단단해지다가 연해지다가 다시 흩어졌다.

나, 라고 주장하고 지킬 만한 것들이 존재하지 않았음에도 뭉쳐진 것들이 형체를 갖게 되면 나, 나는, 내가, 나를, 나에게, 나로부터, 등등의 말을 시작했다. 그 나, 라는 것이 수많은 갈퀴를 던져대는 것을 보고 있는 동안 어둠이 서서히 그들의 형체를 허물고 갉아 먹었다. 수많은 입들이 열리고 닫혔다. 형체가 부서지고 흩어질 때까지 나, 나는, 내가, 나를, 나에게 등등의 소리들이 계속되었다. 형체가 사라지고 난 후에도 소리들은 떠돌았고 오래도록 잔상을 남겼다. 어둠이구나 싶으면 밝아졌고 밝다 싶으면 어두워졌다.

물질만의 광활한 세계. 원소들의 결합으로 무엇인가가 되고 헤어지고 때로는 폭발하는 곳. 생명이란 기이한 현상이 툭툭 튀어나오기도 하지만 거기에 가치나 의미를 부여한다는 것은 아무 소용없는 일이 되고 마는 곳. 이곳은 신의 용광로라고 속삭이는 소리도 있었고 이곳에는 단지 중력만이 존재한다고 속삭이는 소리도 있었다. 언젠가 강식이 보여주던 우주의 모습 같기도 했다.

"엄마, 여긴 혼돈의 세계야."

날아오듯 귀에 박히는 소리가 있었다. 아, 평미? 분명 평미 소리였다.

"너 어디 있는 거니?"

"내가 안 보여?"

"응. 안 보여. 저기 춤을 추고 있는 무리들이 보이는데 그 앞쪽에 있는 게 너 같기도 하고?"

"춤추고 노래하는 건 우리의 에너지야. 그리고…."

평미가 뭐라고 더 말을 하는 것 같았는데 점점 멀어졌다. 한 덩어리의 먼지가 지나가자 더는 아무것도 들리지도 보이지도 않았다. 원래 아무것도 없었던 것처럼 바람만 횡횡거렸다.

"엄마, 깼어? 손을 막 내젓길래 악몽을 꾸나 싶어서 깨우려던 참이었어."

침대를 정리하며 웃고 있는 건 분명 평미였다.

"오지 말래도 기어이 왔네."

"엄마가 이렇게 아픈데 내가 어떻게 안 와?"

다른 물을 먹어서일까? 평미가 달라보였다. 더 이상 안
클 줄 알았는데 키도 좀 큰 것 같았다. 피부도 뽀얘지고 표
정도 한결 밝았다.

"엄마 간섭 안 받아서 그런가, 환해졌네."

"사랑에 빠져서 그렇지 않을까?"

"뭐어? 벌써? 누구랑? 민규랑? 혹시 용재랑?"

"아휴 그렇게 한꺼번에 물으면 어떻게 대답해? 근데 나
혼자 짝사랑하는 걸지도 몰라. 말할 만하면 그때 말해 줄
게. 근데 엄마, 그거 알아? 삼촌이 엄마를 아직도 좋아하던
걸. 우리가 보는 밤하늘의 대부분의 별들은 어떤 망원경으
로 바라보느냐에 따라 다르게 보인대. 삼촌이 가진 망원경
에 엄마가 딱 잡혔는데 제일 멋진 별이래."

평미의 입에서 나오는 말은 뜻밖이었다. 설마 강식이 딸
에게 그런 말을 했을까 싶었지만 대놓고 묻기도 민망했다.

"난 또… 삼촌이 너한테도 우주에 대해 강의를 한 모양이
구나. 우주의 진짜 아름다움을 느끼기 위해서는 그 별빛을
오래 지켜봐 줄 수 있는 참을성과 큰마음이 필요하다고 하
지?"

"어, 딱 그렇게 말했어. 사랑이 지속적으로 아름다울 수

있으려면 마음이 중요한 거래."

"삼촌은 마음 타령으로 평생을 보낸 사람이다. 그러기 위해 하는 일이 물질을 연구하는 일이라니 난 뭐가 뭔지 모르겠다."

"난 알 거 같은데? 몸과 마음이 따로 있는 게 아니잖아. 근데 엄마는 왜 그런 삼촌을 두고 아빠랑 결혼했어? 결혼은 결혼이고 사랑은 사랑이야?"

"뭐어? 못하는 소리가 없네."

옥수는 평미가 이런 말을 쏟아내는 게 누군가를 마음에 품었기 때문인가 싶었다. 궁금하지만 본인도 아직 분명치 않다는데 더 물을 수도 없는 노릇이었다. 강식은 별들도 운명이 있다고 했다. 운명의 시간이 평미에게도 그렇게 다가오고 흘러갈 거였다.

"삼촌한테 가 있어. 엄마도 얼른 나아서 너 보러 갈게."

"싫어, 왜 자꾸 가라고 그래? 가봤자 아무 것도 못 할 거 같아."

평미는 아픈 엄마를 두고 어딜 가느냐고 펄쩍 뛰었다. 방사선치료를 하는 동안만이라도 옆을 지키겠다고 고집을 부렸다. 방사선치료는 할 만했지만 항암치료의 고통은 설명을 듣는 것만으로도 겁이 났다. 평미 앞에서 험한 꼴 보이고 싶지 않았다.

"제발 가. 공부는 때가 있는 법이야. 삼촌 도와서 먼지의 마법을 풀어 봐. 너 신화를 깨어나게 하고 싶다고 했잖아, 나폴리에서. 꼭 그렇게 해 봐. 네가 가서 열심히 하면 엄마가 이 악물고 암을 물리칠 수 있을 거 같아. 엄마한테는 네가 잘 되는 게 힘이야."

그래도 평미는 갈 뜻이 없었다. 평미를 보내기 위해 쓸 수 있는 방법은 치료를 거부하는 것뿐이었다. 가지 않으면 방사선도 항암치료도 하지 않겠다고 버티자 평미는 마지못해 발길을 돌렸다.

"엄마, 삼촌이 그러는데 마음이 있으면 다른 거 다 없어도 인간인 거래. 반대로 다른 거 다 있어도 마음이 없으면 물질일 뿐인 거래."

혹시 항문을 잃게 되는 일이 생기더라도 힘내라는 뜻이었다. 평미 마음이 저렇게 컸나 싶었다. 강식에게 꼴딱 빠져 있는 모습이 보기 좋았다. 천만다행이다 싶었다.

— 강식이 삼촌이 바로 네 아버지란다.

옥수는 목구멍까지 올라오는 말을 삼키며 어서 가라고 손을 흔들어 주었다.

"아, 엄마, 나 담에 만나면 꼭 존댓말 쓸게. 삼촌하고 약속했는데 급하니까 그만 나도 모르게 옛날 버릇이 나오네."

평미는 정말 발이 떨어지지 않는다는 듯 몇 번이나 멈추어 서서 뒤를 돌아보았다.

강식은 평미에게 뭘 물려줬을까? 어떤 유전자가 강식을 이어가고 있을까? 혹시라도 이 암세포가 평미에게 유전되는 건 아닐까? 아, 이런, 그동안 줄곧 반쪽 피를 의심해왔는데 나야말로 몹쓸 피를 물려준 거 아닐까? 옥수는 몸속의 암 덩어리들이 새삼 더 두려워졌다.

물질계에서 기적은 무슨 기적? 옥수는 잠시라도 기적을 바랐던 자신이 우스웠다.

"크기가 훨씬 작아졌습니다. 다행입니다. 수술을 해봐야 알겠지만 항문은 살릴 수 있을 것 같습니다."

의사는 항문을 보존할 수 있을 것 같다는 말에 힘을 주었다. 항문이 물론 중요하지요. 하지만 목숨에 비기겠습니까? 하던 때와는 다른 모습이었다.

수술은 생각보다 수월했다. 축적된 노하우 때문인지 마음을 다잡고 임해서 그랬는지는 모르겠지만 의외였다. 잘 정비된 시스템 속을 동굴 속을 지나듯 지나온 느낌이었다. 의료진은 그때그때 발생하는 문제점들을 다 내다보고 미리 대비하고 있었다. 덕분에 간단하다고 했던 난소 옮기기보다 고통도 덜했다. 의사도 자신의 시술에 만족한 듯 보였다. 로봇 수술로 정확하고 빠르게 암을 제거했고 흉터도 최소화했다는 설명이었다. 문제는 장루였다. 몇 달 간 인공항문으로 버텨야 한다는 소리를 들었지만 실제로 장루에 의지하는 처지가 되자 한심하기 짝이 없었다. 항문을 잃고 평생 장루를 차고 살아야 한다면 얼마나 고통스러울까? 신체의 일부들을 당연한 것으로 알고 살아오지 않았던가. 항문이 이렇게 소중하고 고마운 것임을 이렇게 고통스러운 과정을 겪고야 깨닫게 되다니.

창밖을 지나가는 사람들이 딴 세상 사람처럼 보였다. 부러웠다. 내 발로 걷기만 해도, 내 입으로 음식을 넘기고 내 눈으로 세상을 볼 수만 있어도 행복이라는 생각이 들었다. 눈물은 왜 자꾸 흐르는지 몰랐다. 눈물 속에 평미가 보였다. 평미를 두고 죽는다는 것은 있을 수 없는 일이었다. 하늘이 특별한 길로 보내준 아이가 아니던가. 더구나 강식의 피 아닌가?

복원수술은 수월할 줄 알았는데 의외로 고통이 심했다. 배가 쥐어짜듯이 아팠다. 그래도 이를 악물고 견뎠다. 항암도 이겨냈다.

"항암치료는 더 이상 안 해도 될 것 같습니다. 하지만 암이란 게 그리 만만한 놈이 아닙니다. 꾸준히 관리하셔야 합니다."

가슴에 심었던 케모 포트를 제거하고 나니 날아갈 것 같았다.

"항암치료가 그래 힘들다 카드니 이만하모 하늘이 도운 기다."

민자영도 서금지도 두 손을 모으고 가슴을 눌렀다.

전화기에 번개가 꽂힌 듯 번쩍, 하더니 부르르 떨었다. 하트와 함께 강식의 얼굴이 떴다. 평미가 고목나무에 매미처럼 곁에 붙어 있었다.

눈물

전권우의 바람은 예언이었을까? 영국에 유학 가 있는 동안 평미는 이민규와 가까워졌고 서로 사랑하는 사이가 되었다. 예정되어 있던 일인 것처럼 자연스러웠다. 그럼에도 결혼에는 고개를 저었다. 그저 사랑하는 사이로 서로를 귀히 여기면서 살겠다고 했다. 그걸로 충분하다는 거였다. 일요일이면 이민규는 성당엘 갔고 평미는 불경을 읽었다. 아침 식탁에서도 평미는 밥을 먹고 이민규는 빵을 먹었다. 결혼 말만 나오면 고개를 돌리니 두 사람을 부부라고 해야 할지 아니라고 해야 할지 친지들이 물을 때마다 옥수는 난감했다. 게다가 어찌된 일인지 옥수가 보기에 평미는 이민규보다 이치로와 더 가까워 보였다. 이민규는 한국에서 일하고 싶어 했지만 쉽지 않아 보였다. 그리고 아직은 영국에 일이 많았다. 이래저래 두 사람은 떨어져 지내는 시간이 길어지고 있었다. 평미는 한국과 일본을 오가며 이치로와 로

붓을 연구하고 제작까지 했다. 유학 기간 동안 함께 공부했으니 일이 이어지는 건 당연하다면 당연할 것이었다. 그러나 뭔가 걸렸다.

"결혼을 했다면 또 모를까 그렇게 어정쩡한 상태로 살면서 다른 남자와 가까이 지내다니 난 영 마음이 안 좋구나."

옥수가 한 번씩 속마음을 드러내면 펑미는 피식 웃었다.

"엄만, 별 걱정을 다 하세요."

"몸이 멀어지면 마음도 멀어진다. 누가 뭐라 해도 인간은 어쩔 수 없는 감정의 동물 아니냐?"

"지금도 감정이라는 게 할아버지 할머니 때처럼 힘을 쓸까요? 이제 시대가 변했잖아요."

"사람 마음이 그렇게 호락호락할까? 아무리 시대가 바뀐다고 해도 사람은 살아있는 한 여전히 감정의 지배를 받을 수밖에 없을 게다, 감정이 삶의 동력이 되고 한 축이 되지 않는다면 기계와 다를 게 뭐냐?"

"앞으로는 인간의 감정이라는 것도 기계와 소통할 수 있는 수준으로 절제되고 바뀌어야 할 걸요? 일방적이고 병적인 감정은 물론이고 복잡하고 곤란한 감정문제는 마음만 먹으면 뇌를 자극해서 쉽게 처리할 수 있을 거구요."

사람의 감정을 두고 그렇게 말하다니… 옥수는 팔 년의 시간이 만들어 놓은 변화 앞에서 문득문득 할 말을 잃었다.

평미가 팔 년을 팔백 년처럼 살다 왔구나 하는 생각까지 들었다. 영국에 잠깐 다니러 갔을 때나 평미가 들어왔을 때는 느끼지 못했던 변화였다. 어쩌면 암에 매달려 사느라 놓치고 있었던 것일지도 몰랐다.

평미가 조화를 컵에 담아 식탁 가운데 놓았다. 유리컵 속에 넣어둔 장미는 영락없는 진짜 장미였다. 첫눈에 조화라는 것을 알아볼 사람은 없지 싶었다.

"그러니까 이 꽃처럼 로봇과 인간이 어느 쪽이 진짜고 가짜지 구분할 수 없게 되는 날이 머지않았다는 거냐?"

"그럼요. 머지않아 로봇과 인간이 함께 사는 세상이 올 테니까요. 로봇도 변하고 사람도 변할 걸요?"

이치로의 생각도 평미와 다르지 않았다. 둘은 머리를 맞대고 로봇에 몰두했다. 평미와 이치로의 로봇들은 병원이나 어린이집 등에서 인기가 있었다. 일본 쪽에 수요가 더 많았으므로 평미는 일본행이 잦았다. 그러던 것이 서울과 부산 등 몇몇 도시에서 문의가 늘어나면서 점점 이치로의 한국행이 잦아지고 있었다.

"엄마, 오늘 이치로랑 희망의 집엘 갔었는데 그곳에서 특별한 청년을 만났어요. 나랑 비슷한 나이 같던데 자기 아들로 삼을 원아를 찾고 있었어요. 결혼은 하고 싶지 않지만 아기는 갖고 싶다나요."

"총각이 혼자 키우겠다고?"

"지금부터 희망의 집엘 드나들면서 봉사도 하고 적당한 아이를 찾아 데려갈 계획이라고 하더라구요. 그런데 그 청년도 시험관 아기였대요. 자기 엄마도 결혼은 원하지 않지만 아이는 원했다던 걸요. 그런 것도 유전이 되나 봐요."

— 시험관 아기? 결혼은 하고 싶지 않지만 아기는 원한다고?

아, 어디서 들어본 말이다 싶었다. 공연히 가슴까지 뛰었다.

명은에게 확인해 볼까? 전화기를 들었다. 그러나 곧 그쪽에서 먼저 말하지 않는데 물어볼 필요가 있을까 싶어 전화기를 내려놨다. 그래도… 다시 들었다 내려놓기를 몇 번이나 하고 있는데 명은에게서 전화가 왔다.

"평미가 뭔 말 안 하던?"

"해. 그러잖아도 네게 물어보려던 참이었어."

"그래 맞아. 니가 생각하고 있는 그 변호사 아들이야."

"그런 데서 만나다니…."

"결혼도 안 하고 혼자 살고 있거든. 사람 인연이라는 게 진짜 묘하지? 그 애 좀 괴짜라면 괴짜지만 나름 유쾌하게 산다더라. 얘, 그래도 더 웃기는 건 평미다, 얘."

"평미가 왜?"

"원아 대신 로봇을 키워보라고 했댄다."

"뭐야?"

"원하면 자기가 만들어 주겠다고 했대. 기계가 아닌 사람을 원한다고 했더니 앞으로는 로봇과 인간이 가족을 이루는 시대가 올 거라면서 스킨십까지 다 되는 고성능의 로봇을 만들어 줄 수 있다고 하더랜다."

"그래서? 그렇게 하겠대?"

"아니, 완강하게 사람을 고집하던데?"

"당연하지. 누가 로봇이랑 살려고 하겠어? 그런데 그 청년도 별종은 별종이다."

"요즘 애들 생각이 어디 우리 같니? 아휴, 내 새끼들도 하나 같이 어디가 고장 난 건지 애물단지가 따로 없다. 아무도 장가갈 생각을 안 해."

"때가 되면 달라지겠지."

"아니, 아예 생각이 달라. 결혼을 왜 해요? 하질 않나 결혼해서 행복한 인간 못 봤다느니, 신혼여행 가서 이혼하고 오더라느니 하면서 말도 못 꺼내게 해."

"우리 평미도 오십 보 백 보야. 특별하게 태어난 값을 하려는지 하는 짓마다 내 눈엔 별스러워. 강식 오빠 밑에서 공부를 하더니 이제 시험관 아기 이상의 존재를 만들 욕심이다. 그 애가."

"평범한 길을 가라고 이름도 그렇게 지어줬건만 아무래도 평범한 길을 갈 것 같지는 않네. 그래도 평미는 연애라도 했잖아."

명은은 이러다가 평미 말대로 애들 세대는 로봇하고 식구가 될지도 모르겠다고 말하며 전화를 끊었다.

"결혼은 하고 싶지 않지만 아기는 원한다? 그런 사람한테 로봇이 딱 아닐까요?"

평미는 그 청년을 재미있게 여겼고 그런 사람들이 점점 늘어갈 것이라 믿었다. 어딘가에 있을, 보이지 않는 그들을 위해 로봇도 준비가 되어 있어야 한다며 이치로를 보았다. 동조를 구하는 눈이었다.

"어머님은 우리가 로봇을 만들고 있다고 생각하시지요? 어쩌면 사랑의 힘으로 로봇이 깨어나고 있는 걸 수도 있어요."

한 술 더 뜨는 꼴이었다. 로봇에 대한 애정이 평미 못지않았다. 더 하면 더 했다. 옥수는 그것이 혹 평미에 대한 애정은 아닐까 자꾸만 의심이 들었다.

"무슨, 르네상스야?"

평미가 재미있는 생각이라는 듯 마주 보며 웃었다.

이민규는 어쩌다 돌아오면 아이들을 위해 만든 로봇들에

감탄했다. 그 로봇에 더 높은 지능을 넣어 줄 수 있도록 앞장서겠노라 호기를 부리기도 했다.

"어머니, 이치로 때문에 신경 쓰신다면서요? 걱정하실까봐 말씀드리는 건데요, 이치로는 특별한 사람입니다. 그리고 정말 좋은 사람입니다. 참고로 말씀드리자면 간성이고요."

이민규가 먼저 이치로 이야기를 꺼냈다.

"간성?"

"예. 사람들은 인간이 남성과 여성만 있다고 생각하지만 그도 저도 아닌 제3의 성이 있지요."

"요즘 수술로 성을 전환하는 사람들이 있다는 건 알지. 그럼 이치로가 성전환자란 말이야?"

"그렇지는 않고요. 이치로는 클라인펠터증후군입니다."

"클라인펠터증후군? 그건 또 뭐야?"

"일반염색체 22쌍과 성염색체 XY 한 쌍을 갖고 태어나는 남성의 성염색체에 X성염색체가 한 개 이상 더 붙는 유전병이지요. 쉽게 말해 XY가 아니라 XXY XXXY XXXXY 등의 성염색체를 가진 것을 말합니다. 외형은 남자지만 고환이 작고 여성형 유방이 나타나며 정자수가 적어 임신이 어려운 게 특징입니다."

"아, 난임 부부 상담 때 산부인과에서 난소가 없다는 여자를 본 적이 있었어. 듣고 보니 그 여자도 간성이었던가 싶네."

"아마 그럴 것입니다. 그 옛날 그리스에서도 자웅동체 조각품이 만들어졌었지요. 당시에도 간성이 있었다는 반증일 것입니다."

그러니까 공연한 걱정, 하지 말라는 속 깊은 소리였다. 하지만 옥수는 생각이 달랐다. 동성 간에도 결혼을 하고 법으로도 보장을 받는 시대다. 간성이라고 해서 다를 게 뭔가. 아무리 생각해도 이민규는 너무 순진했다. 결혼이라도 한다면 좀 마음이 놓이련만. 실제로는 부부처럼 살면서 결혼에는 고개를 젓는 게 꼭 언제 깨져도 좋다는 소리인 것만 같았다.

놀랍게도 평미의 문어가 이치로보다 이민규에게 다정했다. 이민규의 손길 앞에서는 흰색으로 변했다. 이치로에게는 보이지 않는 반응이었다.

"거 보세요, 엄마. 문어도 그런 걱정은 말라잖아요."

평미가 문어를 쓰다듬으며 말했다. 재미있고 기특해 죽겠다는 표정이었다.

"그거야 너희가 영국에서도 문어를 키웠었잖니. 그 다손인가 뭔가. 뭔가 통하는 게 있나보지."

말은 그렇게 했지만 옥수가 보기에도 신기했다.

"만난 적도 없는 다손이로부터 느낌이 건너 건너 전해졌을 거라고요? 와우, 엄마도 상상력 대단한데요?"

생각해 보면 이미 전권우가 두 사람을 맺어주고 간 셈이었다. 전권우는 이민규에게 특별한 애정을 표했었다.

이민규는 어려서 부모를 잃었지만 전권우의 도움을 받았다. 그 부모가 전권우의 병원에 시신을 기증하고 죽은 인연으로 전권우는 이민규를 자식처럼 돌봐주었다. 강식도 팀에 두고 특별히 아꼈다.

"오빠가 저 애들 좀 어떻게 해 봐. 오빠 말은 들을 거 같아. 난 저렇게 사는 거 정말 싫어. 저렇게 나이 먹으면 결국 손해 보는 건 우리 평미잖아."

옥수는 강식에게 도움을 청했다.

"손해? 그런 게 어딨어, 둘이 똑 같은 입장이지. 그리고 난 그런 문제에 입대고 싶지 않아. 자신들의 인생이고 스스로 결정한 거잖아. 존중해 주고 싶어."

아, 강식은 또 다른 벽이었다. 평미를 사랑한다는 건 말뿐인가 싶고 야속했다. 하긴 강식 스스로도 결혼엔 부정적인 사람이니 도움을 기대한 것 자체가 어리석은 일이었다. 이번에도 보다 못한 민자영이 나서 주었다.

"평미 땜에 또 그래 속을 끓이고 있나? 하나가 잠잠해지마 또 다른 기 튀어나와서 사람 애를 멕이는구마. 딸아가 혼인도 안 하고 저래 살아가 우짜노?"

이민규가 먼저 고개를 끄덕였다. 어찌 구슬렸는지 물어도 어느 쪽도 시원한 대답이 없었다. 다만, 강식이가 장가도 안 들고 저렇게 사는 것만도 속이 썩어 문드러진다. 평미까지 그렇게 사는 꼴은 참말로 못 보겠다, 그렇게만 말했다. 이민규에게 물으니, 내가 무슨 짓을 해서라도 평미만큼은 꼭 결혼을 시킬 거다. 하시던데요? 누구도 할머님은 못 말릴 거 같아요, 하면서 휘파람을 날렸다.

두 사람이 민자영의 아픔을 헤아린 건지 마음이 바뀐 건지 모르겠지만 어쨌든 결혼 절차를 밟겠다고 했다. 막상 그렇게 결정이 되고 나니 옥수도 맥이 빠졌다. 그게 뭐 그리 대단한 거라고 강식에게까지 압박을 가하고 아이들 마음을 들쑤셨나 싶었다.

옥수는 다른 건 다 몰라도 이민규가 평미에게 특별한 행동을 권한 것 하나는 마음에 들었다.

"어머니와 함께 자면서 실컷 울어 봐요. 중국의 어느 소수민족 마을에서 들은 이야긴데요, 시집가기 전에 처녀 때 섭섭했던 일, 슬펐던 일, 아팠던 일… 등등을 죄다 눈물로 털어낸다더라고요. 그곳 사람들의 생각이 그럴듯하지 않아요? 난 결혼식의 백미구나 싶었어요. 잊혀지지 않아요."

평미도 그럴듯했던지 옥수의 방으로 건너왔다. 처음엔 베개를 끌어안고 앉아서 실밥만 뜯어내었다. 그러다 채 십 분이 지나지 않아 눈물이 맺혔다.

"엄마, 그거 알아요? 내가 영국에 가서 처음에 얼마나 힘들어 했는지? 엄마가 얼마나 보고 싶었는지?"

"신나서 떠난 거 아니었나?"

"난 엄마가 영국으로 따라와 줄 줄 믿었거든요. 엄마는 내 우주였잖아요."

"흠, 내색을 안 해서 몰랐구나. 그때는 사실 나도 힘들었다. 내게도 너는 우주였고 전부였으니까. 너를 떠나보내고 나니 내가 나 같지도 않더라. 알맹이가 빠져나간 껍데기 신세랄까? 그리고 암 때문에 고생도 많이 했고. 삼촌이야 돈 걱정은 하지 말라고 했지만 삼촌도 만만치 않을 텐데 손 놓고 있을 수는 없으니 돈도 벌어야 했지. 할머니한테 의지하기는 정말 싫었거든. 그런 곳에 가서 살 자신도 없었고. 뭐 그러다보니 세월이 그렇게 흘렀구나. 그래도 네 마음이 그런 줄 알았더라면 달라졌을 텐데…."

그렇게 시작한 말이었다. 기어이 옥수가 우려하던 소리들이 튀어나왔다.

"삼촌 말이에요, 왜 그렇게 중요한 말을 안 했어요? 생물학적 아빠가 누군지 나폴리에서 알았다면서요? 그때가 언젠데."

막연히 평미가 알지도 모른다고 생각하기는 했었다. 강식이 말했을 리는 없고 들었다면 전세윤이나 이민규에게 들었을 거였다.

"삼촌이 아빠에게 엄청 화를 낸 적이 있었거든요. 그런 모습은 처음 봤어요. 더구나 전화상으로요. 그리구 뭔가 당당하달까, 평소와는 느낌이 달랐어요. 민규 씨는 뭔가 아는 눈치더라구요. 그래서 마구 닦달했지요."

강식이 안석준에게 화를?

"이유가 뭐였는데?"

옥수는 처음 듣는 이야기였다. 설마 안석준에게 자신이 평미의 생물학적 아비라는 말을 했을까?

"아빠가 아파트를 마련해서 제 거처를 옮기겠다고 우겼대요. 유학비도 전부 정산하겠다고 했고요. 남에게 신세질 수 없다며."

혹시 어디서 무슨 말을 들었을까? 아니 그럴 리 없다. 그가 그런 말을 했다면 그건 아마 시어머니가 고집을 부려서였을 거였다. 유학 가 있는 동안 옥수에게도 몇 번이나 큰돈이 들어오지 않았던가.

"내가 하도 닦달하니까 민규 씨가 어쩔 수 없이 털어놓은 건데 난 그럭저럭 받아들일 수 있었어요. 충격을 안 받았다면 거짓말이겠지요. 하지만 강식이 삼촌이 생물학적 아빠라는 사실에 가슴이 먹먹해서 다른 생각은 나지도 않았어요. 그냥 눈물만 쏟아지더라구요."

어쩐지, 아무리 엄마랑 어려서 같이 자랐다지만 엄연히 남인데 왜 그렇게 잘해주나 했어요, 하는데 감전된 듯 온몸이 찌르르 했다. 그러니까, 그동안 아무렇지도 않은 척 했지만 아버지가 누군지 확실하지 않다는 사실에 짓눌려 있었다는 고백을 하고 있는 셈이었다.

"이러다 네가 로봇이 되는 건 아닐까 걱정했는데 그렇게 눈물이 쏟아졌다니 그런 걱정은 안 해도 되겠구나."

옥수가 우스갯소리를 건네자 평미도 난 이름과 달리 평범한 게 하나도 없네요, 하며 어색하게 따라 웃었다. 옥수는 그게 꼭 앞으로도 평범하지 않은 인생을 살게 될 것이라고 말하는 것처럼 들렸다. 평미는 자신이 영국에 간 건 다시 태어난 것과 같았다고 말했다.

"그렇게 넘겼다니 정말 다행이구나. 그럴 줄 알았으면 진즉에 털어 놓는 건데 그랬구나. 그랬다면 민규에게 부담도 안 주었을 거고. 사실 어른들 관계도 문제가 되니까 더 말하기 어려웠다. 네가 알면 더 혼란스러워질까 봐 그것도 두려웠고."

"이치로랑 친하게 지낸다고 걱정하시지만 사실 이치로

덕도 있어요. 이치로는 클라인펠터증후군이라고 받아들이기 힘든 유전병이거든요. 몇 번이나 죽으려고 했었대요. 지금은 그럭저럭 극복해 나가고 있지만요."

"간성이라는 말은 이미 들어 알고 있었다만 그 때문에 목숨을 버리려 했었다니? 그런 고통까지는 짐작도 못했구나."

펑미는 옥수에게는 눈길도 주지 않고 말을 이어갔다.

"그래서 로봇에 더 몰두하는지도 모르겠어요. 어쨌든 이번에는 꼭 죽을 것이다, 했을 때도 누군가의 도움으로 살아나곤 했대요. 몇 번이나 기적처럼 살게 된 후 지금은 감사하며 살게 되었구요. 그러면서 인간은 어떻게 태어나서 어떻게 살아가고 있든지 살아있다는 자체가 기적이라는 거예요. 생각해 보니 나는 기적 중의 기적이더라구요."

"젊은이가 대단하구나. 자기 극복을 하는 게 얼마나 어려운 일인데."

옥수는 펑미가 이치로와 어떻게 그렇게 가까이 지낼 수 있는지 이상했었다. 조금씩 안개가 걷히는 기분이었다.

"하지만 우리 마음을 잡아준 건 삼촌이에요. 엄마는 삼촌이 연구하는 게 뭔지 사실, 구체적으로 들여다본 적 없죠?"

"뇌과학이라고 하지 않았니?"

"삼촌은 인간이 물질이라고 생각하잖아요. 삼촌이 알고 싶어 하는 건 그 물질에서 어떻게 마음이 시작되느냐, 어디서 생겨나느냐 하는 거고요. 엄청난 도전이죠. 마음이라는 걸 평생의 업으로 구체화 시키는 일이 얼마나 어려운지 곁에서 보고 있으면 우리 삼촌 정말 대단하구나 싶어요."

"그야 나도 몇 번이나 들었다. 하지만 그건 신의 영역 아니겠니? 난 삼촌이 그 일에 저렇게 매달려 사는 거 정말 안타깝다. 저렇게 질긴 꿈의 숙주가 되면 죽을 때까지 고생이다."

"지금은 신의 영역일지 몰라도 인간의 영역으로 넘어올지도 모르죠. 삼촌 같은 학자들이 연구를 해서 결과를 얻는다면요. 만약 삼촌이 빈손으로 끝난다면 난 그 꿈 이어갈 거예요. 물질에서 마음이 태어나는 길을 얻는다면 그야말로 엄청난 일 아니에요? 그 이후의 미래는 생각만 해도 가슴이 뛰죠. 뭐 어쨌든 이런 일을 하면서 살라고 남다른 태에서 태어나게 한 것 아닐까 싶은 생각도 들어요."

"흠, 삼촌이 정말 아버지가 된 거구나."

"인간을 포함해서 모든 존재가 결국은 물질이지만 마음이 있느냐 없느냐의 차이라고 하는 말에 정신이 번쩍 들었어요. 마음이 죽었거나 없으면 그냥 물질일 뿐인 거라고요."

"나는 그 옛날 청산골의 박청준 할아버지가 그 말을 들으면 뭐라고 하실까? 하는 생각을 가끔 한다. 아마 마음을 불성佛性이라고 바꿔 쓰지 않을까 싶기도 하고."

"하긴, 할머니들은 마음이라는 게 찾는 게 중요한 게 아니라 잘 쓰면서 사는 게 중요한 거 아니냐고 하시더라구요. 비슷한 생각일 거 같아요. 뭐 삼촌이 다 팽개치고 연구에 매달려 사는 게 못마땅하다는 소리겠지만요."

"할머니들에게 말씀을 드려야 하는데 아직 이러고 있다. 이제 네가 알았으니 할머니들도 아셔야겠지. 그래도 너만 이해해 준다면 다른 주변 사람들에게는 가능하면 밝히고 싶지 않다. 전권우 박사님도 사실은 말 하면 안 되는 걸 말 한 거고. 죽음 앞에서 마음이 약해졌겠지만 의사로서는 하면 안 되는 일을 한 거잖니. 삼촌이 아빠라고 말 못한 건 그래서였을 거다. 나하고는 또 입장이 다르잖니."

"캐서린 때문에도 더 그런 거죠? 하지만 캐서린과 삼촌 관계는 별 거 아니에요. 어쨌든 엄마가 원하지 않는다면 나도 밝히고 싶지 않아요. 앞으로도 그냥 삼촌이라고 부를래요."

"이해해 줘서 고맙다. 그리고 정말 미안하다."

그러면서도 결혼식 때는 안석준의 손을 잡고 들어가고 싶다고 말했다.

"어쨌든 사회적, 법적인 아빠고 내가 태어난 둥지잖아요."

강식을 그렇게 좋아하면서도 안석준을 또 다른 아빠로 대접하고 싶어 했다. 호적도 그대로 두었으면 좋겠다고 했다. 호적을 그대로 두자고? 의외구나 싶고 일면 섭섭한 마음도 들었다. 말도 안 되는 억지를 부린다고 생각했던 시어머니가 떠올랐다. 어쩌면 그것이 정말 안석준이 말하던 과학이 모르는 길이었을지도 몰랐다. 시어머니는 잘 생각해 봐라, 평미가 누구 자식인지. 그렇게 말했었다. 당시는 너는 몸만 빌려 준 거 아니냐, 라는 말에 피가 거꾸로 솟았다. 쳐다보기도 싫었다. 그러나 그들의 갈망이 없었다면 평미의 탄생은 없었을 거였다.

"그런데 엄마는 나를 보면서 강식이 삼촌이 아빠일지도 모른다는 생각은 눈곱만큼도 해본 적 없어요? 어딘가 닮았다고 느껴본 적도 없었어요?"

옥수는 평미의 물음에 당황했다. 아, 어쩌면 그렇게 둔했을까, 힘든 일이 있을 때마다 반쪽 피에 대해 그렇게 의심을 했으면서. 생각도 못한 일이어서 그랬을까? 정말 한 번도 강식과 연결지어본 적 없었다.

"네가 보조개만 빼면 붕어빵처럼 나를 닮았잖니? 그래서 그랬는지 내가 둔한 건지 모르겠다. 강식이 삼촌과 연결지어본 적이 꼭 한 번 있기는 있었다. 물론 어떤 의미를 둔 건 아니었고… 네가 아직 학교에 들어가기 전이었던가 싶구나. 봉오리가 터지며 꽃이 확 피어나는 순간을 보겠다고 화분 앞에 한참 앉아 있었던 적이 있었다. 강식이 삼촌으로부터 마음이 어디서 시작되는가를 확인하고 싶다는 말을 들었던 때가 떠올라 줄곧 너를 지켜봤었지. 꼭 그때 그 기분이었거든."

"아, 그때 그 일 나도 생각나요. 바로 눈앞에서 보고 있었는데도 그 바뀌는 순간을 포착하지 못해서 안타깝고 억울했어요."

한 매듭이 지어졌다고 생각했는데 평미의 눈에 또 다른 눈물이 고였다.

"아, 창피하게 왜 자꾸 눈물이 나지? 이건 순전히 분위기 때문일 거예요. 실은 영국에 있을 때 아기를 가졌었어요. 난 아기를 원치 않았어요. 아기가 태어나면 내 인생에 방해만 될 거 같았거든요. 그래서 나 혼자 결정하고 지웠는데 지금 생각하면 너무 미안해요."

"생명보다 귀한 게 어디 있다고 그런 짓을 했어?"

이제와 탓을 해본들 아무 소용없는 일이었다. 그래서 아기가 생기지 않는 걸까?

이민규는 아이가 없는 것을 조금도 문제 삼지 않았다.

"아기가 없으면 어떻습니까? 있으면 있는 대로 좋고 없으면 없는 거지요. 앞으로는 사람도 만드는 세상이 올 것이고 그렇게 되면 부모자식 관계도 지금처럼 끈끈하지는 않을 것입니다. 그야말로 하느님 자식으로만 사는 세상이 올

테지요."

"정말 그런 세상이 현실이 될까?"

평미를 배려하는 거겠지? 말은 저렇게 해도 속마음은 그게 아니지 싶어 부러 눈을 크게 뜨며 물었다.

"시간문제 아닐까요? 1978년 영국 올드햄 병원에서 최초의 시험관 아기가 태어난 후부터, 그때부터 인간은 점점 신의 영역으로 나아가기 시작한 것이라고 봐야지요. 이미 배양 접시 안에서 수정시키는 시험관 배우자형성 기술까지 이루어지고 있으니까요. 사람뿐인가요? 이제 곧 어느 한 종의 좋은 유전자와 다른 종의 좋은 유전자를 선택해서 종의 경계를 허무는 날도 올 것입니다."

이민규는 이미 그런 세계가 눈앞에 와 있다고 믿는 듯 보였다. 겉과 속이 다른 말을 하고 있는 게 아니었다.

"사자랑 사람이 유전자를 뽑아내가지고 합해진다? 아이구, 그야말로 사람이 물질이 되어 버리는 거네."

"물질이 아니라고 아무리 부정해도 인간이란 하느님이 채워준 생명을 다 쓰고 나면 스러져 형태를 바꾸는 물질계의 일부분이지요. 누구나 다."

이민규가 손에 든 볼펜을 까딱거리며 말했다. 마치 사람의 생명이 볼펜 속에 든 잉크와 같다고 말하고 싶은 듯 보였다.

"그러면 자네 말은 물질이라는 게 하느님 뜻대론 거다, 그런 소리야? 어째 앞뒤가 안 맞는 소리 같은데?"

"과학이라는 건 결국 하느님이 만들어 놓은 비밀들을 찾아내는 것일지도 모릅니다. 과학이 사람을 만드는 경지까지 간다면 우리가 그동안 지켜왔던 인륜이나 사고방식 중 상당 부분이 의미를 잃게 되겠지요."

겉보기에는 평범한 젊은이지만 영 다른 세상을 살고 있지 않은가. 어쩌면 이치로와 평미, 이민규 같은 젊은이들이 신화시대처럼 자연물과 인간이 함께 사는 세상을 여는 거 아닐까? 강식이 만일 마음이 시작되는 곳을 찾아낸다면, 그 비밀을 알아낸다면 생명과는 전혀 상관없어 보이는 물질들도 생명체로 바꿔놓는 거 아닐까? 저들은 그 미래와 이어져 있는, 뭔가 닿아 있는 존재인 건가? 옥수는 별 생각이 다 들었다.

최양명

몸은 무게를 버리고 새털처럼 가벼워졌다. 곳곳에 회색 벽돌이 박혀 있는 붉은 벽이 보였다. 대학병원 건물이 틀림없다. 스치는 약냄새도 몸에 익었다. 건물로 들어서기 직전의 굽은 통로를 빠져나가는 중이었다. 하늘이 휘이잉, 한쪽으로 기울었다. 붉은 벽이 쏠릴 때마다 서금지의 얼굴이 나타났다. 암수술 후 눈에 띄게 말라버린 옥수도 보였다.

"야, 거 좀 잘 들어, 오른쪽으로 기울었잖아."

누군가가 소리치는 바람에 하늘이 움찔했다. 두 사람은 순식간에 허공 안쪽으로 사라져버렸다. 가지 마, 손을 뻗어보았지만 차갑고 딱딱한 모서리가 잡혔다.

서금지에게 짐이었던 시간이 길었다. 진주댁과 함께 살던 시절이 서금지에게 가장 무거운 짐이었을 거였다. 자식들과도 돌이킬 수 없는 사이가 되어버렸다. 주변 사람들 모두가 십 년이나 가정을 팽개친 몹쓸 인간이라고 도끼눈을 떴지만 뭔가 억울했다. 아무리 생각해도 서금지가 마음을 준 건 박청준인 것만 같았다. 박청준은 최양명에게도 특별한 인물이었다. 같은 남자의 눈으로 봐도 사람을 끄는 묘한 매력이 있었다. 함께 있으면 세상이 넓어지는 것 같고 존재감이 높아졌다. 청산골에만 가면 자신도 모르게 박청준을 찾았고 그에게 끌려 다녔다. 그렇게 시간이 흘렀어도 그는 여전히 마음 밑바닥을 차지하고 있었다.

서금지가 자란 청산골은 산 좋고 물 좋은 곳으로 꼽혔다. 최양명에게는 외가가 있는 마을이었다. 가난한 집들이 대부분이었지만 인심 좋은 마을이었다. 앞쪽으로 펼쳐진 평야가 시원했고 밭작물이 풍성했다. 밤이며 감나무가 특히 많았다. 꿀 따는 집도 몇 있었고 곶감을 물고 다니는 아이들의 모습이 흔했다.

박청준은 그 마을에서 유일하게 신식 교육을 받은 사람이었다. 그리고 유일하게 나라 걱정까지 하며 사는 사람이었다. 그 집안의 내력이기도 하였다. 박청준과 함께 서면 왠지 모르게 주눅이 들었다. 그가 보고 있는 물리책들은 최양명이 보기에 흰 건 종이고 검은 건 글씨일 뿐이었다. 최양명도 누구한테 빠지는 머리는 아니었다. 하지만 박청준이 보고 있는 물리책은 보기만 해도 어지러웠다.

서금지의 아버지가 최양명을 눈여겨 본 것은 뜻밖이었다. 최양명을 든든히 여겨 혼인 말도 먼저 꺼냈다. 서금지의 어머니가 부산 옆 동네 사람인 것이 한몫했지 싶기도 하고 박청준과 얽이는 것을 꺼리는 것 같기도 했다.

　서금지의 아버지는 일꾼을 부려 한지를 만들고 농사를 지으면서 동네 어른으로 군림했다. 아쉬울 것 없는 살림이었다. 다른 일은 하지 않아도 한지 만드는 일에는 직접 팔 걷고 뛰어들었다. 집안사람 서삼주에게 한지 만드는 일을 넘겨주고 난 후에도 중요한 일은 직접 했다.

　닥나무를 베어오면 뒷마당에 풀어놓게 하고는 이리저리 다니면서 살피고 못쓰겠다 싶은 것들은 골라내었다. 굵은 것이 섞이면 불호령이 떨어졌다. 좋은 종이는 가는 닥나무로 만들어야 한다는 것이었다. 최양명이 장인어른에게서 엄한 얼굴을 처음 본 것은 그때였다. 평상시와 전혀 다른 사람이었다.

　후일 진주댁과 혼인할 요량으로 이혼을 요구했다가 죽는 한이 있어도 그런 일은 못한다고 돌아앉는 서금지의 얼굴에서 그 표정을 또 한 번 보았다. 내 자식을 남의 민적에 올리는 일은 절대 있을 수 없다고 잘라 말하는 서금지의 얼굴은 장인의 그때 그 얼굴처럼 단호했다.

　닥나무 껍질을 벗겨 고해를 할 때도 일꾼들의 방망이에

힘이 빠지면 불호령이 떨어졌다. 그럴 때면 박청준이 불려왔다. 박청준은 방망이의 힘이 고르고 리듬감이 있었다. 어려서부터 보아온 일인지라 장인의 입맛에 꼭 맞게 거들 줄 알았다. 그리고 한지에 각별한 애정이 있었다. 돌아갈 때는 꼭 한지를 몇 장씩 들고 돌아갔다. 한지를 쓰다듬으며 종이는 평등의 기초라느니, 양피지보다야 인쇄가 수월하다느니, 엉뚱한 말도 했다. 몸 쓰는 일 없는 서생이었음에도 한지 만드는 일만큼은 어느 일꾼보다 열심이었다. 그리고 행복해 보였다. 닥나무 껍질이 속나무보다 2~3cm쯤 올라가면 장인은 이제 껍질을 벗기라고 했는데 장인처럼 보기 좋게 좍좍 벗겨 내는 이도 박청준뿐이었다.

최양명은 흉내라도 내 볼 요량으로 거들다가 자신이 껍질 쪽인지 속나무 쪽인지 저울질해보곤 했다. 백 번의 손길이 정성을 쏟는다 하여 백지라 불리는 종이는 보기 좋은 속나무가 아니라 너덜너덜해 보이는 껍질에서 태어나는 것이었다. 좋은 종이로 태어날 껍질이 쌓여갈 때 박청준이 그 곁에 서서 으쓱하고 있는 것 같아 슬며시 시기심이 올라오곤 했다.

그럼에도 박청준을 미워할 수 없었다. 그에게는 뭔가 사람을 끄는 힘 같은 것이 있었다. 기대도 될 것 같은 듬직함이 있었다.

어려서는 명절에 외가에 가는 것이 부담스러웠다. 청산골은 산 좋고 물 좋은 곳이었지만 부산 도심에서 자란 최양명에게는 할일 없는 따분한 곳이었다. 박청준 말고는 또래가 없었다. 박청준도 갈 때마다 반갑게 맞아 주었다.

"절에 가보지 않을래? 스님들의 경 읽는 소리가 듣기 좋아. 넌 다른 사람보다 음감이 빼어나잖아. 한 맛 더 느낄 수 있을 거야."

그를 따라 보리암에도 여러 번 갔다. 그는 불심이 깊었다.

"경 읽는 소리가 정말 듣기 좋네."

"그렇지? 숫타니파타라고 들어봤지? 효경 스님이 특히 좋아하셔. 초기 불교 경전은 문자의 기록 없이 입에서 입으로 전해졌대. 부처님의 음성 속에 담겨져 있던 영적인 파장도 그대로 전해져 갔을 거 아니야? 경을 소리 내어 읽거나 외우는 동안 가슴의 언어가 되어 갔을 거야."

간간 작은 소리로 따라 하기도 했다. 경 읽는 소리에 취해 세상사를 잊은 것처럼 보였다. 그러면서 꼭 덧붙이는 말이 있었다. 아무리 그래도 구전이야 한계가 있으니 불경을 많은 사람들에게 널리 전하자면 문자화가 필수였을 거라는 거였다.

"우리 삼촌이 그 일에 특히 관심이 많았어. 뭐 우리 삼촌이 특별했던 건 아니야. 옛적부터 많은 스님들이 공을 들여

왔어. 벌써 몇 백 년 전에 금속활자로 인쇄까지 했다니까 말이야."

"스님들이 인쇄를? 스님들이 그런 일도 하나?"

"상구보리 하화중생! 수행 동기는 우선은 자기 자신의 구제에 있겠지만 스님이라면 중생들을 구제하는 길에 나서야지. 그러자면 방법을 내는 것도 중요한 일 아니겠어? 방법을 내다보니 세계 최초의 금속활자라는 기막힌 덤까지 얻은 거고."

"어찌 보마 니는 부처님 말씀 자체에 경의를 표한다기보다 널리 알리는 일에 더 중점을 두는 거 같은데?"

농담처럼 한 마디 던졌다.

"응, 맞는 말이야. 나는 많은 사람에게 전해 주는 일이 중요한 거 같아. 어떤 특별한 하나가 그 가치를 자신만 알고 가지고 있다면 그게 보물인가? 다른 아흔아홉에게 알리고 공유해야 빛이 되고 보물 값을 하는 거지. 거기서 평등이 시작 되는 거 아니겠어?"

말을 던지고 나서 혹 기분이 상하지 않았을까 싶었는데 박청준의 대답은 의외로 선선했다.

"내가 불교에 관심을 갖게 된 것도 실은 그 삼촌 덕이야. 자운 스님… 삼촌이 우리 집 재산을 여기저기 어려운 곳에 나눠주고 다니는 바람에 우리 집이 확 쪼그라들었다는 건 동네가 다 아는 일이잖아. 그런데 말이야 이상하게 들리겠지만 난 그런 삼촌이 아버지 못지않게 든든했어. 아버지랑 걷는 길은 달라도 결국 같은 길이라는 생각도 들었고."

"느그 집안은 아버지도 그렇고 삼촌도 그렇고 다 좀 뭐이 다르네. 뭐 우리 외할아버지도 느그 집안 사람들이 보기 드문 사람들이라카긴 카더라. 스님이 되신 분은 생불이 따로 없다 카고. 그 야기는 할아버지뿐만 아니라 다른 데서도 마이 들었다."

"밖으로야 좋은 분이었지만 우리 어머니한테는 집안 다 말아먹은 고약한 인사지. 어머니가 삼촌 때문에 화병으로 고생 많이 하셨어. 늘 창고를 덜어냈고 마지막 남은 문전옥답도 못 지켰으니까. 우리 어머닌 엄청 인색한 분이거든."

"그기야 보통 사람이라모 당연한 거 아이가? 내 주머니 걸 썩썩 내 주는 사람이 어데 있노? 바보도 아이고. 넘의 돈이 내 주머니로 들어오는 기 을매나 에려븐 긴데."

"내가 갖고 있는 것은 영원히 남의 것이요, 남에게 주어 버린 것은 영원히 내 것이다, 라는 부처님 말씀이 숫타니파타에 있지요."

성오 스님은 그렇게 말하며 얇은 웃음을 물었다.

"제 스승이신 현각 스님께서도 뜻을 함께 하셨기에 저도 자운 스님을 가까이에서 자주 뵈었습니다. 두 분이 부처님 말씀을 나누고 알려야 한다며 인쇄에 관심을 보이시던 기억이 생생합니다. 특히 직지심체요절이라는 책이 남의 나라로 나갔다는 소리에 무척 안타까워 하셨지요. 그래도 삼십여 벌을 찍었다니 한둘이 나갔다 하더라도 대부분은 아마 어느 절엔가 숨어 있을 거라 하셨고요. 저도 지금은 깊은 절에 갈 때마다 저도 모르게 직지를 찾곤 합니다."

효경 스님은 자운 스님에 대해 누구보다 각별했다. 그래서 박청준이 더 열심히 보리암을 찾는 거 아닌가 싶기도 했다.

"그런데 어떤 인간이 그 귀한 걸 넘한테 넘갔을꼬? 외국으로 나갔다카마 그건 말이 안 되는 긴데."

"아무나의 손에 들어가지는 않았을 거야. 설사 외국인이라 해도 역사적으로 가치가 있는 고서적들을 귀히 여기는 사람이었을 거야. 그 가치를 알아보는 이가 가지고 가서 귀히 쓰고 있을지도 모르지. 뭐 누구 손에 있느냐가 중요한 건 아니지 않을까?"

"맞습니다. 어디에 있든, 누구와 함께 있든 그것의 생명은 사라숲을 빛나게 하는 데 있지 않겠습니까?"

성오 스님도 박청준과 같은 생각이었다. 스님들과 함께 있을 때 보면 스님이 따로 없었다. 하지만 최양명은 박청준이 스님이 될 것 같지는 않았다. 당시 최양명의 마음에는 스님이 되어 살자면 인간을 읽어야 하고 자연을 읽어야 할 것이라는 생각이 깔려 있었다. 박청준은 뭔가 어긋났다. 비판적이고 시대를 읽는 눈이 날카로웠다. 그리고 그가 나달나달해지도록 보고 있는 물리책들 속에 그만 알고 있는 신비로운 길이 있어 꽤 깊이까지 걸어 들어가 본 것 같았다. 자신의 자리를 닦아 둔 그 길을 두고 다른 길을 걸을 것 같지 않았다.

그래, 스님이 될 사람은 아니지… 싶다가도 때때로 강렬한 열의 같은 것이 느껴졌다. 직접 그에게 확인해 보고 싶었다.

"혹시 스님이 되고 싶은 거 아이가?"

솔직한 답을 들을 수 있을까? 본인도 분명치 않은 거 아닐까? 싶었지만 그렇게 물었다.

"아니, 내 자리는 달리 있어. 출가는 아무나 하나? 난 그런 용기 없어. 그리고 인연이 닿아야 하지 않겠어? 난 내 삶의 자리에서 사라숲을 빛나게 하고 싶어."

그의 입에서 망설임 없이 대답이 튀어나왔다. 스스로도 많이 고민하고 있었다는 소리로 들렸다.

"옷을 입거나 입지 않거나 다를 거 없는 분이시지요. 어디서 어떤 길을 걷든 사라숲을 빛내실 분이고말고요. 저는 그리 믿고 있습니다."

듣고 있던 성오 스님이 말을 보탰다. 최양명의 귀에 쏙 들어오는 말은 아니었다.

박청준을 얼마나 알고 있었던 걸까? 하는 생각이 든 건 그가 사라지고 나서였다.

박청준이 서울 친구들과 어울려 무슨 연구에 몰두하고 있다는 말을 들은 것은 서금지와 혼인한 직후였다. 처음엔 선생 자리를 얻어 떠났다고 들었다. 방학이 되어도 집에 오지 않았다. 명절이나 집안 대소사에도 바람처럼 다녀갈 뿐이었다.

청산골에 가도 그를 만날 수 없었다. 가슴 속이 허전했다. 그럼에도 머지않아 나타나서 또 이런저런 이야기들을 늘어놓을 것이라고 막연히 믿었다.

한동안 못 볼지도 모르겠다는 예상과 달리 그가 청산골에 나타났다. 마침 최양명이 달포 전에 태어난 아기, 옥수를 보기 위해 청산골을 찾은 날이었다. 그는 어제 본 사람처럼 느긋했다. 늘 그랬듯이 암자에서 효경 스님과 이야기를 나누고 내려와 함께 저녁을 먹었다.

"인간이 만들어낸 것 중 가장 위대한 것이 무엇이라 생각해?"

밥을 먹다가 박청준이 물었다. 뜬금없는 질문이었다. 입에 든 밥을 씹지도 않고 물고 있는 채 답을 채근했다.

"글쎄, 딱히 한 마디로 하기는 그런 걸."

최양명은 어서 하고 싶은 말을 하라는 눈으로 기다렸다.

"난, 가위 바위 보, 라는 생각이야."

"가위, 바위, 보?"

손으로 가위, 바위, 보를 만들어 보이며 이런 거 말이야? 하고 되물었다. 박청준은 말없이 고개를 끄덕였다. 그리고 가위를 바위로 쳐부수는 것을 과장된 몸짓으로 보여 주었다. 그 바위는 다시 보가 감싸버리고 보는 다시 가위에 잘려나가는 과정을 천천히 각인하듯 반복해서 보여 주었다.

박청준은 가위 바위 보가 가장 공평하고 어떤 불만도 잠재울 수 있으며 억울한 사람을 만들지 않는다고 말했다. 누군가는 해야 하는 일 앞에서, 누군가는 먼저 가고 누군가는 뒤에 가야 하는 곳에서, 누군가는 비워야 하고 누군가는 채워야 하는 현실에서 마음을 다치지 않게 할 수 있는 기막힌 방법이 바로 이 간단한 가위 바위 보 아니겠느냐고 했다. 장난기로 여기기에는 진지했다. 나중에 생각하니 그동안 그가 아버지를 따를 생각을 하기 시작하였던가 싶었다.

틈을 봐서 왜 집을 두고 그렇게 떠도느냐고 물었다.

"그런데 말이야, 가위 바위 보로 절대 얻지 못하는 평등이 있으니 말이야. 사람의 마음이라는 건 참, 답이 없는 거 같지 않아?"

박청준의 대답은 생뚱맞기만 했다.

그날 밤, 김정구가 찾아와 가슴을 쥐어뜯으며 워워거리지 않았더라면 많은 것이 달랐을 거였다. 벙어리, 김정구는 민자영의 남편이었다. 술병을 들고 워워거리다 풀썩 쓰러진 김정구를 서삼주가 둘러메고 나갔다.

"정구가 술만 먹으면 처가로 내려와서 워워대네. 민자영이랑 싸웠나?"

"뭔가 답답하다는 거 아닐까?"

"자영이가 낳은 아들이 저를 안 닮았다고 저런다지 아마."

"그런데 여기는 왜 와서 주정이야?"

궁금한 눈들이 김정구랑 가까운 갑식이에게 쏠렸다.

"그게 박청준이 서금지를 좋아했다는 말을 금지 신랑에게 꼭 알리고 싶어서 저러는 거 같아. 저랑 같은 피해자라는 말을 하고 싶은 거 아닐까?"

한지 만드는 사람들이 쑥덕거리는 것을 듣지 않았다면 좋았을 것을. 박청준이 어려서부터 서금지를 특별히 여겼고 서금지네 집에서도 결혼까지 내다보는 눈치였다니? 얼핏 외가에서 들은 말이 있기는 했다. 서금지가 동네 미인이어서 인근 총각들이 모두 탐을 낸다는 말도 들었지만 웃어 넘겼다. 한 번도 심각하게 생각해 본 적 없었다. 하지만 한지

만드는 일꾼들의 쑥덕거림은 묘한 갈퀴를 가지고 있었다. 가슴을 뜯던 김정구의 술주정도 지워지지 않았다. 김정구는 박청준을 말하려는 듯 혀어어엉, 하고는 서금지의 방을 가리키며 가슴을 뜯었다. 자아아여엉 혀어어엉 하며 두 손바닥을 마주 가져다 붙이며 워윅거렸다. 누가 봐도 분명 박청준과 민자영을 맞붙이는 몸짓이었다. 손가락을 꺾으며 고개를 흔들었다. 아들, 강식이 더러운 태에서 태어났다고 말하고 싶은 것 같았다. 서금지는 왜? 혹시 박청준과 서금지 사이에 무슨 일이 있었고 그걸 알고 있다는 소리였나?

박청준과 이야기를 해보고 싶었지만 그는 새벽 같이 길을 떠나고 없었다. 그 후, 다시는 그를 보지 못했다. 그가 떠나고 나자 청산골이 청산골 같지 않았다. 해소되지 못한 앙금은 앙금대로 남았다.

옥수가 태어났을 무렵 서금지는 친정에 가 있었다. 부산 집엔 늘 친척들이 들끓었다. 서금지를 청산골에 보낸 것은 아버지였다. 남편도 없는 집에서 쌍둥이 아들 둘을 데리고 쩔쩔매는 며느리를 위한 배려였다. 최양명이 한창 장사에 맛을 들이던 시절이었다. 일 년에 몇 달씩 나가 있어야 하는 형편이었다.

옥수를 처음 보았을 때, 아무리 봐도 옥수가 자신을 닮은 것 같지 않았다.

"그 단에 니한테 딱 한 번 갔는데 그기 아가 되었단 말이가?"

아무리 다그쳐도 서금지는 딱 부러지게 대답하지 않았다. 그저 눈물을 그렁거리며 야속한 눈으로 바라볼 뿐이었다. 그럴 리가? 아닐 거야, 암, 그럴 리가 없지, 하며 마음을 다잡았다. 하지만 마음은 슬금슬금 다른 말을 하기 시작했다. 서금지에게 손찌검을 하게 된 건 그때부터였다.

옥수를 보면 뭔가 미심쩍고 의심스러웠다. 그렇게 당당하던 그가 풀이 죽은 모습으로 속죄라는 말을 입에 담으며 먼 산을 보던 것도 이상했다. 생각하면 할수록 더 이상했다.

*

"이 할아버지, 며칠 전에 퇴원했었잖아? 퇴원한 지 얼마 지났다고 다시 응급실행이야?"

"무슨 소리야? 처음 보는구만."

"아, 아닌가? 할아버지들은 다 비슷비슷해서 말이지."

누군가 머리 바로 위에서 카아악, 가래를 길게 끌어올려 뱉으며 말했다.

"이미 죽은 거 아니야? 하긴 이 나이가 되면 산 자와 죽은 자가 평등해진다는 말도 있지."

또 다른 목소리가 말했다.

"말본새 하고는… 너는 뭐 천 년 만 년 젊을 줄 아냐? 야, 너는 산복도로 105번지로 가 봐. 산모가 있대."

발소리들이 얽히고 몇 개의 문이 열렸다 닫혔다. 누군가 문을 열고 나간 후 닫지 않았다. 문은 긴 통로를 앞세우고 있었다. 통로는 누군가의 목구멍처럼 보였다. 목구멍 속을 걸어 다가오는 사람이 있었다. 제법 또렷했다. 흰 가운을 입고 있었다. 저승의 문지기라도 되는 걸까, 들고 나는 사람의 표를 검사하듯 흰 가운은 몇 가지 수치를 묻고 확인하였다. 최양명은 지나간 시간들이 마치 표 한 장을 쥐어주기 위한 긴 길인 것만 같았다. 걸어온 길이 달라 서금지와 같은 문으로 들어갈 수 없다면? 꼭 그럴 것만 같았다. 혼자 목구멍 같은 긴 길 앞에 남을 것만 같았다.

"아, 저기 17번방으로 옮겨."

흰 가운이 딱딱한 무엇인가를 탁 소리 나게 닫더니 발소리가 멀어졌다.

희미한 빛 무더기가 다가왔다. 빛 무더기 가운데에서 한 마을이 돋아났다. 평화로운 모습이었다.

서금지네 마당에 널어놓은 고추들이 붉고 투명한 빛으로 말라가고 있었다. 서금지의 친구처럼, 동생처럼 사는 민자영이 마당 한켠에서 배추를 다듬는 것이 보였다. 서금지는 두레박으로 물을 길어 올리고 있었다. 조금 옆으로 시선을 옮기니 박청준이 보이고 강보에 싸인 옥수가 옹알거렸다.

어느새 서금지와 민자영은 부산 자갈치 시장에서 생선을 고르고 있었다. 옥수도 제 발로 걸을 수 있을 만큼 자랐다.

자신은 어느 곳에나 있었다. 시간을 벗어날 수도 있었다. 그러나 가슴에 얹혀 있는 그 무엇으로부터 벗어날 수는 없었다. 가슴이 답답했다.

사람들은 어느 곳에서도, 심지어 눈이 마주쳐도 자신을 없는 존재로 여겼다. 내가 죽었나? 덜컥 겁이 났다.

어린 날 청산골 외갓집 감나무 위에 걸터앉아 있는 자신의 모습이 보였다. 외할머니가 감나무는 약하다고, 어서 내려오라고 타일렀다. 시간을 훌쩍 건너뛰어 영화 사업에 매달리던 젊은 시절의 모습도 보였다. 진주댁이 화장을 하는 모습이 손에 잡힐 듯 가까웠다. 진주댁이 내미는 모과차에서 여전히 김이 올라왔고 따뜻했다. 그때처럼 후후 불어가며 마셨다. 이상하게도 마셔도 입안에 향이 남지 않았다. 갈증도 사라지지 않았다.

물, 물…

서금지가 젖은 가제 수건으로 입술을 닦아주었다.

"물을 먹으마 안 된다요."

젖은 수건을 아까보다 촉촉하게 다시 적셔 입술에 대었다. 어쩌다 손가락이 입 안으로 들어왔다. 입술은 바짝 말라 있었다. 서금지의 손가락에서 풀냄새가 났다. 서금지는 해마다 한지로 문짝을 다시 발랐다. 한지 사이에 끼워 넣던 풀과 꽃잎에서 나던 냄새였다.

"아무래도 요양병원으로 모시는 게 낫지 싶어요. 거 가마 병원도 따로 갈 필요 없고 식구들도 한시름 놓는다 아이요? 이 몸으로 집에 가마 누가 우짤 끼요?"

종석이 요양병원 말을 꺼냈다.

"그래, 느그가 그리 바쁜데 느그 집으로 갈 수야 없재. 내도 이제 나가 많아가 혼자 우째볼 수도 없고."

귀가 자신의 존재를 지키고 있는 유일한 육신이라는 생각이 들었다. 최양명은 요양병원엔 절대 가고 싶지 않았다. 난 병원 싫다. 집으로 가자. 최양명은 있는 힘을 다해 소리를 내었지만 종석도 서금지도 듣지 못하는 모양이었다. 둘 다 창밖만 보고 있었다.

*

며칠 간병만으로도 서금지는 허리를 펴지 못했다. 죽는 소리만 할 뿐 어느 형제도 나서지 않았다. 살기 급급하지 않은 사람이 없었다. 병상을 지키는 서금지와 교대를 할 사람도 옥수뿐이었다. 아버지로부터 가장 많은 상처를 받은 사람이 누군지 아느냐고 소리치고 싶었지만 어쩔 수 없었다.

어린 시절, 최양명과 서금지가 나누는 이야기는 창호지를 뚫고 건너와 옥수를 흔들어 놓곤 했었다. 아버지는 문득문득 의심의 눈을 들었다.

"우짜겠노? 니가 이해를 해야지. 아바인데… 사람 마음이라카는 기 우찌 그리 요상시러븐지 의심이라 카는 거는 참말 몹쓸 것이더라. 시간이 흘러도 순해질 줄도 모리고 자꾸 커감서 사람을 괴롭히드라 아이가. 젊어서는 저런 사람이 아이었는데 운제부턴가 달라졌다."

민자영의 말이 그르지 않았다. 마음을 바치고 상처를 입은 사람들은 괴로움과 하나가 되어 세월을 이겨 냈지만 최양명은 망가지고 거칠어졌다. 망상에 시달렸다. 그 망상이 패악을 부리기 시작하면 옥수는 물러설 곳 없는 구석에서 잔뜩 몸을 웅크리고 견뎌야 했다.

그것까지는 그래도 이 악물고 견딜 수 있었다. 하지만 진숙을 그렇게 죽음으로 내몬 것은 절대 용서할 수 없었다. 옥수는 민자영과 강식을 볼 때마다 그 죄가 결국 자신의 짐이라는 사실에 진저리쳤다.

그런 아버지가 마지막 시간을 돌봐 달라니?

옥수 네가 집으로 모셔 돌봐주면 안 되겠냐? 그래도 아버지인데… 하는 눈빛을 던져오는 서금지가 부담스럽고 야속했다.

왜 아버지가 나를 그토록 미워하게 만들었느냐고, 왜 내 소중한 감정들을 꽁꽁 묶어서 가슴 밑바닥에 처박아 놓고 없는 것처럼 살게 했느냐고, 강식이 소중한 것들을 다 팽개치고 외골수가 된 건 결국 우리 때문 아니냐고, 무엇보다 진숙의 죽음에 어떻게 그리 깜깜할 수 있느냐고 붙잡고 눈물을 쏟아내고 싶다가도 서금지의 눈을 보면 고개가 꺾였다. 어느 바람이건 제일 먼저 맞은 건 서금지가 아니던가. 소처럼 크고 순한 눈에 모진 시간들이 고스란히 고여 있었다.

서금지가 아무리 그래도 평미가 아니었으면 절대로 최양명에게 문을 열어 주지 않았을 거였다.

"엄마, 아버지잖아요? 아버지가 있다는 게 얼마나 감사한 일인데요? 완벽한 부모가 어디 있을라구요?"

평미가 그렇게 묻는데 머리가 띵했다. 쇠망치가 따로 없었다. 평미에게 아버지는 혼란스러운 존재일 거였다. 평미의 눈에 물기가 보였다. 아, 자신은 아버지를 제대로 알려

주지도 못한 못난 어미였으면서 무슨 할 말이 있다고? 자식 앞에서 이 무슨 꼴인가 싶었다.

기억을 지워 줘

"머라꼬? 내 에려븐 말은 모리겠고 지금 할배를 죽지 않
게 하는 방도가 있다 그런 말이가?"

"그런 건 아니고요, 할머니, 할아버지가 살아계시는 동안
좀 도와 드릴 수 있다는 말씀이지요."

곧 죽을 것만 같던 최양명이었다. 강식의 간곡한 부탁이
있었다지만 김철영의 관심은 놀라웠다. 그야말로 지극정성
이었다. 한동안 치료를 받은 후 정신은 돌아온 듯 보였다.
하지만 잘 된 일이라는 생각이 들지 않았다. 몸은 이제 감
옥 아닌가. 몸을 쓸 수 없으니 살아도 산 게 아니었다. 누군
가가 꼭 붙어서 돌봐 주어야 하니 자신은 물론 주변 사람들
에게도 지옥이었다.

"그래, 할배를 우짠다는 기고?"

"먼저 머릿속에 브레인게이트라는 칩을 삽입할 것입니
다."

이민규는 벌써 몇 번째 같은 설명을 하고 있었다.

"그런데 그 브레인게이트라는 걸 머릿속에 넣으면 우리 아버지가 몸을 움직일 수 있는 거야?"

"완전히 자유롭지는 못하고요. 팔을 움직이고 의사소통을 조금 하실 수 있을 겁니다."

"참말이가? 그래마 된다 하마 그기 어데고?"

"칩을 컴퓨터에 연결하여 두뇌에서 발생한 신호가 컴퓨터를 거쳐 로봇 팔에 전달되도록 할 겁니다. 그렇게 되면 생각만으로 팔에 장착된 로봇 팔을 움직일 수 있으니 물건을 손으로 쥐고 입으로 가져가는 정도는 하실 수 있습니다."

"그래도 그 칩을 넣는다는 게 그리 쉬울까? 노인 머릿속을 이리저리 헤집어 놓는 거 아니야?"

옥수는 걱정이 앞섰다.

"두뇌 운동피질의 위치는 비교적 정확하게 알려져 있거든요. 오른팔의 움직임을 제어하는 곳을 찾아 센서를 부착하기만 하면 됩니다."

"시상이 변한다 변한다 해도 우찌 이리 엄청시리 변하노? 사람이 그런 일까지 할 수 있다니 어데 믿어지나?"

서금지는 한숨 반 놀라움 반이었다.

"조금 훈련을 하시면 눈동자를 움직여 문장을 컴퓨터에

띄울 수도 있습니다."

"나가 많아서 그건 안 에럽겠나?"

"모니터 커서가 움직이는 상상을 하면서 눈동자만 움직이면 되니까 어려울 거 없으시지요. 주변장치가 눈의 움직임을 해석하고 모니터에 문장을 띄워주는 거니까요. 선생님이 할아버지를 위해 신경을 많이 쓰신 걸로 알고 있습니다."

"나한테는 그런 말 없었는데?"

"할아버지가 부담스러워 하실지도 모른다고 당부를 하시더라구요."

"이자 다 늙어가 죽음을 앞에 둔 사람이 부담스럽기는 머이 부담스러울 끼고? 하기사, 가 맘이야 충분히 그랄 수 있을 끼다. 지난 일들이 어데 지나가고 마는 기드나? 할배 성질이 문덩이 같아가 가가 에러서 욕 마이 봤재."

서금지의 눈이 멀어졌다. 지난 시간을 따라가고 있는 듯싶었다.

김철영 박사가 이민규와 며칠 간 머리를 맞대더니 드디어 일정이 잡혔다. 강식이 맡긴 일이라고는 하지만 두 사람이 만사 제쳐놓고 애를 쓰는 것이 어쩌면 자신들의 연구 결과를 확인하기 위한 실험이기 때문 아닐까? 엉뚱한 의심이 올라왔다. 결국 몸의 일부를 로봇으로 바꿔 생명을 연장한다는 말 아닌가? 아버지는 지금 생을 마감한다 해도 호상이다. 실험 대상이 되어 고통만 더하는 거 아닐까? 옥수는 심란했다. 순간순간, 평미조차도 의심스러웠다.

— 아, 내가 왜 이런 생각을 하지? 잘 되기를 빌어야 할 판에…

고개를 흔들어도 오히려 복수를 하겠다는 은밀한 속이 강식에게 있을지도 모른다는 의심까지 머리를 디밀었다. 다른 식구들은 다 호기심 반 기대 반으로 지켜보고 있었다.

최양명의 목숨이 컴퓨터와 함께 다시 이어지는 것 같았다. 최양명이 약을 입으로 가져가고 물건을 들어 올리자 가족들은 모두 신기해하며 살을 꼬집었다. 눈앞의 현실을 보고도 못 믿었다. 큰 구경거리라도 생긴 것처럼 매일 들락거렸다. 평소에 호기심 많던 최양명이 아니던가? 최양명 스스로도 신기해하며 자신이 누리고 있는 새로운 목숨을 아끼는 것처럼 보였다.

"얼매나 지났다꼬?"

서금지가 한숨을 내쉬었다.

가족들이 갸웃했던 것과 달리 최양명은 눈동자를 움직여 화면에 짧은 문장들을 자주 띄웠다. 처음엔 물, 소변, 바깥으로, 등등의 요구사항을 쓰더니 이제 그냥 죽게 해 달라고 썼다.

"우짜노? 내는 저거 보고 싶지 않다."

서금지가 모니터의 글자들을 보지 않겠다며 돌아섰다. 하는 짓이 어찌 보면 심술 비슷하다는 거였다. 욕을 써놓기도 하고 강식과 똑같이 생긴 귀신이 다녀갔다는 말도 하고 나를 잔인하게 죽이려는 수작 아니냐는 말도 썼다. 혹 마취 상태에서 귀가 열려 강식이 한 연구 이야기며 칩을 제공했다는 이야기 등을 들은 거 아닐까? 옥수는 가슴이 뜨끔했다.

"할아버지가 이런 문장을 올렸어요. 보세요."

한동안 침묵하던 최양명이 다시 문장을 띄웠다. 최양명이 모니터에 띄우는 문장들을 본 이민규의 표정이 복잡했다.

"기억을 지워달라구?"

옥수는 기가 막혔다.

"물에 빠진 사람 건져노마 보따리 찾아내라 한다 안 카드나?"

서금지는 무시하라고 했지만 이민규는 뭔가 결심한 듯 최양명 앞에 가 섰다.

"할아버지, 나쁜 기억을 지우고 싶으세요?"

"가져가고 싶지 않아."

최양명이 또 문장을 띄웠다.

"그 마음 이해합니다. 저도 그렇게 해 드리고 싶어요. 어쩌면 할 수 있을 것입니다. 하지만 지금은 아니에요."

"도와 줘."

최양명도 진지했다.

"과학이 인공해마를 뇌에 삽입하는 수준까지 와 있으니 기억을 지우고 가짜 기억을 주입하고 하는 일들이 머지않아 이루어질 것입니다. 그러자면 아직 시간이 좀 더 필요합니다. 그러니까 할아버지는 기다리셔야 해요."

이민규는 최양명의 눈을 보며 천천히 입으로 몸으로 말했다. 이미 쥐를 이용한 실험에서 일부 성공을 거두었다는 말도 했다.

"아부지는 잘 좀 살지 이제 와서 그런 말을 하면 뭐 해요?"

옥수는 최양명이 미우면서도 답답하고 불쌍했다.

"할아버지, 인간이 별 거 아닙니다. 마음 편히 가지세요. 제가 유럽에서 처음 공부할 때 들은 이야기가 있는데 한 번 들어보시겠어요?"

최양명이 눈을 껌뻑이며 어서 말해보라고 재촉했다.

"아주 예의 바르고 성품이 좋은 사람이 어느 날 사고를 당해 머리를 크게 다쳤다네요. 그 후 사람이 달라졌다고 합니다. 십 년을 더 살다 죽었는데 예의 바르던 옛 사람은 어디 가고 화를 잘 내고 폭력적이기까지 했답니다."

"우야꼬."

서금지의 입에서 우야꼬 소리가 연신 튀어나왔다. 평미는 이미 들어 알고 있는 식상한 이야기라는 듯 표정 없는 얼굴로 발밑만 보았다.

"그가 죽고 나서 머릿속의 일부분이 사라지고 없는 걸 확인했다고 하더군요. 그러니까 변한 건 사람이 아니라 사고 때 잃은 뇌 속의 물질 일부분일 뿐이었다는 말이지요. 그러니 그 사람을 두고 누가 죄를 묻고 욕을 할 수 있었겠습니까? 할아버지가 지우고 싶다는 기억들도 어쩌면 온전히 할아버지가 책임지셔야 할 것은 아닐지도 모릅니다."

이민규의 안타까운 눈은 진심으로 최양명을 위로하려 애쓰고 있었다. 사람이 단순히 물질이라면 저런 눈은 도저히 나올 수 없을 거였다.

이민규는 앞으로는 위대한 사람의 두뇌 속 기억을 스캔해서 다운로드 받으면 누구나 순식간에 원하는 분야의 대가가 될 수도 있을 것이라는 둥, 그렇게 되면 할아버지도 새로운 사람이 될 수 있다는 둥의 말을 덧붙였지만 최양명은 기울여 듣는 기색이 아니었다.

"내 친구 강태하도 그 비슷한 말을 했었지. 하지만 '나'는 '나'야."

"예 할아버지, 많은 사람들이 아무리 대단한 것을 가져온다 해도 '나'는 '나'로 남을 것이라고 말을 합니다. 하지만 제 생각에는 십중팔구 그도 무너질 것입니다."

이민규는 최양명이 무슨 말을 하든 진지하게 생각을 나누려고 애를 썼다.

"지금 무신 소리를 하노? 자기가 잘못 살았으마 부처님 앞에 용서를 빌어야 할 거 아이가? 그기 어데 머릿속 멫멫 쪼가리가 한 일일 기고? 그라고 살리 줄라꼬 애쓰는 사람한테 나쁜 기억이나 지와 달라캐서 되나? 그리 애려븐 공부를 해가 그런 기나 지와 주고 하란 말이가?"

서금지가 옆에서 보다 못해 면박을 주었다.

"기억을 지워달라고요? 아버지?"

현석이 무표정한 얼굴로 물었지만 그 속에 든 원망을 최양명은 알아들었다. 딱히 최양명의 대답을 듣겠다는 말이 아니라는 것도 알았다.

— 따뜻한 가정이 없었다. 책이 없었고 교복이 없었고 도시락도 없었다. 아버지에게 신세를 지고 살았다던 친척들은 아버지 앞에서 굽실거려야 했던 기억을 보상받고 싶어 했다. 도움을 청하러 가면 너희 아버지의 성질이 얼마나 못되었던지, 에서 시작해서 첩년과 함께 온갖 호사를 다 부리

더니 제 자식들 건사도 못하고 쯧쯧, 혀를 차며 돌려세웠다. 아버지가 미운 건 미운 거고 친척들의 냉대는 괘씸하고 자존심 상하는 것이었다.

— 굽실거릴 때는 언제고? 빨아 먹을 거 다 빨아먹고는 이제 와서? 다시는 상종을 하나 봐라.

옹이가 생겼다.

"아버지, 기억을 지우고 싶은 건 우리들이에요. 아버지 때문에 우린 어린 날, 상처투성이였다구요."

"우리가 이만큼 성장할 수 있었던 건 순전히 어머니 덕분이었어요. 아버지는 처자식에게 할 말 없는 사람이라구요."

현석의 말끝에 목멘 소리를 얹는 것은 종석이었다. 종석이 일깨우는 것은 단지 어머니의 공과 덕만이 아니었다. 어머니를 생각해서 힘을 내었고 어머니를 위해서 이를 악물고 현실을 이겨냈다는 고백은 뒤집어 말하면 최양명에 대한 원망이고 적개심이었다.

"그래, 그래서 지금 마음이 이래 아프다."

최양명은 인내와 온화함으로 보석이 된 서금지를 보는 일도, 어미를 향한 자식들의 절대적인 사랑을 바라보는 일도 결코 편치 않았다. 어쩌면 시기해 왔었다는 것이 맞는 말일지도 몰랐다. 아내에게 속죄하고 보상하고 싶다가도 자식들과 함께 있는 서금지를 보면 화가 치밀었다.

그때도 그렇게까지 하고 싶지는 않았다. 서금지가 겨우 몸속의 물혹 제거 수술을 했을 뿐인데 자식들은 무슨 큰 병이나 난 것처럼 수선을 떨지 않았던가. 자식들은 하나 같이 병원비를 서금지에게 주고 갔다. 그것도 자신이 보지 않을 때. 그것이 최양명을 얼마나 외롭게 만드는지 아는 자식은 하나도 없었다. 더 화가 나는 것은 서금지의 처사였다. 자식들이 주더라며 내놓았으면 좋았을 것을 그러기는커녕 침대 밑에 숨겼다. 그래놓고 도둑을 맞았다. 백만 원이 없어졌다고 병실에서 난리를 치는 서금지가 미웠다. 돈 아까운 건 뒷전이었다.

가장 후회되는 그 일도 그때 마음이 꼬여서 벌어진 일이었다.

"아니 수술하고 며칠이나 지났다고 아버님이 또 폭력을 쓰신단 말예요?"

"그러게, 정말⋯."

자식들은 어떤 경우에도 서금지를 싸고돌았다.

최양명은 아내가 수술 끝이라 몸이 안 좋다는 것도, 폭력이 나왔다가는 상황이 자신에게 아주 가혹하리라는 것도 잘 알고 있었으므로 억제하느라 애를 썼다. 그래서 집어든 것이 리모콘이었다. 리모콘 정도야 했는데 금세 서금지의 이마에서 피가 흘렀다. 피한다는 것이 오히려 정통으로 맞아버린 것이었다. 최양명은 당황했다. 얼른 달려가 피를 닦아주고 용서를 빌고 싶었다. 그러나 그러는 대신 담배만 피워 물었다.

다섯 바늘이나 꿰매고 돌아왔다.

"어머니 이번 기회에 저희 집으로 가세요. 저희가 모실게요."

달려온 자식들의 입에서 나오는 말들은 천사에게서 괴물을 떼어내지 않으면 안 된다는 말이었다.

서금지를 현석의 집으로 반 강제로 데리고 간 자식들 때문에 최양명은 또 부글부글 끓었다. 현석의 아파트 앞까지 차를 몰아 달려갔으나 현석을 볼 자신이 없었다.

겨우 누르고 있는 자식들의 적대감이 언제 어떻게 터질지도 두려웠다. 최양명은 결국 차를 돌려 부산으로 돌아왔다. 혼자만 아무렇게나 던져져 우주의 미아가 되어버린 느낌이었다. 지독한 외로움이었다.

최양명을 그런 식으로 남겨두고 왔으니 마음이 편할 리 없을 텐데도 서금지는 못이기는 척 눌러 앉아 있었다.

화가 머리끝까지 오른 최양명은 약봉지를 던져버리고 의사가 먹지 말라는 것들을 마구 먹어대었다. 당뇨병을 약으로 쓸 참이었다.

최양명이 구급차에 실려가 입원하기에 이르렀다는 소식

에 서금지는 어쩔 수 없이 부산으로 돌아왔다. 그렇게 별거는 보름 만에 끝이 났다. 분을 풀지 않고 지나갈 수는 없었다. 몇 번이나 집어던지고 깨고 분풀이를 했다. 서금지는 더는 자식들의 짐이 될 수 없다며 이를 악물었다.

"그때 그 기억을 지와 도."

최양명은 참회하는 마음으로 힘들게 썼건만 종석도 현석도 무슨 일을 말하는지 모르겠다는 표정이었다. 그러니까 그 많은 아버지의 만행 중 어느 하나를 콕 집어 지운다는 것은 당치도 않다는 뜻이기도 했다.

— 그래, 그때 그 일이 제일 마음 아픈 기억은 아닐 끼다….

눈을 감으면 기억들이 마구 달려들었다. 장인어른이 내던진 지팡이가 점점 커지며 다가오는가 싶더니 시장통에 물건을 부리고 돌아서는 일꾼들의 발길이 머릿속을 마구 짓밟았다. 어딘가로 떠나가는 박청준이 연신 뒤를 돌아보았다. 사람마다 가슴 깊은 곳에 불성佛性이 있다고 말하던 그때 그 모습 그대로였다. 박청준이 아직도 못 믿는 거야? 하며 가슴을 열어 보였다. 뭔가 반짝 빛이 났다. 주변이 환했다. 자세히 보고 싶었는데 효경 스님이 막아섰다.

— 나로 인정하고 싶지 않은 나 때문에 고통스러운 거군

요? 나와 내 것은 서로 대립하고 있지요. 내가 있기 때문에 내 것이 있고요. 만약 내가 없다면 내 것도 없습니다. 자기를 고집하기 때문에 나와 남을 구별하게 되지요. 이제 곧 나와 남의 구별이 없게 될 것입니다.

— 스님! 그 무슨 말씀입니까? 그러니까 나와 남의 구별이 없고 악업과 복락의 구별이 없는 공간으로 들어갈 것이란 소립니까? 그러면 곧 죽을 것이라는 말 아닙니까?

효경 스님인 줄 알았는데 성오 스님이 아닌가? 언제나처럼 얇은 웃음을 물고 돌아서는 건 성오 스님이었다.

깜짝깜짝 번개가 치는 것을 보았다. 번뜩이는 순간, 누군가의 손이 펴지고 손바닥을 보았는가 싶었는데 휘리릭 허공에서 보자기가 펄럭였다. 손은 작았지만 보는 결코 작지 않았다. 자신을 덮친 보는 칠흑 같은 어둠으로 숨구멍부터 막았다.

— 당신, 우리 세 식구를 종처럼 부렸지. 그러고도 살펴준 공을 입에 담아? 딸 같은 나한테 덤벼들다니, 당신은 짐승이야, 사람이 아니야.

진숙의 울먹한 소리가 귀를 막았다.

— 아버지, 왜 그런 짓을 했어요? 아버지는 첩까지 두고 있었잖아요? 그런 사람이 왜 내게 그런 꼴까지 보인 거냐구

요? 나야말로 그 끔찍한 기억을 지워버리고 싶다구요. 무엇보다 강식이 오빠 얼굴을 바로 볼 수가 없다구요.

옥수의 눈에서 불이 튀었다.

— 어른이 되고 나서 젤 먼저 한 생각이 뭔지 알아요? 바로 아버지를 아무도 모르게 조금씩 독으로 무너지게 하는 거였어요. 그렇게 조금씩 사라지게 만들고 나도 사라지고 싶었다구요.

울부짖던 옥수가 가슴을 틀어쥐고 구석으로 가 웅크렸다.

— 옥수야, 옥수야, 그래, 우째도 좋으이 제발 좀 지와 도.

옥수의 손을 잡고 싶었는데 구석엔 웅크린 주먹밖에 없었다.

누군가가 폭탄인 양 들어올렸다. 이제 곧 힘의 방향이 바뀔 것이라는 경고임을 알 수 있었다.

언제 폭탄이 터졌던가? 매캐한 냄새가 코를 찌르고 연기 속에 크고 작은 고리들이 떠다니고 있었다. 폭탄은 터지면서 고리를 남겼던가? 폭탄 속에 고리들이 들어 있었던가?

돌이켜보면 현실은 언제나 고리의 전체가 아니었다. 언제나 일부분이었다. 가위와 바위이거나 바위와 보이거나 보와 가위였다. 마치 인간의 증표처럼 보이는 고리들, 기쁨이나 행복감 같은 것보다 슬픔, 분노, 울화 같은 것들이 훨씬 많아 고리들은 상처투성이였다.

유난히 상처가 많은 고리가 눈에 띄었다. 바로 강식의 고리였다. 제일 공평한 가위 바위 보는 강식을 통해 만들어지고 있었던 것일까? 자신의 머릿속에 집어넣은 칩이 강식이 연구해 낸 결과물이라니. 강식이야말로 당신은 내게 가장 고약한 기억이에요, 나야 말로 당신과 함께 살았던 시간을 깡그리 지워버리고 싶은 사람이란 말입니다. 자신을 향해 그렇게 소리치고 싶을 것이었다.

얼마나 구박을 했던가? 온갖 궂은일을 다 시키고 온갖 화를 다 풀지 않았던가. 학비 좀 보태준 걸로 얼마나 위세를 떨었던가. 처음 보는 순간부터 못마땅했다. 박청준의 아들이라고 여겨서였을까? 요망스러운 태에서 태어났다고? 아니, 서금지가 너무 아껴서였을지도 모르겠다.

"여보게 이제 그만 치렁치렁 매달려 있는 그 고리들을 말끔히 끊어내게. 자네 지금 모습이 내 보기엔 꼭 괴물 같네. 무엇을 위해 그렇게 억지로 이어 둔단 말인가? 끊어내면 자유로울 걸. 그렇게 괴물 같은 꼴로 목숨을 얼마 더 연장해 본들 그 무슨 의미가 있겠나?"

누군가 자신의 몸에 이어진 컴퓨터의 늘어진 줄들을 툭툭 치며 말했다. 몸 움직임이며 덩치가 박청준을 닮았다. 아, 아니, 죽은 양태 형 같다. 아니, 바다로 나가 돌아오지 않은 강태하인가?

고리를 끊어내라고? 괴물 같다고? 어서 죽음의 나라로 들어오라는 재촉 아닌가?

  어느 날 강태하는 넓은 바다로 나가야겠다고 말했다. 사회며, 가족이며, 심지어 자신의 생각들까지도, 자신을 둘러싸고 있는 것들 모두가 감옥이라는 하소연이었다. 말을 꺼낸 후 얼마 되지 않아 참치 잡이 배를 타고 떠났다.

  편지가 오기를, 잠깐씩이지만 행복이 자신의 감각기관을 자극한다고 했다.

  "참치를 유인하기 위해 바다에 물을 뿌리지. 바다에 떨어진 물은 햇살을 받아 반짝반짝 빛나는데 그 아름다움과 신비감은 뭐라 말로 표현할 수 없다네. 마치 별을 뿌린 것 같은 착각이 들 정도라네. 그것을 먹이인 줄 알고 참치 떼가 몰려들지. 동료들은 기다렸다가 참치들을 잡아 올리는데 그들의 팔뚝, 굽혔다 펴는 허리가 내가 살아오면서 본 가장 활력이 넘치는 광경이라네. 동료들은 끌어올린 참치를 바닥에 내동댕이치며 환성을 올리지만 나는 참치가 올라오면서 별을 털어낼 때 그 황홀함에 나를 잊곤 한다네."

  "그분이 편지에 담은 행복이라는 것은 물과 햇살의 순간적 결합일 뿐이지요. 그것들이 고리를 이루며 눈앞을 스쳐가는 건 순간이지요. 우리 삶의 고통이나 기쁨도 마찬가지 아닐까요? 손으로 잡은 것들이 주는 쾌감이나 느낌들도 사실은 머릿속에서 잠깐 반짝이다 사라지는 현상에 불과할 것입니다."

누군가 아까처럼 모니터와 연결된 줄을 툭툭 건드리며 말했다. 이민규인 것도 같고 아닌 것도 같았다.

"하지만 이 최양명이라는 인간의 '나'는 그럼 뭐란 말인가?"

"죽음이 답을 쥐고 있지 않을까요? 흙이 될 존재들 속에 잠시 켜졌던 불꽃일 뿐일지도 모르지요."

"아니, 강, 강식이 아이가?"

"맞습니다. 강식입니다."

"니가 낼로 수술을 했드나?"

"예, 마취가 된 후에 제가 집도했습니다. 사심 없이 그저 의사로서 임했습니다. 사실 지난날을 되돌려드리고 싶은 마음 때문에 참담할 때가 한두 번이 아니었습니다. 맺힌 것이 많지요. 많은 것들을 가슴 속에 묻으며 살았으니까요. 그것들을 다 꺼내 터트리고 싶지요. 하지만 제 오랜 노력을 그런 식으로 오염시키고 싶지 않습니다. 그리고 지금은 아버님을 미워하지 않으려고 애쓰고 있습니다."

강식의 손등에 있는 상처가 눈에 확 들어왔다. 어느 날, 야단을 치고 나서 담뱃불을 눌러 껐던 자리 아니던가.

"지금 니 낼로 말라직일 작정이가? 움직이지 못하는 몸으로 괴로운 기억들을 떠올리며 몸부림치다 죽으라는 수작 아이가? 그라고 아버님이라니? 니가 내를 우찌 그래 부르노?"

"평미가 제 딸이니까요."

"뭐시라꼬? 평미가 우찌 니 자석이란 말이고? 내력을 우리가 다 아는데."

"분명한 사실입니다. 확인도 해봤습니다."

"그라모 옥수, 그기 그런 앙큼한 짓을 했더란 말이가?"

"아닙니다. 옥수도 몰랐습니다."

"그기 말이 되나? 지금 내를 놀리자는 기가?"

"그럴 리가 있겠습니까? 앞으로는 아이가 생기고 태어나는 일이 꼭 지금 같지는 않을 것입니다. 시험관 아기도 옛날이야기가 되어갈 것입니다. 평생을 따라다니며 괴롭히는 이런 감정들도 물론 달라질 것이고요. 아, 사람들이 오는가 봅니다. 저는 그럼 이만."

어둠이 물결처럼 일렁였다. 누군가 물을 뿌리면서 별을 뿌리고 있다는 행복감에 젖는 모습이 얼핏 나타났다 사라졌다. 복수를 하듯 자신의 머릿속을 헤집으며 쾌감에 빠진 강식의 얼굴 같기도 했다.

햇살에 반짝이는 물방울을 먹이인 줄 알고 달려드는 참치들 속에 자신의 얼굴이 보였다. 뱃전에서 내려다보고 있는 자식들의 모습이 물속에 어룽거렸다. 박청준의 얼굴과, 형의 얼굴이 섞여 물방울을 만들었다. 물밑에서 올라온 고리 하나가 점점 커졌다. 천천히 다가왔다. 곧 그 안으로 빨려 들어갈 것만 같았다.

*

"이게 왜 꼼짝을 안 하지? 할아버지가 아무 생각도 안 하시는 걸까요?"

"그걸 누가 알겠노? 아무래도 컴퓨터랑 이사논 기 문제가 생긴 거 같다는데 아까부터 여기저기 전화만 돌리댄다."

"금은 금?"

"똥은 똥?"

"왜 이런 말을 써놓으셨을까요?"

"생명은 생명, 죽음은 죽음 뭐 그런 생각을 하셨던 거 아닐까요? 그러니까 억지로 연장해 놓은 시간은 생명이 아니라는…."

최양명이 마지막으로 모니터에 띄운 글자들을 두 번 세 번 다시 읽으며 평미가 고개를 갸웃거렸다.

없는 팔의 통증

다들 최양명의 죽음은 호상이라고 말했다. 서금지는 이제 남편의 핍박에서 벗어나 효심 깊은 자식들의 효도를 받으며 여생을 보낼 것이라고 모두들 안도하는 기색이었다. 친척들과 자식들의 그런 분위기를 확인이라도 하듯 서금지는 최양명의 흔적을 싹 없애버렸다. 삼우제가 끝나기 무섭게 그의 체취가 남아 있는 물건들은 모두 태우거나 버렸다. 그런데… 뭔가 달랐다. 이상한 일이었다. 집 안에 있는 물건들이 숨을 쉬지 않았다. 한 발 내디딜 때마다 몸의 균형이 깨졌다. 잠을 청해도 쉬이 잠들 수 없었다.

"이 집이 무서버서 혼자 몬 있겠다."

처음 전화를 받은 건 큰며느리 순복이었다. 수선이 급한 옷이 세 벌이나 밀려 있었지만 순복은 만사 제쳐놓고 달려가 서금지와 하룻밤을 보냈다. 뒤늦게 옥수가 오고 범석과 현석이 들이닥치면서 집이 시끌시끌해지자 서금지는 평상

심을 되찾았다.

"아이고 엄마, 무섭기는 뭐가 무서바요? 당분간은 허전할 끼요. 그걸 몬 참고 자석들을 불러싸요? 무섭으마 고마 우리 집으로 오면 안 되요? 마, 십 분이면 된다 아이요."

종석이 퉁명스레 말했다.

"내 한 댓새 있다 갈게요. 혼자 있기 어려울 낀데, 하는 생각은 했지만 생각보다 심한갑네요."

현석은 어머니가 안쓰러워 얼떨결에 댓새나 머물겠다고 말해 놓고 뒤늦게 떠오르는 약속들 때문에 머릿속이 엉켰다.

옥수는 순복의 마음을 읽고 심란해졌다. 어머니를 누군가가 모셔가야 한다. 현석은 홀아비이니 어머니를 모시겠다고 말할 처지가 아니다. 그렇다고 옷 수선 집에 매여 사는 순복이 맏며느리라는 이유로 모셔갈 수도 없다. 지석은 막내인데다 언제 떠날까 들썩거리는 기러기 아빠가 아닌가? 옥수는 아들을 셋이나 두고 몸도 시원찮은 내가 왜 모셔야 하나 싶었지만 바늘은 자신을 가리키고 있었다. 요즘은 요리학원 강의도 일주일에 한 번으로 줄었고 요리책을 쓰는 일에만 집중하고 있었으므로 상대적으로 그 누구보다 시간도 많았다.

"느그, 낼로 얼른 치와뿔라카나?"

서금지가 고양이를 확 밀치며 고함을 치는 바람에 범석과 범수는 순간, 얼이 빠졌다. 몸도 균형을 잃어 얼떨결에 벽을 짚었다. 고양이는 쏜살같이 구석으로 달아나 숨었다.

"할머니 적적하실까 봐 가져온 건데."

옥수는 장을 잔뜩 봐오던 참이었다. 문을 열고 들어서다 종석의 아들, 범석과 범수가 어쩔 줄 몰라 하며 어정쩡하게 서 있는 걸 보고 깜짝 놀랐다. 평소에 그토록 아끼던 손자들이 아닌가? 옥수는 서금지의 눈이 못 박힌 곳을 보았다. 서랍장과 동백나무 화분 사이에 긴장하고 있는 눈빛, 삼색 고양이가 웅크리고 있었다. 이런, 옥수는 단박에 사태를 파악했다.

"애들아, 너희 고양이 얘기 못 들었니? 너희 집에서 제사 모시는 할아버지가 바로 고양이 때문에 돌아가셨다고 안 하던?"

옥수는 서금지도 살펴야 되고 조카들도 다독여야 했다.

"지는 그 이야기 다 믿지 않아요."

범석이 눈치를 보며 그래도 제 할 말을 했다.

"우야꼬, 내가 하도 놀래가 그만 고함이 먼저 나왔다. 느그 마이 놀랬재?"

서금지는 손자들을 다독일 요량으로 한숨을 섞어가며 옛이야기를 또 끄집어냈다.

"안 봤으이 믿기 에려븐 기다. 하지만 그기 우리가 다 보고 하는 말인데 아이라카모 우짜노? 직접 본 사람이 어데 한둘이드나?"

*

고양이에게 물린 최양태가 고양이처럼 되어 죽는 것을 보고 충격을 받은 건 옥수가 태어나고 일 년이 채 지나지 않아서였다.

시아주버니가 고양이에게 물렸다고 했을 때 누구도 심각하게 생각하지 않았다.

그 고양이는 도둑고양이였다. 여러 번 최양명을 따라 대문 앞까지 왔었다. 하지만 지나가는 차에 발목을 다치지 않았더라면 집에 들이지는 않았을 것이었다. 최양명은 다친 고양이를 그냥 두고 올 수는 없었다고 했다. 서금지가 질색을 하자 최양태가 제 방으로 안아 들였다. 아내가 친정에 가고 없었으므로 그의 방엔 고양이의 자리가 있었다. 최양태는 속이 깊고 성품이 유한데다 머리까지 좋아서 부모의 사랑을 가장 많이 받은 아들이었다.

서금지뿐 아니라 가족들 모두 고양이를 좋아하지 않았다. 최양명과 최양태도 치료만 해 주고 돌려보낼 생각인 것 같았다. 고양이에게 처음 따뜻한 손을 내민 사람은 시어머니였다. 고양이가 깔끔을 떠는 모습을 기특하게 여기더니 정을 붙이기 시작했다. 고양이가 재롱을 피우면서 최양태의 마음도 사로잡았다. 고양이의 상처는 하루가 다르게 좋아졌다. 서금지는 고양이의 눈빛이며 울음소리에 소름이 돋았다. 저걸 계속 키우면 어쩌나 싶었다.

차라리 그런 걱정을 계속할 수 있었으면 좋았을 것을, 싶은 날이 왔다. 어느 정도 상처가 아문 고양이는 바깥으로 도는 시간이 길어졌다. 식구들 사이에서 이제 그만 내보내야겠다는 말이 나왔다. 하지만 고양이는 이제 여기가 내 집이라고 철썩 같이 믿고 있었다.

"고양이를 어떻게 해야 집에서 내보낼 수 있을까?"

아무도 묘책을 찾지 못했다.

시어머니가 지나가는 말로 시아주버니가 고양이에게 물렸다고 했다. 약을 찾아 싸매라고 당부하며 밖으로 나갔다.

최양태가 고양이 흉내를 내기 시작했다. 그의 내면에 갇혀 있던 고양이가 튀어나오는 것 같았다. 저러다 말겠지 했던 가족들은 최양태의 점프를 보고 큰일이 났다는 것을 알았다. 고양이처럼 울고 고양이처럼 먹고 고양이처럼 세수하고 고양이처럼 뛰어올랐다. 장정이 천장까지 뛰어올랐다떨어지기를 반복하자 시어머니는 주저앉아 울었다. 누구도 말릴 수 없었다. 점점 심해졌다. 최양태의 내면에 갇혀 있던 수십, 수백 마리의 고양이들이 한꺼번에 뛰어오르는 것 같았다. 어디서 그런 힘이 나느냐고 동네 어른들이 혀를 차며 고개를 돌렸다. 이미 죽음을 받아 놓은 사람이라는 표정이었다.

최양태의 장례식 날, 기름집 노인이 늑대에게 물리면 늑대 흉내를 내다 죽는다더라고 했다. 몹쓸 병이 든 고양이에게 물렸으니 같은 신세가 된 거라고, 다른 사람 누군가도 또 그렇게 될지 모른다고도 했다. 남의 일이 아니라는 말이었다.

사람들은 병든 고양이나, 늑대, 심지어는 돈 등 다른 어떤 것에 물려 그 어떤 것이 되어 죽게 되는 존재를 상상하고 바로 자신이 그 존재일 수 있다는 생각에 진저리치며 우울해졌다.

최양명은 형이 죽은 것이 자신 때문이라고 자책했다. 잠이 두려워졌다. 꿈속에서 형의 비참한 모습이 최양명 자신의 모습으로 변하곤 하였으므로 진땀을 흘리다 깨어나곤 하였다. 깨어나고도 한동안 몸을 일으키지 못했다. 하루하루가 지옥이었다. 서금지는 최양명의 눈빛 속에 갇힐 때마다 그 지옥이 고스란히 자신에게 옮겨지고 있다고 느꼈다. 서금지는 그때 그 고양이들이 일부는 최양태와 함께 죽었지만 일부는 최양명 속으로 들어간 거 아닌가 싶었다. 최양명 속에 자신이 고양이인 줄도 모르고 잠들어 있던 고양이들이 밖에서 들어온 사나운 고양이를 보고 깨어나 사나운 고양이가 되어버린 거 아닌가 하는 생각도 들었다.

*

삼색 고양이가 마당 한 구석에 쭈그리고 앉아 있었다. 민자영이 오기 전에 범수가 덥석 안아가는 걸 봤는데 어떻게 된 일인가?

"고양이라는 게 자리를 찾아온다고 하더니 그새 자리에 정이 들었는갑네요."

민자영이 서금지의 낯빛을 살피며 고양이를 대문 밖으로 내보냈다.

"저것도 또 여가 우리 집이다 여기는 거 아이가?"

밤이 되어도 고양이는 대문 곁을 떠나지 않았다.

"하기사 자리에 정 붙여 사는 기 어데 고양이뿐이것나. 사람이라카는 기 마음이 가는 데로 가는 것 같지만도 몸뚱이 매인 자리에 정 붙여 살모 그기 고마 인생이 되는 기라."

서금지는 마음이 편치 않아 몇 번이나 대문 밖을 내다보았다. 쭈그리고 있는 고양이의 모습이 가여웠다. 자세히 보니 귀여운 데가 있었다. 생선 한 토막을 앞에 놓아 주었다. 먹는 모습이 보기 좋았다. 날카로운 발톱, 이빨은 보이지 않았다. 눈빛도 순했다.

현석이 오랜 친구 종수가 부친상을 당해 가봐야 한다며 나서다 고양이를 돌아봤다. 범수에게 단단히 일러 다시는 못 오게 하겠다며 고양이를 데리고 나갔다.

서금지는 고양이가 앉아있던 자리를 쓸며 중얼거렸다.

— 그냥 두라고 할 걸. 그때가 언젠데. 그 고양이랑 무슨 상관이 있다고? 이제 최양명도 떠나고 없는데. 최양명 안에 있던 고양이들이 튀어나올 리도 없는데… 다시 데려오라고 할까?

마음이 흔들렸다.

"엄마, 그걸로 됐어요. 그냥 잊어버려요."

말은 그렇게 했지만 옥수 역시 자꾸 대문 쪽으로 눈이 갔다.

"종수 아바이가 우찌 그래 급하게 갔을꼬? 자석들 서분 하구로. 내하고 복지회관에 같이 나가는 요 윗길 사는 할매도 메칠 전에 갔다. 그 할매는 돈을 누를 빌리 준다꼬 했다는데 누를 빌리 준 긴지 아무도 몰라가 자석들이 죽은 사람 치와 놓고 난리다 난리."

"그럼 그 빌리 간 사람이 말을 하기 전에는 몬 받는 기요?"

민자영이 걸레질을 하다 고개를 돌려 물었다.

"누한테 받을 기고?"

서금지는 혈압이 올라오는지 뒷목이 뻣뻣하다며 베개를 찾았다. 얼굴에 생기라곤 보이지 않았다. 아마도 두 사람의 죽음을 마음에 담고 잠이 드는 모양이었다. 그렇게 크게 마음 쓸 사람들이 아닌데도 자신에게 큰 바위라도 굴러 오는 것처럼 움츠리는 서금지를 보면서 옥수는 아버지의 죽음을 생각했다. 호상이라고? 누구에게 호상이란 말인가? 아버지의 빈자리가 저렇게 허한 것인 줄 그렇게도 몰랐다니. 옥수는 '단'의 기도문을 떠올렸다. 조금씩 끊어 음미하는데 눈물이 났다.

― 어느 사람이든지

그 자체로서 온전한 섬은 아닐지니,

모든 인간이란 대륙의 한 조각이며

또한 대양의 한 부분이어라.

만일에 흙덩어리가 바닷물에 씻겨 내려가게 될지면,

― 땅은 또 그만큼 작아질 것이며.

만일에 모랫벌이 그렇게 되더라도 마찬가지며

― 어느 누구의 죽음이라 할지라도

나를 감소시키나니…

단은 영국의 수사 시인이라고 들었다. 그렇게 먼 곳에 살던 사람이건만 마치 같은 뿌리를 둔 나무인 것처럼 지은이의 생각이 옥수의 입에서 새어 나왔다.

최양명의 죽음은 서금지의 절반이 죽었다는 것을 의미했다. 그리고 인정하고 싶지 않지만 옥수 자신의 일부가 죽었다는 것을 의미하기도 했다.

"니가 와 내 꿈에 들락거리노?"

잠깐 눈을 붙이고 깨어난 서금지가 종을 보며 중얼거렸다. 평미가 어제 사다 놓은 것이었다.

"꿈에 저 종이 뵈는데 똑 동굴 같다는 생각이 드는 기라. 시커먼 까마귀들이 날아 나오는데 무서버 죽겠더라."

민자영이 내민 냉수를 들이켜고 나서도 서금지는 여전히 꿈속에 있는 사람 같았다.

"그란데 무서븐 건 둘째고 그것들이 내가 지은 죄를 물고 고마 멀리 날아가 버렸으마 싶은 기라."

죄라니? 엄마가 왜 그런 생각을? 죄 많은 인생이라고 한을 했던 최양명과 달리 상대적으로 선한 인생을 살았다고 믿어왔던 서금지가 아니던가? 죄 운운하며 자신을 몰아붙이다니? 저 절절한 말들이 정말 엄마에게서 나오는 것이란 말인가.

― 아, 엄마. 그 어떤 높은 가치를 위해 살지는 못했어도

적어도 평생 자신만을 위해 살지 않았는데, 가족을 위해 헌신하고 부처님을 모셨는데 엄마가 왜 죄에서 자유롭지 못하단 말이에요?

꿈 이야기는 최양명의 마지막 순간들로 이어졌다. 혹 아버지에게 죄의식을? 그럴 리가? 옥수는 말도 안 되는 생각이라고 고개를 저었다.

"내가 남자로서 니한테 마지막으로 주는 돈이다, 카면서 이 돈을 주고 간 기라."

화분 옆에 두고 하루에도 몇 번씩 꺼내 보는 통장에는 삼백만 원이 들어 있었다.

"그 돈을 그리 쓰다듬아 싼는 거 보마 누가 뭐라 캐도 부부는 부부였던가 싶소. 허기사 사람 맘이라는 기 어데 딱 분질러 볼 수 있는 기요… 그리고 형부가 어디 첨부터 성질이 고약했소? 살다보이 그래 된 기지. 사업을 그리 크게 했으이 그 속이 을매나 복잡했겠소? 그런데 그거 혹시 큰아들 돈 씨고 남은 거 아이오?"

"아이다, 니는 돈만 보마 그 돈 타령이가?"

"샘이 나서 안 그래요."

민자영은 웃자고 해본 소리라며 웃는 듯 마는 듯 웃었다.

"쇠에서 녹이 생겨나 가 쇠를 묵는다 안 카드나. 영감 미버하며 살았으이 내도 죄를 마이 지었는가 시프다. 내사 그렇다 치더라도 아덜이 아바이를 미버하게 만들마 안 되는 긴데 내가 생각이 모지래가 고마 아덜이 아바이를 미버하면서 컸다."

"그거야 아부지가 다 지고 갔을 건데 뭘 그래요? 엄마도 참. 엄마가 아부지한테도 자식들한테도 최선을 다 한 거 모르는 사람 누가 있어요?"

서금지는 옥수의 말을 귀담아 듣는 기색이 아니었다. 이미 자신의 생각에 빠져 허우적거리고 있었다. 최양명이 그랬던 것처럼 지워버리고 싶은 기억들 때문에 고통스러워하고 있었다.

*

그동안 자식 입에 넣을 생각에 아끼느라 먹어보지 못한 음식들이 이제는 이가 시원찮아서 그림이 되어버렸다. 틀니도 뭐가 틀어졌는지 마땅치가 않았다. 틀니를 뽑으면 입 주변이 푹 꺼져 합죽해졌다. 갑자기 십 년은 늙어 보였다.

"아이구 영감 가고 나니 갑자기 확 늙어뿌네. 영감이 밉다캐싸도 영감 살았는 기 좋던갑다."

"영감 가고 나면 한 번 사는 것처럼 살아보겠구나 했더니 우찌 그리 변하노?"

갑자기 변해간다고 주변에서 한 마디씩 했다.

거울을 보기가 싫어졌다. 자신을 보는 일이 두려웠다. 거울 속에 있는 건 이미 남의 모습이었다. 하루하루 달라지고 자신과 멀어져 가고 있었다.

거울을 치우고 돌아앉으면 과거의 거울이 보였다. 그 거울 속에 나타나는 모습도 한심하기는 마찬가지였다. 매사에 자신이 없었다. 전전긍긍하면서 살아 온 지난날들이 흑백 영화처럼 꼬리를 물고 나타났다.

첩이 된 여자는 아주 세련되고 눈치가 빠른 여자였다. 그 진주댁이 처음 왔을 때 집안 식구들 모두가 호기심으로 기웃거렸다. 서금지와는 비교가 되지 않는 개명한 세상 사람이라고 수군거렸다. 여자는 최양명과 함께 피아노를 치기도 하고 최양명이 피아노를 치는 옆에서 악보를 넘겨주기도 했다. 서금지는 여자를 밀치고 그 자리에 서고 싶었다. 그 여자 대신 악보를 넘겨주고 싶었다. 그러나 자신은 읽을 줄 모르는 악보였다.

최양명은 부산 도심에서 많은 형제들과 부대끼며 자라난 사람이었다. 사람의 마음을 잘 읽었고 남의 가려운 데를 긁어줄 줄 알았다. 음악에도 남다른 감각이 있었다. 안석준은 부산에서 이렇게 고급 악기를 알아볼 수 있는 사람은 우리 장인어른 밖에 없을 거라며 추켜세우곤 했다. 약재상이던 아버지가 뒤를 밀어주어 배우고 싶은 것, 하고 싶은 것은 거의 원 없이 해보았다.

시장통에 있는 약재상은 세상을 향해 열려 있었다. 잡화상에는 많은 물건들이 들어오고 팔려나갔다. 뱃사람들도 많이 드나들었다. 보고 들을 것이 많았다. 성격이 적극적인 최양명은 자고나면 달라졌다.

운도 따라 주었다. 신발 사업은 제법 큰돈을 안겨 주었다. 사촌은 말할 것도 없고 먼 친척들까지도 울타리 안에 들였다. 서금지가 사업이나 친척들 관리에 일조를 했더라면 최양명은 더 크게 성공했을지도 몰랐다. 그렇지 못해서 돈이 알게 모르게 새나가고 두 번이나 불이 나서 막대한 손실을 입었는지도 몰랐다.

내리막은 급했다. 최양명이 애써 맺은 사업의 열매들은 눈 깜짝할 새 부서지거나 남의 손으로 굴러들어갔다. 하나에서 열까지 고약해졌다.

"내 인생이 여자 하나 잘못 만나가 이 모양이 되어버린 거 니 알기나 하나?"

최양명이 술잔을 집어던지며 억장이 무너지는 소리를 하였을 때는 기가 막혀 말이 안 나왔다.

"누가 할 소리를 하노?"

"바람 펴가 지 자석들 다 거렁뱅이로 키우고 가리늦가 들와가 술주정하고 걸핏하모 집안을 뒤집고 하면서 엄한 소리까정 한다."

시누이들이 편을 들어주었지만 아무 소용없는 일이었다.

알 수 없는 건 그때 그 말이 머릿속을 떠나지 않고 있다가 가끔 한 번씩 무섭게 웽웽거리는 것이었다.

"엄마, 왜 아부지한테 뭐 걸리는 거 있어요?"

옥수가 아무래도 엄마 마음을 뭔가가 누르고 있는 것 같다며 깊은 눈빛을 던져왔다.

"고모들 말마따나 내가 걸릴 기 뭐 있노?"

말은 그렇게 했지만 무언가 조금씩 커지고 있었다. 말도 안 되는 소리들로 한 번씩 쿡, 찌르며 괴롭히기 시작했다.

— 내가 한 발만 더 손을 잡아 주었더라면!

그날 최양명은 당뇨가 심해지고 어지럽다 하여 병원에 갔었다. 돌아오는 길에도 손을 잡아 주어야 했다. 산복도로에서 내려가는 것이 성당 쪽 큰길에서 올라오는 것보다 가까웠으므로 서금지는 산복도로에서 내렸다. 성당 쪽에서 올라오자면 골목을 몇 번 굽이돌아야 했다. 산복도로 길은 거리는 짧았지만 제법 가파른 골목을 지나야 했다. 조심스레 골목을 빠져나와 십자형으로 엇갈리는 곳에 내려서서 한숨 돌리는데 누군가가 성당 쪽으로 몸을 돌리는 것이 보였다.

순간, 지석이가? 싶었다. 뒷모습이 영락없는 막내아들, 지석이었다.

"누고? 지석이가?"

대답이 없었다. 잠시 멈칫 하는 듯 보였지만 잰걸음으로 멀어졌다.

누구지? 이상한 바람이 가슴을 훑고 지나갔다. 진주댁이 뒤늦게 찾아왔을 때도 비슷한 바람이 지나갔었다.

"십 년을 넘게 살아도 아가 없었는데 무신 아 얘기를 하노? 어떤 놈의 씨를 내한테 갖다 붙일라카는 긴지 모리겠다만도 어림없다."

그때 그 바람은 그렇게 지나갔었다. 뜨끔했지만 최양명이 뻔뻔할지언정 거짓을 말할 사람은 아니었기에 더 이상 언급하지 않았다. 그러나 혹시? 남자 쪽을 바라보았다. 텅 빈 골목이 무얼 찾느냐, 되묻고 있었다.

열쇠를 꺼내는데 손이 떨렸다. 열쇠가 툭 떨어졌다. 열쇠를 집어 들기 위해 최양명의 체중이 실린 손을 뿌리치고 앞으로 몸을 굽혔다. 잠시면 될 것이었다. 그 잠시에 최양명이 쓰러졌다. 돌에 머리를 부딪는 소리가 가슴을 꽝, 쳤다.

그 돌은 골목 입구 집에서 집을 지을 때도 어쩔 도리가 없어 손대지 못했던 것이었다. 일부는 담 안으로 들이고 일부는 골목 한쪽에 튀어나와 있는 골칫덩이였다. 그러나 아예 파내버리자는 의견은 묵살되었다. 돌의 뿌리는 여러 집에 물려 있었다. 동네 심지를 빼내면 땅의 기가 사라진다는 입소문이 전해져오고 있었기에 아무도 돌을 없애자는 주장을 길게 펴지 못하였다.

― 사람도 저마다 살아가기에 불편한 성질 하나쯤은 가지고 있기 마련 아닌가.

동네 사람들은 묵묵히 불편함을 견뎠다. 사람의 무릎 위까지 올라오는 큰 돌이었으므로 평상시에는 손을 짚으면 의지가 되기도 했으나 최양명은 쓰러지면서 머리를 찧었다. 그 후로 병원을 들락거렸다.

결국 그의 죽음은 나 때문에 앞당겨진 것이다… 이것이 그 덩어리의 속이었다.

손을 뿌리친 것이 어쩌면 단순한 순간이 아니었을지도 모를 일이었다. 마음속 깊은 곳에서 나온 행위일 수도 있었다. 박청준까지 어른거렸다. 생각해보면 그가 평생 마음속 깊이 들어앉아 있었던 것은 최양명 때문일지도 몰랐다. 금쪽같은 자식이 넷이나 되었다. 최양명이 그렇게 고약을 떨지만 않았어도 그저 까마득한 시절, 봄바람으로 사그라졌을 거였다.

최양명의 손에서 의탁하는 안간힘이 느껴졌었다. 무의식적으로 그것을 거부했던 것은 아닐까 하는 생각이 꿈자리까지 어지럽혔다. 그 돌은 최양명을 미워했던 시간들이 굳어지고 다져져서 된 큰 덩어리인 것만 같았다. 몇 집에 걸쳐 뿌리를 두고 있는 그 바위는 몇 사람의 가슴에 뿌리를 틀고 있는 그 옛날의 인연과 다르지 않았다. 최양명이 죽고 나서 돌은 서금지의 가슴을 누르기 시작했다. 어쩌면 제일 공평한 가위 바위 보는 강식도 아니고 옥수도 아니고 서금지 자신을 통해 만들어지고 있었던 것이었나 싶었다. 가슴을 누르는 돌의 무게에 숨이 막혔다.

"할머니, 손이 떨린 건 지석이 삼촌 닮은 그 남자 때문이었잖아요? 그 남자는 할아버지 때문에 나타난 거고요. 그런데 왜 할머니가 이렇게 괴로워해요?"

"글안타, 열쇠를 떨군 것도 내고 몸을 굽힐라꼬 손을 뿌리친 것도 내다. 이 몸뚱이 속에 내도 모르는 내가 있었던가 시프다."

"그러면 할머니만 너무 억울하잖아요."

평미는 할 수 있는 위로가 그것뿐인 듯 서금지의 다리를 꾹꾹 주물렀다.

"근데 할머니, 할머니가 본 건 어쩌면 잘려나간 팔 같은 거 아닐까요?"

"뚱딴지 같이 잘려나간 팔은 또 뭐꼬?"

"이건 미국에서 실제로 있었던 이야긴데요. 어떤 사람이 전쟁터에 나갔다가 팔이 잘렸대요. 그런데 천둥번개가 치거나 흉한 꿈을 꾸고 나면 꼭 그 없는 팔이 아프다고 호소를 하더라는 거예요."

"없는 팔이 우찌 아프노?"

"그러니까요. 그런데 그 사람은 분명 팔이 있는 것처럼 느끼고 통증을 호소했대요. 할머니가 본 그 지석이 삼촌 같은 젊은 남자도 없는 팔이 아픈 것과 같은 거 아닐까요?"

서금지가 고개를 끄덕였다.

"맞다, 듣고 보이 니 말이 딱 맞는 말이지 시프다. 내도 없어진 팔을 아프다꼬 느끼고 있었고마. 그래, 팔이 있던 그 자리, 그 상처가 아픈 기라. 내가 바로 그 군인하고 똑같고마."

서금지는 어정쩡한 웃음을 물었다. 진주댁도 최양명도 그들이 낳았을지 모를 의심스러운 생명체도 다 이미 없어진 팔이었다. 그런데도 넘어질 듯 말 듯 숨을 몰아쉬며 걷는 최양명이 느껴지고 상처투성이의 고리들이 가슴을 옥죄었다.

가슴을 누르고 눈을 감았다. 평미가 팔을 꾹꾹 눌렀다. 고개를 들어보니 주렁주렁 선을 연결해 진짜 최양명의 팔을 움직이고 물건을 들어 올리던 로봇 팔만 남고 최양명은 사라지고 없었다. 남은 건 기억뿐이었다.

청산골의 벽화

이치로와 이민규가 평미와 고개를 맞대고 쑥덕거리더니 로봇을 만들기 시작했다. 민자영의 마음을 바꿀 수 없다는 걸 알고는 서두르기로 한 것 같았다.

옥수는 청산골 초입의 박 할머니가 급히 집을 비워야 하게 생겼다는 소리를 듣고 처음엔 귀를 의심했다. 어떻게 그런 일이? 금이야 옥이야 키운 자식이 어찌?

"다리를 못 쓰는데다가 요새는 치매까지 들어서 꼴이 말이 아니다. 어찌 모른 척 하겠냐? 남의 일 같지 않다."

박 할머니는 옥수가 이혼한 후 민자영이 옥수네로 들어오면서 민자영의 집을 지켜 주고 세입자들을 살펴 주던 오랜 이웃이었다. 박 할머니의 처지는 민자영 자신의 모습을 들여다보게 만들었다. 그럭저럭 가라앉히고 살던 신세한탄이 터져 나왔다.

"할머니도 참, 설마 우리 삼촌을 거기다 대보는 건 아니죠? 삼촌은 잠자는 시간, 밥 먹는 시간도 잊고 일에 매달릴 때가 많아요. 효심이 부족해서가 아니에요. 삼촌 마음속엔 할머니뿐이에요."

평미가 강식을 두둔하고 나섰다. 강식은 엄마 나이가 몇 인데 남 병수발을 하느냐고 펄쩍뛰었다. 영상통화가 자꾸 들어왔다.

"나 어려울 때 도와주던 사람이다. 아니, 그런 소린 할 것도 없다. 사람이 어려운 친구를 어찌 외면한단 말이냐? 간호사한테 세 줬던 방 하나 빼서 잠시 손보면 된다."

민자영은 박 할머니를 팽개칠 수 없다고 버텼다. 남의 일 같지 않다는 말을 강식에게까지 했다. 너도 못지않은 불효자식 아니냐는 말이었다.

"도대체 마음이란 게 뭐냐? 또 그걸 찾겠다고 일생을 바칠 게 뭐냐? 나는 평생 마음이라는 건 아예 묻어두고 살았다. 마음이 어디서 시작되는지 찾아서 뭘 할 것이냐, 마음이라는 것이 쓰는 것이 중요하지 찾아내는 게 중요한 것이더냐?"

따져 묻기까지 했다. 처음 뱉는 서운함이었다.

몸이 멀리 있어 더 답답한 강식은 하는 수 없이 이민규와 김철영 박사에게 거듭 부탁했다. 두 노인을 친어머니처럼 챙겨달라고. 강식의 부탁은 이민규에게는 명령이기도 했다. 그렇다 쳐도 이민규의 열의는 그 이상이었다.

"무슬림 친구한테 들은 말인데요, 무슬림은 이웃사랑, 형제애로 완성된다고 하더라구요."

은근히 민자영이 박 할머니를 챙기는 걸 대단하다 여기는 기색이었다. 이민규와 평미는 집을 구석구석 손보고 도배도 새로 했다.

"갚을 길 없는 신세를 지는구랴."

박 할머니는 미안해서 쩔쩔매었다. 미국 어딘가에 살고 있을 아들이 야속했지만 원망을 하기에는 마음이 너무 아렸다. 아, 그 먼 나라에서 얼마나 어려움을 겪고 있는 걸까? 오죽하면 에미가 다리를 못 쓰게 되었다는데도 에미 집을 담보로 빚을 내 썼을까? 오히려 아들 내외를 걱정했다.

— 늙은 어마이 사는 집을 넘한테 넘구고 아무 소식도 없는 자석도 자석이오?

목구멍까지 올라오는 소리를 서금지도 민자영도 내뱉지 못했다. 끄응, 소리와 함께 돌아앉을 뿐이었다. 박 할머니에게는 여전히 금지옥엽이었으므로.

서금지는 서금지 대로 최양명이 떠난 후 힘들어 하고 있었다. 부쩍 민자영에게 의지하더니 박 할머니가 거처를 옮기자 아예 청산골에 눌러앉을 사람처럼 보였다.

박 할머니가 갑자기 한밤중에 구급차에 실려 나가면서 노인들은 가슴이 철렁 내려앉았다. 아무것도 못 넘기더니. 마지막 길이라는 소리 아닌가. 분명 아들의 억지가 목구멍을 꽉 막았을 거였다.

"요양원에 가시기로 한 우리 어머니를 왜 당신들이 빼돌립니까? 그리로 모시고 간 건 정신없는 노인네 돈을 노리는 거 아닙니까? 통장에 적어도 칠팔 천은 들어 있을 텐데 그걸 빼내려는 수작 아니냐고요."

빚쟁이가 연결해 들이대는 전화 속에서 아들이 씩씩거렸다. 억지도 그런 억지가 없었다. 칠팔 천이 들어 있었다니? 기억의 조각들을 잃어가고 있는 어머니를 이용해먹을 심사가 뻔히 보였다. 민자영은 차마 모른 척 할 수 없어서 도와주고 있는데 이게 무슨 적반하장이냐고 탈기를 했다.

빚쟁이는 돈을 받아가야겠다며 안방을 차지하고 앉아 버텼다. 떡 벌어진 젊음과 우렁우렁한 목소리만으로도 위협이었다. 서울에 간 평미네는 일이 늦어져 밤늦게나 돌아올 것이라 했다. 옥수는 급한 마음에 현석에게 연락했고 당장 달려올 수 없는 현석은 벽화가 있는 집 아들에게 부탁했다. 경찰과 함께 나타난 그는 옥수에게 단술 한 잔을 내밀던 때와는 영 달랐다. 이렇게 다부진 사람이었나 싶었다. 본인이 직접 오라고 하라, 아들이 있는 곳을 알면 할머니를 모시고

가라. 엉뚱한 집에 와서 돈을 요구하는 건 행패다. 아니, 범
죄다. 두 말 할 것 없이 경찰서에 가서 해결하라며 등을 밀
었다. 경찰차에 실려 간 빚쟁이는 다시는 나타나지 않았다.
일은 마무리 되었지만 박 할머니는 아무것도 넘기지 못했
다.

　현석은 아무리 바빠도 청산골에 가봐야겠다 싶었다.
　재개발 이익을 얻을 속셈으로 들어온 사람들 때문인지 낯
설게 느껴졌다. 선거 때 길도 넓어졌고 인구도 좀 늘어났
다. 민자영의 집 가까이에도 없던 집이 두 채나 생겨 열대
여섯 집이 몰려 있었다. 지나가다 보니 문을 열어 놓은 집
안이 눈에 들어왔다. 젊은 여자가 아이와 실랑이를 하고 있
었다. 아이는 뭔가를 손에 꼭 쥐고 빼앗기지 않으려고 애를
쓰며 울었다. 계속 바라보기도 민망하여 현석은 고개를 돌
리고 걸음을 빨리했다.
　민자영도 서금지도 보이지 않았다. 박 할머니의 거처로
보이는 작은 방을 열어 보았다. 빈방을 보는 순간 마치 어
떤 짐승의 입 안에 들어온 것 같은 느낌이 들었다. 골목길
에서 말소리가 들려왔다. 평상 위에 앉은 서금지가 보였다.
말 상대는 마을 할머니 같았다.
　평상 위 소쿠리에는 콩이 수북했다. 파란 지붕 집 할머니

는 아들네 가져다 준 된장이며 서리태가 쓰레기통에 그대로 버려져 있더라며 한숨을 내쉬었다.

"할매가 씰데 없는 짓을 했소. 요새 아덜은 그런 거 먹도 안 하요. 시상이 달라졌소."

서금지가 맞장구를 치며 썩은 콩을 골라냈다. 현석을 먼저 본 건 옥수를 앞세우고 오던 민자영이었다.

"아들은 뒤에 세워 놓고 무신 말이 그리 많소? 보나 마나 상아 할매랑 아들 메느리들 숭봤지요?"

파란 지붕 집 할머니가 민자영에게 평상 한쪽을 비워주며 앉으라고 했으나 민자영은 박 할머니를 실은 구급차가 곧 오지 않겠느냐고 했다. 서금지에게 그만 일어서라는 주문이었다.

모르는 척 해야 할 일이 어디 한둘이더냐? 아이들은 우리가 모르는 기계 속 세상을 들여다보고 우리가 모르는 음식들을 즐겨 먹는 세월이다. 등등의 말을 콩 털듯 털어 놓으며 서금지가 일어섰다.

웬 젊은 여자가 대문 앞에 서 있었다. 몸뻬바지를 입은 할머니가 젊은 여자를 향해 삿대질을 하며 소리를 질러댔다. 혹시 아까 그 꼬맹이네 집에서 보았던 젊은 여자? 옷이 그랬다. 모자를 눌러 쓰고 있어서 얼굴은 보이지 않았다. 민자영이 서둘러 다가갔다.

"아이, 석이 할매? 와 소리를 질러쌌소? 무신 일이오?"

"그렇잖아도 내 지달리고 있던 참이요. 이 젊은 여자가 와 우리 석이 장난감을 지가 가지고 달아나서는 안 내놓는지 모리겠소. 아는 울어쌌는데 어쨌냐고 물어도 대답도 안 하고 깝깝해서 미치겠소."

그리고 보니 아까 아이와 실랑이를 하던 것이 장난감이었던가 싶었다.

"내 찾아 줄 테니 좀 기다려 보소."

민자영이 젊은 여자에게 손을 내밀었다. 젊은 여자는 민자영을 피해 주춤 한 발짝 뒤로 물러났다.

"넘의 거 아이가? 와 니가 가질라꼬 그라노? 그라지 말고 퍼뜩 이리 내놓거라."

서금지도 나무라며 손을 내밀었다. 그래도 여자는 꼼짝도 하지 않았다. 옥수가 집에 가 계시면 곧 찾아서 가져다주마 약속하고 석이 할머니를 돌려세웠다. 석이 할머니는 참말로 이상한 여자도 다 보겠다고 구시렁거리며 돌아섰다.

젊은 여자가 주머니에서 장난감을 꺼내 옥수에게 내밀었다. 물고기 알처럼 생긴 장난감이었다. 색이 고왔다. 옥수가 들고 석이 할머니를 따라가려 하자 젊은 여자가 막아섰다.

"왜 그래? 주지 말라고?"

젊은 여자가 고개를 끄덕였다. 이게 무슨 상황인가? 현석은 이해가 안 되었다. 옥수가 평미에게 전화로 상황을 알렸다.

"아참, 내가 말로 안 했재? 이름이 도우라 카드라."

서금지가 현석에게 여자를 소개했다.

"도우?"

아가씨가 고개를 숙여 인사했다. 입꼬리도 살짝 들어 올렸다.

"야가 기계 아이가. 똑 사람 같재? 자영이더러 저 할매 시중드는 거 하지 말라꼬 아무리 말해도 안 들으이 가들이 이런 기계를 맨들랐다. 평미 말이 옛날에 중국 어데 누에고치가 된 처자가 있었단다. 그 딸아를 생각하믄서 맨들랐다 카드라."

"오빠도 몇 번 들었지? 비단과 얽힌 이야기. 평미가 어려서부터 그 신화를 재밌어했잖아. 근데 도우가 사고도 다 치네."

현석도 귀가 따갑도록 들은 이야기였다. 평미는 인간을 사랑한 말의 슬픔을 안타까워했었다. 그 안타까움이 사라지지 않고 마음 밑바닥에 가라앉아 있었던가? 그래서 평미가 비단결 같은 피부를 준 모양이었다. 사람인지 기계인지

분간이 쉽지 않은 정교한 로봇이었다. 노인들 시중들기에 더없이 좋을 것 같았다.

먼저 나타난 건 이치로였다. 숨을 돌릴 새도 없이 도우가 내 놓은 물고기알 장난감을 컴퓨터에 띄우더니 안심한 듯 휴, 하고 숨을 내쉬었다.

"이게 아이들이 먹으면 안 되는 건데 아이들이 삼키는 사고가 여러 번 있었답니다. 이걸 삼키면 장에 문제를 일으키고 촬영을 해도 너무 작아서 식별이 어렵고 게다가 물에 닿으면 열 배로 불어나서 낭패를 보게 된다고 하네요."

"그라모 석이 할매가 고맙다캐야 되겠구마는."

"석이가 어떻게 그런 걸 가지고 놀았을까? 할머니가 사줬을 리는 없고."

옥수는 서둘러 석이 할머니에게 알려야겠다며 물고기알 장난감을 들고 나갔다.

"아, 도우가 대단하군요."

아이가 삼킬까 봐 빼앗았다는 소리 아닌가. 현석은 감탄했다.

"제법 똑똑하재? 처음엔 무신 뚱딴지같은 소리고? 했다, 그란데 있어 보이 그기 아이더라. 우떤 자석이 저리 착하게 시중을 들겠노? 사람보다 몬할 거 없다."

서금지가 자랑하듯 말했다. 더럽다 할 줄 모르고 투정 부리는 일도 없고 시키는 일을 군소리 없이 해 준다는 거였다.

"우리 평미가 이제 전문가 수준에 올랐네요."

현석은 새삼 평미의 지난 시간들을 돌이켜보았다. 평미를 저만큼 키워 놓다니, 누구도 강식에게 얼마나 애를 썼느냐 치하하지 않았고 얼마나 공을 들였을지 짚어볼 줄 몰랐지만 평미의 변화는 곧 강식의 정성일 거였다.

"뇌 연구가 비밀을 완전히 정복하고 뇌를 로봇에 심을 수 있게 되면 도우가 우리와 다를 게 없게 될 것입니다."

도우를 바라보며 감탄하는 현석에게 이치로가 묻지도 않은 설명까지 덧붙였다. 신이 인간을 만들었듯 뇌를 연구하는 사람들이 신의 자리에 서서 인간 같은 로봇을 만들게 될 것이라고 말하는 것처럼 들렸다.

박 할머니를 태운 구급차는 오지 않았다.

— 혀를 깨물었다. 간호사가 상태를 확인하고 돌아서자마자 벌어진 일이었다. 발견이 늦었다.

중환자실로 옮겼지만 오늘을 넘기기 힘들 것이라고 했다. 누구도 입 밖으로 말을 내지는 않았지만 이미 구급차에 실려 나갈 때부터 심상찮았다. 그 까장까장한 성격에 아직 정신이 있을 때, 치매가 더 심해지기 전에 자신의 의지로 생을 마무리하고 싶다는 생각을 했을 거였다.

"함께 살던 사람이 하나둘씩 떠나간다. 죽음이 한 발짝씩 가까워오고 있는 거 아이겠나."

서금지도 민자영도 맥이 풀려 허깨비 같았다.

대문 밖에서 아이들 떠드는 소리가 시끌벅적했다. 도우가 대문을 닫는가 싶더니 다시 열었다. 아이들이 앞집 담벼락에 그림을 그리려고 준비하고 있었다. 두 명의 젊은이가 아이들과 함께였다. 도우를 자세히 본 아이들은 얼음처럼 굳었다. 겉옷과 모자를 벗은 도우는 누가 봐도 보통 사람이 아니었다. 평미가 로봇이라고 소개하자 아이들의 눈이 커졌다. 호기심 많은 녀석은 와서 도우의 손을 툭 쳐보기도 했다.

이치로가 도우와 함께 벽 앞에 섰다. 아이들은 그림을 그리면서도 연신 도우를 흘끔거렸다.

"마을에 예쁜 그림이 있으면 관청에서 온 아저씨들이 아까워서 부수지 못할지도 몰라요."

아이들은 그렇게 말했다. 그렇게 믿고 있었다.

청산골에는 인근 종합병원에 근무하는 젊은 의사나 직원, 간호사 등이 꽤 여럿 세 들어 살고 있었다. 그들이 틈만 나면 손을 보탰으므로 알록달록한 그림들로 이미 마을은 동화 속 세상이 되어 가고 있는 중이었다. 그들도 재개발보다는 마을이 보존되기를 바라는 쪽이었다.

"바라보고 있으마 맴이 편안해지는 그런 그림이 우리 벽에도 하나 있으마 좋겄다."

박 할머니의 재를 뿌리고 온 후 줄곧 말이 없던 민자영이 입을 열었다.

— 박 할머니의 그림자를 떨쳐버리는 일이 쉽지 않으리라.

옥수와 평미는 조금이라도 위로가 된다면, 하는 마음으로 붓을 잡았다. 이치로도 도움이 되어줄 요량으로 이것저것 마음을 썼다.

아이들이 하나 둘 늘어났다. 그림을 구경하러 오는 것 같지만 실은 도우를 구경하러 오는 것이었다.

옥수는 부처님이 태어나실 때의 무우수, 깨달음의 보리수, 열반에 드실 때 곁을 지킨 사라수를 차례로 그려 나갔다. 도우와 평미가 옥수를 도와 나무들을 완성했다. 아이들은 그림보다 도우의 동작과 도우의 움직임에 눈과 마음을 빼앗겼다. 신기해 죽겠다는 표정이었다.

저마다 꽃이나 풀, 나비 같은 것들을 하나씩 그려 넣던 아이들이 누가 먼저랄 것도 없이 도우를 그리기 시작했다. 도우보다 작은 도우, 뚱뚱한 도우, 머리에 도깨비처럼 뿔이 난 도우… 벽면에 도우가 많아지면서 우주 어느 별세계의 모습 같아 보였다. 도우가 그림 앞에 서서 제 몸을 대보았다. 아이들은 서로 도우 옆에 서려고 몸싸움을 했다. 로봇과 인간이 섞여 사는 세상이 이렇게 쉽게 올지도 모를 일이라며 현석이 허허거렸다.

"우와, 좀 전에 풀 위로 마술사가 지나간 거 같지 않아?"

"도우가 우리 놀래키려고 무슨 짓을 한 거 아니지?"

아이들은 신이 나서 도우에게 큰소리로 말을 걸었다. 아무도 도우가 로봇이고 자기들과 다른 존재라고 생각하는 것 같지 않았다.

*

"아이고, 우리 강식이가 온다는데 이번에는 메칠이나 있을랑가?"

동네 아이들을 바라보며 한숨을 쉬는 민자영에게 서금지가 튀밥을 들이밀었다.

"그래 극성을 떨어싸트니만 그래 갈차노이 무신 소용 있노?"

"어디 덕 볼라고 갈친 기요?"

민자영이 서금지가 놓친 튀밥을 주워 입에 넣으며 말했다.

"강식이 가가 아들 하나라꼬 니가 얼매나 공을 드린노?

그리 애를 써가 훌륭한 학자로 만들랐지만도 일 년 가야 얼굴 한 번 차라보기도 힘드니 안쓰러버서 안카나."

"공이랄 기 뭐요? 다 넘의 덕으로 키우고 갈찼는데. 자석들을 고생만 시킨 모지란 에미였으니 원망 안 듣는 것만도 고마븐 일이오. 그래도 욕심이 손이라도 하나 봤으마 원이 없겄다 싶소."

"평미가 있잖아요?"

무심코 튀어나온 말이었다.

"평미가 있다니? 그기 무신 말이고?"

두 노인네의 눈이 현석에게 바짝 다가왔다. 아, 아직도 모르고 있었던가?

"그러니까… 오랫동안 평미를 손녀처럼 키우셨으니까 손녀나 다름없다는 말이지요."

옥수는 어쩌자고 아직 털어놓지 않았을까? 사실을 알면 서금지와 민자영이 어떤 반응을 보일까? 현석은 서둘러 봉합했다. 진땀이 배어나왔다.

"그기사 그렇지…."

두 노인네의 눈이 다시 멀어졌다. 더는 캐묻지 않았다. 다행이다 싶었다.

아, 그렇게 지나간 줄 알았는데 그게 아니었던가. 두 노인 다 아무 말이 없는 것이 평상시와 영 달랐다. 돌 같은 침묵은 털어놓을 때까지 기다리겠다는 말을 엄중하게 하고 있는 거였다.

펑미가 아이들에게 둘러싸여 산으로 올라간 뒤 현석은 옥수를 불렀다. 아무래도 사실을 털어놓아야 할 것 같다고. 노인들은 이미 뭔가 짐작을 하고 있고 털어놓기를 기다리고 있는 듯싶다고. 타박을 하지 않을까 했는데 옥수는 기다렸다는 듯 고개를 끄덕였다. 홀가분한 표정이었다. 언제 알아도 알아야 할 일이었다.

"저어, 꼭 드릴 말씀이…."

옥수가 쭈볏쭈볏 말을 꺼내자 서금지와 민자영의 입에서 궁금증이 먼저 쏟아져 나왔다.

"하아, 그랬드나?"

"니, 신랑이랑 그래서 헤어졌드나? 시험관인가 뭔가 하는 것도 거짓말이었던 기가? 혼인 생활 하는 중에 강식이랑 만내고 있었던 기가?"

"펑미가 붓질할 때 손목 돌아가는 기 우짜모 우리 강식이랑 그리 똑같겄노? 손목이 그래 돌아가는 건 보통 사람들은 따라할라캐도 몬하는 긴데."

그랬다. 펑미는 제 손목이 완전히 한 바퀴 돌아갈 수 있다는 것을 남이 알까봐 조심해 왔다. 어려서는 시험관 아기라서 그럴지도 모른다는 생각을 한 적도 있었다. 하지만 어디

집중할 때만은 신경 쓰지 않았다. 그리고 그걸 눈여겨보는 사람도 없었다. 더구나 강식도 그랬다는 건 아무도 몰랐던 일이었다.

내막을 알고는 민자영과 서금지의 얼굴이 환해졌다. 기쁨과 감사로 서로의 손을 잡았다. 그래도 서운한 건 서운한 거였다.

사실을 안 것이 언젠데? 어쩌자고 그토록 중한 걸 여태 비밀로 하고 있었더란 말이냐? 노인들은 눈으로 원망을, 서운함을 쏟아냈다. 차마 마주 볼 수 없는 눈빛에 진땀만 배어났다. 한동안 시간이 멈추었다. 소리도 사라졌다.

밤중에 깨어 보니 잠자리에 들었던 두 노인이 일어나 평상에 앉아 하늘을 올려다보고 있었다. 하늘에는 곧 쏟아질 것 같은 별들이 총총했다.

형제들은 서금지가 너무 오래 있는 거 아니냐고 저마다 한 마디씩 해댔다. 하지만 서금지는 마냥 신기한 듯 평미만 쳐다보고 있었다. 민자영은 눈에 넣어도 아프지 않겠다는 표정이었다.

"아이, 할머니는 나 처음 보는 사람처럼 왜 그래요? 어제도 평미고 오늘도 똑 같은 평미라구요. 나는."

"그래도 좋아서 안 그나. 진작 알았더라면 더 좀 잘 해

줬을 긴데….”

“이미 충분히 잘 해 줬는데 뭘요. 더 이상 어떻게 잘 해 줘요?”

“그때 그 피를, 아이구 내 새끼 피를 빼가 내 몸에 넣었다니 기가 차 죽겠다. 그 귀한 피를 빼 내 몸에 넣었다니 말이 되나?”

“할머니도 참, 피는 다 다시 만들어졌어요. 그리고 난 할머니한테 줄 수 있어서 기뻤구요.”

붉은 대문 집 아이가 초롱초롱한 눈으로 민자영을 잡아당겼다. 그 집 벽에도 그림을 그려 주도록 말해보겠노라 약속이 있었기 때문이었다. 아이는 기다리고 있었지만 민자영은 마음이 변했다.

“아이고 아가, 미안타. 저 언니가 이자 팔이 아파가 몬 기린단다. 그만 집에 가그라.”

펑미가 피곤하다는 말을 한 것도 아닌데 민자영은 아이를 돌려세웠다.

사라숲

평미는 서울 면접이 끝났는데도 바이러스 때문에 돌아올 수 없는 처지가 되었다. 바이러스가 탁구공 튀듯 사람들 사이를 헤집고 다녔다. 감염자 수가 폭발적으로 늘어나자 나라마다 국경을 봉쇄하는 판이었다. 강식이 주선한 연구소는 아예 면접 기회조차 날아가버렸다.

"갑자기 어어, 하는 새 상황이 이렇게 바뀌다니, 글로벌 시대라는 건 이래저래 손에 잡히지 않는 이야기가 되는 걸까요?"

이민규의 말에도 한숨이 섞였다. 이민규야말로 누구보다 평미가 보고 싶고 기다려질 것이었다.

"누가 알겠나? 이 상황이 계속 장벽이 될지 아니면 반전의 계기가 될지 두고 봐야겠지. 인간 대 바이러스 형국이 되면 인간끼리는 어떤 처지에서든 서로 협조할 수밖에 없을 걸. 그렇게 되면 완벽한 글로벌 시대가 올 수도 있지."

"그쯤 되면 위대한 바이러스라고 불러야 되겠는데요? 그런데 이 바이러스가 그렇게 오래 갈까요? 곧 치료제가 나오고 백신이 나오겠지요."

"그러면 바이러스는 가만있겠나? 또 변종을 만들어 낼걸세. 어쩌면 인간이 더 이상 방어할 수 없는 독종이 나올 수도 있고."

"로봇이 크게 한몫하게 되겠는데요?"

이치로가 강식의 말에 정색을 하며 끼어들었다.

"글쎄… 분명한 건 지구에 또 엄청난 변화가 시작되었고 인간은 적응하기 버겁다는 거지."

"어쩌면 우리 몸의 일부를 로봇처럼 바꿔야 할지도 몰라."

이민규가 이치로의 말에 농담 반 진담 반 대꾸를 했다. 언젠가 평미도 그런 말을 한 적이 있었다. 그때는 황당하다 싶고 피식 웃음부터 나왔었다. 상황이 이렇게 되고 보니 변화에 대응하는 일 중 하나일 수도 있을까 싶었다.

평미가 서울로 면접을 보러 갈 때까지만 해도 바이러스 때문에 공항이 마비될 줄은 상상도 못했었다. 오고 갈 수 없는 세상이 되리라고는 그 누구도 짐작도 못할 때였으니까. 발이 묶인 평미는 평미대로 애가 닳았다.

평미는 시어머니한테도 발목이 잡혔다. 인사치레로 집에 한 번 오세요, 했는데 기다렸다는 듯이 집에까지 따라 내려왔고 이것저것 간섭을 해대는 모양이었다. 로봇에까지 손을 대는 바람에 싫은 내색도 못하고 머리가 지끈거린다는 거였다.

평미가 유학 생활을 돈 걱정 안하고 마칠 수 있었던 건 사실, 시어머니 덕이 컸다. 뒤는 내가 밀어줄 테니 하고 싶은 건 뭐든지 다 해라, 때가 지나면 하고 싶어도 못한다 하며 지원을 아끼지 않았다. 수술했을 때 보인 반응을 생각하면 팔색조가 따로 없었다. 평미가 유학에서 돌아온 후로는 친지를 만날 때마다 자랑이 늘어졌다. 평미도 부모 자식 사이가 생물학적 관계만이 중요한 건 아니라는 생각에 호응했다. 자신을 이 세상으로 불러낸 사람이고 법적인 둥지라는 사실에 의미를 두었다. 옥수와 달리 정을 붙였다. 통장에 들어오는 돈도 거부하지 않았다. 평미 스스로 강식이 생물학적 아비라는 사실을 직접 밝힐 수 있었던 것도 그런 생각 위에서 가능했다. 사실을 밝혔는데도 옥수의 예상과 달리 시어머니는 달라지지 않았다. 여전히 간이라도 떼어 줄 듯 살갑게 굴었고 강식이 평미의 적을 파갈까 봐 전전긍긍했다. 정자를 주었다고 애비가 될 수 있는 거라드냐? 그건 그저 의료행위였을 뿐이다. 어떻게 감히 애비 소릴 할 수 있단 말이냐? 옥수 네 입으로도 생물학적 아비는 아무 의미도 없다고 말하지 않았더냐? 평미는 누가 뭐래도 우리 손이다.

절대 안 씨 성을 바꾸지 못 한다, 하며 법을 들먹이고 호적을 지키려 들었다.

옥수는 강식에게서 생물학적이라는 단서를 뗀 지 오래였다. 그냥 아비였다. 하지만 강식은 호적 이야기를 꺼낸 적이 없다. 평미에게 아버지 자리를 만들어 줄 생각조차 해본 적 없을까? 강식의 마음은 뭘까? 아, 뭘 어쩔 수 있겠나, 이렇게 지내는 것만도 다행이지… 하다가도, 한 번씩 강식의 마음을 확인해 보고 싶었다.

— 혹시 오빠도 어렴풋이 느끼고 있었어? 진숙의 죽음이 우리 아버지 때문이라는 거?

그렇게 묻는 상상을 몇 번이나 했는지 모른다. 거기서부터 무언가 풀려나와야 할 것이었다.

— 옥수 니한테 어떻게 저런 아버지가 있을 수 있노?

옥수는 진숙이 남긴 원망이 웽웽거려 한동안 실어증에 걸린 것처럼 말을 할 수 없었다. 진숙이 복어 독을 잘못 먹고 죽은 줄로만 알았지 자살이라고 생각하는 사람은 아무도 없었다. 누군가 조금만 진숙을 눈여겨보았다면 억울한 죽음을 막을 수 있었을까? 하지만 그 일은 진숙이 스스로 밝히지 않는 한 아무도 알 수 없는 일이었다. 진숙이 죽은 후, 진실을 밝히고 최양명의 죄를 물을 수 있는 사람은 옥수뿐이었다.

"복어 독이 독하다카드라. 젤로 깨끗하게 우리 악연을 지와 줄 기다."

일이 벌어진 건 진숙으로부터 그 말을 들은 지 이틀만이었다. 하지만 옥수는 진숙의 죽음을 공개적으로 문제 삼을 수 없었다. 이제 와서 밝힌다고 진숙이 살아올 것도 아니고 아무 증거도 없는 일이니 모두를 위해 묻어두는 것이 낫다, 그렇게 합리화시키며 입을 다물었다. 따지고 보면 그날 별 채에서 울며 뛰쳐나오는 진숙을 처음 보았을 때부터 비겁한 벙어리였다. 아무 일도 없었다는 듯 유유히 약재창고로 걸어 들어가는 최양명을 보고도 못 본 척했던 것부터가 돌이킬 수 없는 죄였다. 무엇보다 집안을 뒤엎을 풍파가 두려웠다. 민자영의 충격을 감당할 자신도 없었다. 열여섯 살 딸의 죽음 앞에서 억장이 무너졌을 때였으니까.

하지만 진숙의 억울한 죽음은 평생 옥수를 놓아주지 않았다. 그 그늘에서 벗어날 수 없었다. 확인해 본 적은 없지만 강식도 그런 거 아닐까 싶었다. 자신을 꼼짝 못하게 붙들고 있는 것이 무엇인지 모르면서 막연한 느낌 속에 갇혀 있는 것처럼 보였다. 움찔하며 뒷걸음칠 때 보면 눈에 보이지는 않으나 분명 존재하는 무엇인가가 있는 것 같았다. 진숙이 "안 돼!" 소리치며 막아서는 것일지도 모른다는 생각도 들었다. 진숙의 원혼이 그렇게 스스로를 드러내 보이는 날이면 등줄기가 뻣뻣해지곤 했다.

"엄마, 캐서린 아줌마는 크게 신경 쓸 거 없어요. 삼촌은 함께 해온 시간이 어쩌구 하지만 그거 다 맥없는 말이에요. 그리고 설사 무슨 약속이 있었다 해도 그런 건 얼마든지 변할 수 있는 거잖아요?"

아무것도 모르는 평미는 캐서린 때문에 아무 일도 일어나지 않는 거라고 믿고 있었다. 눈치만 보고 있다가도 캐서린은 굳이 정리라는 말도 필요치 않은 사이라며 한 번씩 안타까운 마음을 내보였다.

*

옥수는 컴퓨터 앞에 놓인 낡은 사진을 보고 깜짝 놀랐다. 박청준의 얼굴이 있었다.

"너무 오래 된 거긴 하지만 컴퓨터는 우리와 다른 눈이 있으니까 찾아낼 수 있을 것입니다."

이민규가 컴퓨터 화면을 이리저리 움직이며 말했다. 어딘가 조금 닮은 구석이 있는 사람이면 확대하여 분석까지 했다. 이민규가 커서를 움직이자 마을의 구석구석을 찍은 사진들이 지나갔다. 작은 동물들이 고개를 들어 여기 무슨 일이 벌어지고 있는 거냐고 묻고 있었다. 탑승을 거부당해 남겨진 동물들. 그 중 몇 마리가 옥수를 향해 울었다. 엄청난 물이 마구 출렁이는 울음이었다.

"원전 20㎞ 이내 경계지역에서 볼 수 있는 버려진 동물들의 수가 엄청 나. 모두가 비참한 상태야."

자료 앞으로 다가서며 강식이 말했다. 문어 로봇이 보내온 사진들을 분석하듯 찬찬히 살펴보았다. 규모 9.0의 강진이 일어나 원자력 발전소가 타격을 입고 방사능이 유출된 이후 마을들은 무서운 정적 속에 잠겨 있었다.

문어 로봇은 여러 개의 다리를 가지고 바닥에 거의 붙어서 움직였다. 필요하면 다리를 세워 눈을 높였다. 인간과 달리 앞만 보는 눈이 아니었다. 사방을 볼 수 있는 보조 눈들이 있었다.

문어 로봇은 마을 곳곳을 살피고 다니며 높은 곳도 낮은 곳도 다 찍어 보내는 중이었다. 마을에 남아 있는 개들은 털이 듬성듬성 빠졌고 살도 짓물렀다. 몰골이 말이 아니었다. 처참하게 죽어가고 있음을 한눈에 알 수 있었다.

"이게 뭐지?"

퉁퉁 불은 솜덩이 같기도 하고 괴물처럼 보이기도 하는 허연 덩어리를 보면서 옥수가 물었다.

"피폭되어 변형이 이루어진 것 아닐까요? 아무런 책임도 없는 생명체들이 이런 엄청난 고통을 당하네요."

이민규가 사진을 들여다보며 말했다.

"안타까운 일이지요. 인간만이 지구라는 뇌의 주체인 것처럼 살고 있지만 동물도 중요한 세포이고 식물도 세포나 뇌액의 일부분인데 말이죠."

인간도 저처럼 다른 존재로 변할 수 있다는 말을 하고 싶은 듯 보였다.

"엄청 고통스럽게 죽어 갔을 거야. 뇌나 신경세포는 죽는 그 시점까지 수명이 다하지 않기 때문에, 의식이나 감각은 그대로 있었을 테니까."

강식의 화면 속도 처참하기는 마찬가지였다. 고양이인지 개인지 다른 무엇인지 알아볼 수 없는 가엾은 동물에게서 저르르~ 건너오는 게 있었다. 가슴이 아렸다.

이민규가 너무 오래 앉아있어 엉덩이가 짓무른 것 같다더니 동네라도 한 바퀴 뛰고 오겠다며 나갔다. 문 닫히는 소리가 무거웠다.

문바람에 사진 한 장이 바닥으로 떨어졌다. 얼핏 사람의 형상이 눈에 띄었다. 주워보니 나이 든 남자가 있었다. 그것도 둘이나.

"아, 그 사진? 그건 로봇이 찍은 사진이 아니야. 한 사진작가가 찍은 것이래."

이미 확인을 끝낸 사진이었는지 다가와 사진을 살펴보는

강식의 표정이 덤덤했다. 박청준은 아니라는 말이었다.

동물들만 덩그러니 남아 있는 앞마당, 도로의 먼 끝을 바라보며 웅크리고 앉아 있는 고양이… 사진 속에는 굶주림과 외로움에 떨고 있는 동물들의 지난한 시간이 들어 있었다.

사진 속 남자들은 사람이 살 수 없게 된 지역에 살아남아 있는 동물들을 돌봐주기 위해 날마다 오가는 사람들이라 했다.

"이분은 당국의 살처분 명령을 거부하고, 소 50마리를 기르고 있지요."

장화를 신은 남자를 가리키며 이치로가 말했다.

"그 소를 키워서 팔 수 있는 것도 아니잖아? 피폭을 감수하면서까지 그러기에는 좀 그렇지 않나?"

"그들이 그렇게 하는 건 그 남아 있는 가축들의 목숨을 지키는 것뿐만이 아니라 그 이상이지. 저 동물들도 다 우리와 같은 자격으로 이 지구에 살고 있는 건데 말이야… 저들이 죽으면 결국 우리 인간도 죽는 거야. 뇌의 한 부분에 종양이나 치명상이 생기면 결국 뇌가 죽게 되잖아."

강식이 말머리를 돌렸다.

"지구라는 뇌?"

"동물이나 식물이 인간을 위한 존재라고 생각하고 착취의 대상으로만 보고 있는 한 지구가 죽는 건 시간문제 아니겠어? 하지만 저분들이 있어 지구라는 뇌가 쉽게 망가지지 않을 거라고 믿어야지. 저분들이 바로 마음인 거지."

"저런 분들은 극소수잖아?"

"그래도 지켜낼 수 있을 거야. 힘이 숫자에서 나오는 건 아니니까. 그리고 내용이 조금 다르기는 하지만 머지않아 로봇도 엄연한 지구의 뇌세포로 자리매김하게 될 거야."

"오빠는 물질에서 마음이 나온다고 했지? 설마 로봇에게도 적용된다고 생각하는 거야?"

옥수는 아무리 생각해도 물질에서 마음이 시작되는 순간이나 자리를 찾는다는 건 신의 자리를 탐하는 일이고 가능할 것 같지도 않았다. 하지만 강식에게는 여전히 곧 손에 닿을 것 같은 목표였다.

"글쎄… 생각이란 게 말이야, 간에서 분비되는 담즙 같은 거라고 보는 사람이 많거든. 로봇을 이루는 물질에서도 그렇게 생각이 분비되는 일이 일어나겠느냐가 문제겠지. 아직까지는 컴퓨터는 아무리 성능이 좋아도 어제나 오늘이 똑 같은 기계에 불과하지만 앞으로야 모르지. 만약 의식이 생긴다 해도 인간과는 다른 종류의 의식일 수 있고."

"무언가를 배울 때마다 뉴런의 연결이 강화되면서 스스로 진화하는 사람의 뇌와 같은 물질세계는 아니겠지요."

이치로가 말했다.

"그걸 누가 단정적으로 말할 수 있겠나? 어쨌든 분명 어떤 체계가 존재할 거야. 길이 있고 문이 있겠지. 언제 누가 그걸 찾아낼지는 아무도 모를 일이고."

"선생님은 혹시 이곳에서 일어나는 일처럼 물질 체계를 교란시키고 변형시키는 현상이 의외의 실마리가 될지도 모른다, 그런 길을 알려줄지도 모른다고 생각하시는 건 아닌가요?"

"하, 맞네, 정곡을 찌르는 말일세. 혹, 자연 치유 능력이 있을지도 모르지만 어쨌든 병증을 연구하는 과정에서 이 지구라는 뇌의 신비를 열어 볼 수 있지 않겠어? 가이두섹도 병증을 연구해서 뇌의 신비를 한 겹 걷어냈잖나."

이치로의 표정에서도 연구에 대한 집념과 열정이 보였다.

─ 나는 뭘까? 혈관 속의 핏방울? 아니면 뇌 귀퉁이의 세포? 병증을 유발하는 어떤 것?

옥수는 자신도 모르게 지구 위, 움직이는 존재들이 마치 거대한 뇌 속의 그 무엇인 것 같은 상상을 하고 있었다. 산은 뇌 속 중요 조직으로 곳곳에 자리를 잡고 있고 강은 혈관이 되어 움직이고 있는 것처럼 느껴졌다. 그리고 누군가가 강식이 인간의 뇌를 들여다보고 연구하듯 지구라는 뇌를 들여다보고 있을 것도 같았다.

"앞으로 지구와 인간은 어떻게 변할지 알 수 없어. 중성

자탄이 위력을 발휘하는 시대가 오면 기계와 물질만 남게 될 걸. 고속의 중성자들이 방사선이 되어 무엇이든 뚫고 지나갈 수 있게 할 것 아니야? 인체에 닿으면 내장 깊숙이까지 들어가서 모든 분자를 헤집어 놓을 것이고 DNA가 엉망진창이 되고 단백질들은 변이를 일으키겠지. 그때 인간이 지금과 똑같을 수가 있을까?"

강식이 사진 속 동물들을 보면서 말했다.

퉁퉁 불은 몸으로 죽어 있는, 처참한 사체가 조금씩 다가오고 있는 그 어떤 미래를 예고하고 있는 것만 같았다.

바깥바람과 함께 돌아온 이민규는 한결 기분이 나아진 듯 보였다. 언제 피곤하다고 한 적 있었나 싶었다. 실내 분위기에도 활기가 생겼다.

다시 지루한 작업이 이어졌다. 컴퓨터 앞에 앉아 로봇이 보내온 사진을 일렬로 늘어놓았다 밀어내고 하더니 드디어 박청준이라는 노인으로 추정되는 사람의 사진을 들어보았다. 줄무늬가 선명하게 나타난 사진도 있고 어깨에 맨 삽자루가 뚜렷한 사진도 있었지만 모자를 눌러쓰고 있는데다가 마스크까지 하고 있어서 얼굴을 알아보기 힘들었다. 더구나 대면한 적도 없이 오래된 사진만 가지고 확인한다는 것은 무리였다. 하지만 문어로봇과 컴퓨터는 다른 능력이 있었다. 입력된 정보들과 일치한다고 알려 주었다. 다만, 주어진 정보와 달리 가슴과 머리에 뭔가 문제가 있는 상태라고 붉은 물음표를 깜빡거렸다.

다른 화면에는 묶인 개가 보였다. 문어의 다른 다리에 붙은 카메라가 잡아낸 광경이었다. 쥐떼가 나타나 줄에 묶인 개를 괴롭히고 있었다. 묶인 개 앞에는 먹을 것이 있었다. 쥐들은 개의 사료를 앗아 먹고 개를 괴롭혔다.

"봐, 평미의 문어 로봇이 사람이 못 보는 곳, 시간, 상황을 찾아 보여주고 있잖아. 어, 어…."

강식이 갑자기 굳어졌다. 지직거리는 소리와 함께 화면이 흔들렸다. 보이는 건 오르내리는 빗금뿐이었다.

이치로는 방사능에도 평미의 로봇은 안전하다고 자신했다. 하지만 문어 로봇은 이런저런 처치에도 조금도 나아지지 않았다. 크게 손상을 입은 것이 분명했다.

"여길 보세요. 어떤 물체가 로봇의 눈을 가로막고 있어요. 노인의 어깨 같아요. 저쪽 사진에 보면 옷의 색깔이 이렇잖아요. 노인이 쓰러져 있는 거 아닐까요? 그래서 로봇과 몸이 얽혀 있는 거 아닌가 싶어요."

"여기 앉아서는 알 수가 없지. 직접 가보는 수밖에 없겠어."

강식이 사진을 밀어내며 일어섰다. 마음대로 들어갈 수 없는 제한 구역이라는 것을 모르는 사람 같았다.

"아니, 오염지역엘 직접 들어가겠다고?"

"당연히 내가 가봐야지. 직접 가서 문어 로봇 상태도 알아보고 노인도 확인해야겠어. 방법이 있을 거야. 이미 경계지역에 들어가 일을 하고 있는 사람들이 몇 사람이나 있잖아."

"노인을 직접 만나보고 싶은 거지?"

"그래. 내 아버지가 아니더라도 저 황량한 땅에서 피폭되는 줄 알면서 생명체들을 돌보는 분이라면 꼭 만나보고 싶어."

"아, 선생님 여기 좀 봐 주십시오."

이치로의 목소리가 떨렸다. 화면에서 십 분여를 지직거리던 빗금이 사라졌다. 문어 로봇이 다시 작동되고 있는가 싶었다.

"아니, 어떻게 된 거지? 분명 몸체들이 분리된 것 같았는데?"

반가움은 잠시였다. 다시 빗금이 보이더니 화면은 계속 깜빡였다. 강식도 이민규도 이치로도 무슨 일이 일어난 건지 궁금해서 안절부절못하고 컴퓨터 속 여기저기를 뒤졌다. 그때였다. 희미하게 소리가 들려왔다. 줄곧 침묵뿐이었는데 소리라니? 그것도 남자 어른의 목소리였다. 더구나 정겨운 언어였다.

― 누군가 이곳에 오겠다고 하는 것 같던데 절대 오지 마

시오. 이곳은 죽음의 땅이오.

"말씀하시는 분은 누구십니까? 문어 로봇 상태는 어떻습니까? 로봇에 대해 좀 알려주실 수 있습니까?"

강식의 질문이 쏟아졌다. 저쪽에서 들을 수 있는지 없는지도 모르면서 소리가 점점 커졌다.

— 사고가 있었소. 겨우 지탱하고 있던 건물이 무너지는 바람에 문어 로봇이 지나가다 깔렸소. 다리가 부러지고 카메라가 떨어져 나갔소.

저쪽의 목소리는 침착했다.

"혹시 박청준이라는 분을 아십니까?"

강식이 물었다. 흠칫, 호흡이 멎은 듯 침묵이 흘렀다.

"왜 나오지 않고 거기 계십니까?"

강식이 거듭 물었다. 이번에는 강식도 한결 차분했다. 하지만 저쪽은 반응이 없었다. 길어지는 침묵이 무거웠다. 뭔가 부딪치는 것도 같고 치직거리기도 했다. 소리마저 끊기는 거 아닌가? 초조했다. 초조함 속에서 십 분여의 시간이 흘렀다. 긴장 속에서 흠흠, 목을 가다듬는 소리가 들려왔다.

— 마음이 시작되는 곳을 평생 찾아왔다 했소?

저쪽은 벌써부터 이곳의 소리를 듣고 있었던 듯싶었다.

"뇌세포를 재생시켜도 다른 세포와의 연결 상태는 재생되지 않기 때문에 한계를 느끼고 있습니다. 그 연결 상태에서 마음이 시작되는 것일 거라는 생각만 들고요."

— 내 몸에 있지만 보지 못하는 것이 마음 아니오? 분명 물질에서 마음이 시작되는 태가 있을 것이오.

다음 말이 언제 나올 것인가, 소리를 다시 들을 수나 있을까? 아예 영영 그치고 마는 건 아닐까 하고 있는데 천천히 말이 이어졌다.

— 혹, 자비라는 말을 아시오? 히브리든가 어디 말로 그 어원이 태에 닿다, 라고 합디다. 하지만 그쪽이 원하는 그 태에 닿아 본다는 건 요원한 꿈일지 모르오. 한 생애만으로는 — 닿을 수 없 — 그리고 — 중요한 건 함께 사는 것이오. 그보다 귀한 건 없소. 좋은 인생은 — 자비와 사랑을 키우는 — 이오."

중간 중간 끊겼지만 뜻은 다 건너왔다.

"아, 그러니 제가 가겠습니다. 그곳으로 가겠습니다. 함께 살지는 못했지만 한 번 꼭 뵙고 싶습니다."

— 이곳은 죽음의 땅이오. 이곳에서 실마리를 찾을 수 있을지 모르겠다는 생각이 들 수도 있소. — 그건 자비의 길이 아니오. — 중요한 건 이곳이 시작에 불과하다는 것이오. 점차 늘어갈 것이오.

"아, 저는 몇 십 년을 기다려왔습니다. 한 번 만이라도 만나 뵙고 싶습니다. 얼굴만이라도 한 번 보여 주십시오. 카메라 가까이 서 주십시오. 아, 참 카메라가, 하필 이럴 때 카메라가…."

강식이 몇 번이나 소리쳤지만 저쪽은 말이 없었다. 다만 듣고 있다는 느낌은 건너왔다. 풀잎 스치는 소리 같은 숨소리가 잠깐잠깐 잡혔다. 또 다시 십 분 정도는 족히 지났지 싶었다. 입안이 바짝바짝 타들어갔다. 강식이 먼저 입을 열었다.

"좌표를 확인하여 찾아가겠습니다."

— 그쪽은 이미 부서졌소. — 오지 마시오.

노인의 소리가 건너왔다. 아, 듣고 있었구나, 참고 있던 숨이 터져나왔다.

— 그곳에서 — 사라숲을 빛나게 하는 삶을 살아가시오.

노인의 목소리는 자분자분했지만 당부 말마디는 단호했다.

"평생 고생만 하시고, 중상을 입으셨다는 말을 들었습니다. 거기서 떠나실지 모르는데 어찌 제가 이대로 있겠습니까? 제 마음이 정말 아픕니다."

"한 생명이 돌아가면… 또 생명의 태가 만들어지는 거 아니오?"

그걸로 끝이었다. 치직거리는 소리가 커지는가 싶더니 뚝, 끊어졌다.

"사라숲을 빛나게 하라고? 나는 사라숲이 생명체가 살아가는 곳, 생명의 장場이라고만 생각하고 있었는데 노인 말을 듣다보니 그 이상인 거 같아. 생명체는 생명의 부분일 뿐이라는 생각이 들어. 진아眞我와 무아無我가 함께 하는 곳… 모든 생명이 돌아가는 곳, 또한 생명의 태가 만들어지는 곳… 그런 말씀인 것 같아."

"생명은 그렇게 이어져 있는 거지. 사라숲이 생명의 장場인 거 맞지 않을까? 생명의 태가 만들어지는 곳, 우리가 인식하는 생명체만이 아니라 죽음까지도 포함하고 있는 생명의 장場 말이야. 네 말대로 우리가 아는 생명체는 그 생명의 부분인 거지. 저 황량한 곳도 사라숲의 일부고. 스텝핑 스톤이 알아낸 정보가 많지는 않지만 당신이야말로 정말 일생을 치열하게 살아오신 것 같아. 아, 아버지!"

그렇게 안타까워하는 강식의 모습은 처음이었다. 아버지가 저렇게 그리웠을까? 저렇게 절실했을까? 아버지라면 진저리부터 치곤했던 자신의 모습이 겹쳐졌다. 옥수는 뭐라 위로를 해 주고 싶었지만 손을 잡아 주는 것 외에 달리 할 수 있는 일이 없었다.

아까부터 강식의 전화가 울었다. 강식은 신경도 쓰지 않았다. 이번에는 옥수의 전화가 울었다. 옥수도 그냥 무시했다. 이번에는 이민규의 전화가 울었다. 이민규는 한 번의 울림에 전화를 열었다. 조심스럽게 구석으로 가더니 강식에게 다가와 전화기를 내밀었다.

"평미 씨가 바꿔달라는데요?"

강식이 얼른 받아들었다.

"어, 그래 평미야. 오지도 못하고 고립되는 느낌이지? 연구목적이나 취업자에게는 입국을 허용한다고 하더라. 곧 만날 수 있을 거다. 연구소에서도 예외를 인정하기로 했으니까 아무 걱정 마라."

강식이 곧 전화를 건네 줄 줄 알았는데 갑자기 소리가 커졌다.

"뭐라구? 그럴 리가?"

외마디에 가까웠다. 무슨 일이지? 이민규도 이치로도 눈이 커졌다.

평미도 컴퓨터로 노인의 말을 들었다. 저도 뭔가 말을 하고 싶은데 그게 안 되어 답답하다고 했다. 그런데 아무래도 이상하다는 거였다.

"잘못 안 거 아니냐? 절반 이상이라면 그렇게까지는 못 할 텐데? 그 정도 내용의 말을?"

"분명 머리에서 잡히는 이 신호는 로봇의 신호예요. 적어도 뇌의 중요 부위들이 로봇이라는 소리라구요."

"정말 그렇다면 누군가 본 뇌와 로봇을 연결시켰다는 거 아니냐. 머릿속에 완벽하게 로봇의 자리를 잡아 주었다는 건 마음이 시작되는 곳을 찾았다는 소리일 수도 있고…."

"그리고 배터리가 다 됐어요. 더 이상 작동할 수 없을 거예요."

십 분 간격으로 서너 번 끊어졌다 이어졌다 하며 작동하지 않았느냐, 그나마도 소리가 점점 약해졌지 않느냐, 그게 바로 배터리가 다 되어갈 때의 현상이라는 거였다. 듣고 보니 그랬던 것 같았다. ― 분명 물질에서 마음이 시작되는 태가 있을 것이오… 하고 나서 숨이 끊어지는 느낌이 들면서 쇳소리 같은 여운이 길게 끌렸던 것도 이상하다면 이상했다. ― 그리고 ― 중요한 건 함께 사는 것이오. 그보다 귀한 건 없소. 좋은 인생은 자비와 사랑을 키우는 일이오, 할 때도 같은 느낌이었다.

"그 정도라면 스스로 충전할 수 있을 거 같은데 그건 못한단 말이냐?"

강식도 듣고 보니 이상하다 싶은 게 있었던지 그렇게 물었다.

"충전을 할 수 없는 상황 아닐까요? 다 망가졌을 거예요. 비상시 대체할만한 수단들도 점점 사라져버렸을 거예요. 아, 안 되겠어요. 아무래도 제가 가서 확인을 해야겠어요."

"아니다. 내가 가 봐야겠다."

그러니까 지금까지 말을 나누던 상대가 로봇에 다름 아니라는 소리였다. 평미의 문어로봇이 로봇으로 인식한다는 건 적어도 뇌의 절반 이상이 로봇이어서라는 거였다. 배터리 잔량까지 읽고 있다니 안 믿을 수도 없고 믿을 수도 없었다.

"아니요, 제가 가서 도울래요. 문어 로봇도 제가 가장 잘 알잖아요."

"거기가 어디라고? 두 말 할 것 없다. 내가 간다. 그리 알고 있어라. 끊는다."

"아, 아빠아!!"

평미의 목소리가 전화기 밖으로 튀어 나오다 전화기 속에 갇혔다. 아빠 소리는 처음이었다.

이민규가 맥주 생각이 난다며 차를 몰고 시내로 나갔다. 이치로가 허둥지둥 따라 나선 것은 이민규가 눈짓을 보내서인 듯싶었다.

"우리도 차라도 한 잔 할까?"

녹차를 천천히 음미하던 강식이 속마음을 꺼냈다.

"요즘은 마음이 요동치는 걸 느껴. 어떤 때는 감당할 수 없을 만큼. 이런 변화는 평미 때문일지도 몰라. 사실, 난 나폴리에서 엄청 충격 받았어. 그런데 노인의 말을 듣고 보니 평미를 얻은 건 자비임에 틀림없다는 생각이 들어."

강식의 목소리에 떨림이 섞였다. 옥수는 찻잔을 든 손에서, 자꾸 창밖으로 향하는 눈길에서 강식의 마음을 읽었다. 노인이라고 믿고 있던 상대방이 절반은 로봇일 수도 있다는 평미의 말을 덮어버리고 싶은 간절함을 읽었다.

"자비라는 말의 어원이 태에 닿다, 라는 뜻이라고? 나도 막연히 그런 생각을 하고 있었던 거 같아. 노인이 그런 말을 알고 있다는 사실도 놀라워. 그곳에 있다는 사실은 더 놀랍고."

"노인이 그곳에 있을지도 모른다는 말을 들었을 땐 정말 가슴이 뛰더라구."

"근데 그곳에 있을 거라는 걸 어떻게 알았어?"

"스텝핑 스톤이 어떤 경로를 통해 들었다면서 귀띔을 해 주더라구. 내 마음을 알고는 한동안 이리저리 수소문해 본 모양이야. 북에서 나온 이후에도 여기저기서 도움이 필요한 사람들을 위해 일을 해 온 듯해. 중상을 입은 후 저곳에 정착했대. 함께 탈북한 일본인의 연고지라고 하더라구. 설마 하면서도 이치로 편에 부탁해서 확인해 봤거든."

"스텝핑 스톤에게 아무도 모르는 통로가 있는 모양이네. 다 끊어졌다더니 그래도 아직 뭔가 이어져 있었나?"

"그 일본인과 함께 씨앗을 연구해 왔단 말을 들었어. 미래 먹거리를 생각해서 그쪽으로 눈을 돌린 거겠지만 저쪽은 기후도 그렇고 식량 사정이 좋지 않으니까 더 매달리지 않았을까 싶더라구."

"지하 시설에서 식물을 재배했다고? 하긴, 흙이나 빛에 의존하지 않고 먹거리를 재배하고 공급할 수 있다면 인류 역사가 바뀔 것 같긴 하네. 오빠가 하는 연구보다 훨씬 현실적인 거 아닌가 싶기도 하고. 근데 그런 거라면 다른 곳에서도 얼마든지 시도할 수 있을 텐데 왜 하필 저곳에서⋯."

"같은 꿈을 가지고 있는 사람이었다나 봐."

"역사나 사회적 입장을 뛰어넘을 만큼 특별한 인연?"

"그 세월을 어찌 다 헤아리겠어? 할아버지가 원자력 관련 일을 했던 게 걸려서 더 저곳을 떠날 수 없었던 거 같기도 해."

"하긴 지금 이 바이러스 앞에서 국경이나 민족 같은 게 무슨 소용이야? 사라숲 앞에서야 말할 것도 없겠지."

"물론이지. 사라숲 앞에 서면 진아眞我와 무아無我는 물론 있는 것과 없는 것, 생명과 사멸, 물질과 사람도 다 구분이 없어지는 거지. 아, 노인이 지금까지 무슨 힘으로 살아왔을까? 생각하면 마음이 아려. 하지만 사라숲의 열망을 생각하면서 살았을 거야. 그 무형의 열망에 온전히 녹아들기를 바라는 삶이었을 것 같아. 분명 그랬을 거야."

강식의 마음은 온통 노인에게 가 있었다. 어쩌면 로봇일 수도 있다는 평미의 말 같은 건 들은 적도 없는 사람처럼 보였다.

"그 옛날 꽃봉오리 시절의 서금지와 민자영도 구분이 없어졌겠지?"

"당연히 그렇지 않을까? 사실, 내가 태어나게 된 건 아버지에게는 자괴감이 드는 일이었을 거야. 내가 알기로 아버지는 어머니를 누이로 사랑했었대. 한 번도 업둥이라고 생각하지 않았대."

"자영 이모 말로는 이모가 유혹해서 그렇게 된 거지 그분 실수가 아니라던데?"

"우리 어머니가 그런 말도 했어?"

"평미 일로 속을 끓이고 있을 때 이모가 술을 내온 적이 있었거든… 근데 오빠… 혹시, 진숙이의 죽음에 대해서 뭔가 알고 있었어?"

옥수는 자신의 말에서도 쇳소리가 나고 있다고 느꼈다.

"…어떻게 모를 수가 있겠어? 입 밖에 낼 수 없어 가슴에 묻었을 뿐이지."

옥수는 울컥 올라오는 것을 누르고 입술만 깨물었다.

"몇 번이나 말하고 싶었지만 용기가 안 났어. 진심으로 용서를 빌고 싶었어. 늘 가슴이 답답했구."

"용기? 나도 마찬가지야. 아버님이 돌아가시기 직전에 금은 금, 동은 똥이라고 써 놓으셨던 거 기억나? 그거 나한테 남긴 말이야. 옛날부터 가슴에 새기라는 듯, 한 번씩 눈 부릅뜨곤 했었어. 그러니까 네게 딴 맘먹지 말라는 거였지."

"우리 아버지가 오빠에게 그런 말을 했어? 아, 어쩌면 좋아. 그래서 오빠가 그렇게 도망만 다녔던 거야?"

아니라고는 못할 것이었다. 하지만 결국 동생도 지키지 못한 건 바로 자신이 아니던가, 지난 시간을 들춰내서 서로를 괴롭힐 것이 무엇인가. 강식은 옥수의 얼굴에서 핏기가 사라지는 것을 보고 곧 후회했다. 구분이 없어진 게 어디 꽃봉오리 시절뿐이겠나 싶었다.

"내친 김에 나도 털어놓을 게. 금지 이모가 쇠에서 녹이 나서 쇠를 먹는다고 했었지? 내가 딱 그 말 그대로야. 아버님을 돌아가시기 직전까지 미워했고 복수하고 싶었으니까. 마지막 순간들은 지옥에 있었을 거야."

"그럼 그때 우리 아버지가 밤에 강식이가 다녀갔다고 하던 말이 사실이었어?"

"맞아. 아무도 몰래 나를 드러내곤 했었어."

하지만 의사로서만 임하려고 끊임없이 스스로를 다그치고 있었다는 말은 하지 않았다. 변명으로밖에 들리지 않을 것이었다. 그리고 이제 그만 지난 시간들에서 벗어나고 싶었다. 옥수가 먼저 말머리를 돌렸다.

"사실 우리 평미가 저렇게 클 수 있었던 건 자영 이모 덕이야. 생각해 봐. 우리 아버지가 얼마나 미웠겠어? 쌓이고 쌓인 감정들 다 누르고 평미를 키워주신 게 보통 덕이야? 아, 진숙의 죽음에 대해 알았다면 달라졌을지도 몰라."

"내막을 알았다면 평미를 내쳤을지도 모르지. 그러니 얼마나 다행이야. 만약 그런 일이 벌어졌다면 평미가 당신의 손인 걸 알고 나서는 또 얼마나 땅을 쳤겠어. 우리 의지와 상관없이 우리 모두 자비의 길을 걸어온 거 같아."

강식이 팔을 들어올렸다. 마법의 별가루가 쏟아져 내렸다. 이마나 뺨에만 머물고 한 번도 입술에까지 다가온 적 없었던 입술이 다가왔다. 뜨겁고 가쁜 숨이 입 속으로 가슴 속으로 밀려들었다. 옥수의 몸에서도 별가루가 쏟아져 나와 강식을 에워쌌다. 별가루들은 커다란 새가 되어 날아올랐다. 방향을 틀며 깊은 계곡으로 떨어져 내리다가 다시 솟구쳐 높은 산을 타고 넘기도 했다.

컴퓨터에서 여전히 간간 피이 피, 시잇 싯, 소리가 났다. 사라숲을 지나는 바람의 말 같기도 하고 노인의 말 같기도 했다. ✯

＊ 본문 중 뇌과학에 대한 서술은 뇌과학 전문서적들을 참고하였습니다.
  참고서적 ·『뇌과학자들』/ 샘킴 지음 / 해나무 출판사
        ·『마음의 미래』/ 미치오 카쿠 지음 / 김영사

걸림이 없는 투명

피와 정자는 물입니다. 사람이 물인 까닭에 물이야기는 사람이야깁니다. 이 흐름의 말은 사람에게서 신神에게 갑니다. 사라숲 바람의 말 들리세요. 자연의 리듬 참 아름답습니다. 머리 어딘가 가슴 어딘가 마음 어딘가 그 리듬 보이나요? 사라숲 바람의 말!

모든 생명은 나름의 비밀 아닌 비밀의 이생에 온 이야기가 있다. 탄생 설화적 과학 이야기가 그것이다. 나는 너는 그 이야기들로부터 얼마나 자유한 생을 살다 가는가. 작가는 답을 주려하면서도 오히려 묻고 묻는 문제의 이야기를 한다. 아마도 이것이 창작의 숙명이란 틀이 아닌가, 싶은 이야기를 낳고 낳는다. 왔다는 이 물건, 너는 나는 본래 무엇이며 왜 가는가? 화두는 마침내 공空이다. 온 것 자체의 투명한 투명, 그 투명에는 걸림이 없다.